人猿泰山全译精编插画系列（全25种）

人猿泰山
之
英雄归来

［美国］埃德加·赖斯·巴勒斯/著
钟　文/译

**The Return of Tarzan
by Edgar Rice Burroughs**

图书在版编目（CIP）数据

人猿泰山之英雄归来 /（美）埃德加·赖斯·巴勒斯
著；钟文译. -- 上海：上海文艺出版社，2018
（人猿泰山全译精编插画系列）
ISBN 978-7-5321-6865-1

Ⅰ. ①人… Ⅱ. ①埃… ②钟… Ⅲ. ①长篇小说－美国－现代 Ⅳ. ① I712.45

中国版本图书馆 CIP 数据核字 (2018) 第 202833 号

书　　名	人猿泰山之英雄归来
著　　者	[美国] 埃德加·赖斯·巴勒斯
译　　者	钟　文
责任编辑	蔡美凤　朱鉴滢
装帧设计	周　睿
责任督印	张　凯
出　　版	上海文艺出版社
出　　品	上海故事会文化传媒有限公司
	(200020　上海市绍兴路74号　www.storychina.cn)
发　　行	上海文艺出版社发行中心
	(上海市绍兴路50号)
印　　刷	上海中华印刷有限公司
开　　本	889毫米x1194毫米　1/32　印张8.125
版　　次	2018年11月第1版　2018年11月第1次印刷
ISBN	978-7-5321-6865-1/I·5477
定　　价	25.00元

版权所有·不准翻印

故事会 大众文化出版基地　上海故事会文化传媒有限公司 出品 (00816) www.storychina.cn

上海故事会文化传媒有限公司所有图书可办理邮购，免收邮费（挂号除外）
汇款地址：上海市绍兴路74号(200020)　收款人：上海故事会文化传媒有限公司出版发行部
联系电话：021-64338113
如发现本书有质量问题，请与印刷厂质量科联系 T：021-60829062

人猿泰山全译精编插画系列（全25种）
编　委　会

总　策　划：夏一鸣

主　　编：黄禄善

副 主 编：高　健

编辑成员

（按姓氏笔画为序排列）

田　芳　　朱鉴滢　　李震宇　　张雅君

胡　捷　夏一鸣　高　健　黄禄善　詹明瑜　蔡美凤

百年文学经典 文化传播之最
人猿泰山驰骋的奇幻世界

黄禄善

美国文学史上不乏这样的作家：他们生前得不到学术界承认，死后多年也不为批评家看好，然而他们却写出了最受欢迎的作品，享有最大范围的读者。本书作者埃德加·赖斯·巴勒斯即是这样一位作家。自1912年至1950年，他一共出版了一百多本书，这些书涉及多个通俗小说门类，而且十分畅销，其中不少被译成多种文字，在世界各地广为流传。当代科幻小说大师亚瑟·克拉克曾如此表达对他的敬仰："埃德加·赖斯·巴勒斯具有重要地位。是巴勒斯，激起了我的创作兴趣。"另一位著名通俗小说家雷·布莱德伯利也说："埃德加·赖斯·巴勒斯也许可以称为世界历史上最有影响力的作家。"然而，正是这个被众人交口称誉的作家，对前来采访的记者说："我不认为我的作品是'文学'。"而且，面对众多书迷的"如何走上文学道路"的提问，他也只是轻描淡写地回答："那是因为我需要钱。我35岁时，生活中的一切尝试都宣告失败，只好开始搞创作。"

确实，埃德加·赖斯·巴勒斯在从事文学创作前，有过一段十分坎坷的生活经历。他于1875年9月1日出生在美国芝加哥，父亲是南北战争期间入伍的老兵，后退役经商。儿时的巴勒斯对未来充满了幻想，曾对人夸口说父亲是中国皇帝的军事顾问，自己住在北京紫禁城，并在那里一直待到10岁才回国。但是，后来的事实表明，这一良好愿望只不过是一团泡影。从密歇根军事学院毕业后，他在美国骑兵部队服役，不久即为谋生四处奔波。他先后尝试了许多工作，包括警察和推销商，但均不成功。1900年，他和青梅竹马的女友结婚，之后两人育有两儿一女。接下来的日子，埃德加·赖斯·巴勒斯是在贫困中度过的。为了养家糊口，他开始替通俗小说杂志撰稿。他的第一部小说《在火星的卫星下》于1912年分六集在《故事大观》连载。这部小说即刻获得了成功，为他赢得了初步的声誉。同年，他又在《故事大观》推出了第二部小说，亦即首部"泰山"小说。这部小说获得了更大成功。从此，他名声大振，稿约不断，平均每年出版数部书。第二次世界大战期间，他以66岁的高龄奔赴南太平洋，当了战地记者。1950年3月19日，埃德加·赖斯·巴勒斯因心力衰竭在美国逝世。

埃德加·赖斯·巴勒斯是美国文学史上第一个重要的通俗小说家。他一生所创作的通俗小说主要有四大系列。第一个是"火星系列"，包括《火星公主》《火星众神》和《火星军魁》。该"三部曲"主要讲述一位能超越死亡界限、神秘莫测的地球人约翰·卡特在火星上的种种冒险经历。第二个系列为"佩鲁塞塔历险记"，共有七部。开首是《在地心里》，以后各部依次是《佩鲁塞塔》《佩鲁塞塔的塔纳》《泰山在地心里》《返回石器时代》《恐惧之地》《野蛮的佩鲁塞塔》，主要讲述主人公佩鲁塞塔在钻探地下矿藏时，不小心将地壳钻穿，并惊讶地发现地球核心像一个空心葫芦，那里住着许多原始人，还有许多古生动物和植物。1932年，《宝库》杂志开始连载埃德加·赖斯·巴勒斯的第三个系列，也即"金星系列"的首部小说《金星上的海盗》。该小说由"火星系列"衍生而出，但情节编排完全不同。主人公卡森·内皮尔生在印度，由一位年迈的神秘主义者抚养成人，并被教给各种魔法，由此开始了金星上的冒险经历。该系列的其余三部小说是《金星上的迷失》《金星上的卡森》和《金星上的逃脱》。第五部已经动笔，但因"二战"爆发而搁浅。

尽管埃德加·赖斯·巴勒斯的"火星系列""佩鲁塞塔历险记"和"金星系列"奠定了他的美国早期重要通俗小说作家的地位，但他成就最大、影响也最大的是第四个系列，也即"人猿泰山系列"。该系列始于1912年的《传奇诞生》，终于1947年的《落难军团》，外加去世后出版的《不速之客》，以及根据遗稿整理的《黄金迷城》，总共有25种之多。中心人物泰山是一个英国贵族后裔，幼年失去双亲，由母猿卡拉抚养长大。少年泰山不仅学会了在西非原始森林的生存本领，还具有人类特有的聪慧。凭着这一人类特性，他懂得利用工具猎取食物，并从生父遗留下来的看图识字课本上认识了不少英文词汇。随着时光流逝，他邂逅美国探险家的女儿简·波特，于是生活发生急剧变化，平添了无数波折。接下来的《英雄归来》《孤岛求生》等续集中，泰山已与简·波特结合，生了一个儿子，并依靠巨猿和大象的帮助，成了林中之王，又通过一个非洲巫师的秘方，获取了长生不老之术。再后来，在《绝地反击》《智斗恐龙》《真假狮人》《神秘豹人》等续集中，这位英雄开始了种种令人惊叹的冒险，足迹遍及整个西非原始森林、湮没的大陆。

从小说类型看，"人猿泰山系列"当属奇幻小说。西方最早的奇幻小说为英雄奇幻小说，这类小说发端于古希腊荷马史诗《伊利亚特》和《奥德赛》，成形于19世纪末英国小说家威廉·莫里斯的《世界那边的森林》，其主要模式是表现单个或群体男性主人公在奇幻世界的冒险经历。他们多为传奇式人物，有的出身卑微，必须经过一番奋斗才能赢得下属的尊敬；有的是落难王子，必须经过一番曲折才能恢复原有的地位。在冒险中，他们往往会遭遇各种超自然邪恶势力，但经过激烈较量，正义战胜邪恶，一切以美好告终。人猿泰山显然属于"落难王子"型主人公。他本属英国贵族后裔，却无端降生在无名孤岛，并险些丧命。在人迹罕至的西非原始森林，他与野兽为伍，经历了难以想象的生存危机。终于，他一天天长大，先后战胜大猩猩和狮子，又打死猿王克查科，并最终成为身强力壮、智慧超群的丛林之王。值得注意的是，埃德加·赖斯·巴勒斯在描写人猿泰山的这些经历时，并没有简单地套用英雄奇幻小说的模式，而是融入了自己的创造。一方面，他删去了"魔法""仙女""精灵"等超自然因素；另一方面，又增加了较多的现实主义成分。人们在阅读故事时，并不觉得是在虚无缥缈的奇幻天地漫步，而是仿佛置身栩栩如生的现实主义世界。正因为如此，"人猿泰山系列"比一般的纯英雄奇幻小说显得更生动、更令人震撼。

毋庸置疑，人猿泰山驰骋的奇幻世界是"人猿泰山系列"的又一大亮点。在构筑这一虚拟背景时，埃德加·赖斯·巴勒斯显然借鉴了亨利·哈格德的创作手法。亨利·哈格德是19世纪英国著名小说家，自80年代中期起，他根据自己在非洲的探险经历，创作了一系列以"遗忘的年代，湮没的城市"为特征的奇幻作品。譬如《所罗门王的宝藏》，述说一个名叫阿兰的猎手在两千多年前的奇幻王国觅宝，几经曲折，终遂心愿。又如《她》，主人公是非洲一个奇幻原始部落的女统治者，她精通巫术，具有铁的统治手腕，但对爱情的执着酿成了她一生最大的悲剧。"人猿泰山系列"的故事场景设置在人迹罕至的原始森林，在那里，虎啸猿鸣，弱肉强食，险象环生。正是在这一极端恶劣的环境中，泰山进行了种种惊心动魄的冒险。在后来的续篇中，埃德加·赖斯·巴勒斯还让泰山的足迹走出西非原始森林，到了传说中的亚特兰蒂斯、废弃的亚马逊古城，甚至神秘的太平洋玛雅群岛。所有这些埃德加·赖斯·巴勒斯笔下的荒岛僻壤，与《所罗门王的宝藏》《她》中"遗忘的年代，湮没的城市"如出一辙。

如果说，亨利·哈格德的"遗忘的年代，湮没的城市"给"人猿泰山系列"提供了诡奇的故事场景，那么给这个场景输血补液的则是西方脍炙人口的动物小说。据埃德加·赖斯·巴勒斯的传记，儿时的他曾因体弱多病辍学，并由此阅读了大量西方文学著作，尤其是鲁德亚德·吉卜林的《丛林故事》、欧内斯特·西顿的《野生动物集》、杰克·伦敦的《野性的呼唤》。这些小说集动物故事、探险故事、寓言故事、爱情故事、神秘故事于一体，给埃德加·赖斯·巴勒斯以深刻印象。事实上，他在出道之前，为了给自己的侄儿、侄女逗乐，还写了一些类似的童话故事，其中一篇还在《黑马连环漫画》上刊登。西方动物小说所表现的是达尔文和斯宾塞的"物竞天择""适者生存"，体现了自然主义创作观。以杰克·伦敦的《野性的呼唤》为例，主要角色布克原是法官的看家狗，过着养尊处优的生活。但有一天，它被盗卖，并辗转来到冰天雪地的阿拉斯加，当起了运输工具。在那里，布克感到自然法则无处不在：狗像狼一般争斗，死亡者立刻被同类吃掉。但它很快学会了生存，原始的野性和狡诈开始显现，并咬死了凶残的领头狗，最终为主人复仇，加入了荒野的狼群。"人猿泰山系列"尽管将"弱肉强食"的雪橇狗变换成了虎、狮、猿以及由猿抚养长大的泰山，但这些人猿、半人半兽之间的殊死争斗同样表现出"生存斗争"的残忍。特别是泰山攀山越岭、腾掠树梢，战胜对手后仰天发出的一声长啸，同杰克·伦敦笔下布克回到河边纪念它的恩主被射杀时的长嚎简直有异曲同工之妙。

鉴于"人猿泰山系列"成书之前曾在《故事大观》《宝库》等杂志连载，不可避免地带有杂志文学的某些缺陷，如情节雷同、形象单调，等等。历来的文论家正是根据这些否定"人猿泰山"的文学价值，否定埃德加·赖斯·巴勒斯的文学地位。但"二战"以后，尤其是20世纪70年代之后，随着西方通俗文化热的兴起，学术界对于"泰山"小说的看法有了转变，许多研究者都给予积极评价，肯定埃德加·赖斯·巴勒斯的美国奇幻小说鼻祖地位。而且，"读者接受"是评价一部作品的最佳试金石。"人猿泰山系列"刚一问世，即征服了美国无数读者，不久又迅速跨出国界，流向英国、加拿大和整个西方。尤其在芬兰，读者简直到了如痴如醉的地步。一本本英文原著被译成芬兰语，一版再版，很快取代其他本土小说，成为最佳畅销书。更有甚者，许多西方作家，包括芬兰、阿根廷、以色列以及部分阿拉伯国家的作家，在埃德加·赖斯·巴勒斯去世后，模拟他的套路，创作起了这样那样的"后泰山小说"。世纪之交，埃德加·赖斯·巴勒斯的"人猿泰山系列"再度在西方发酵，以劳雷尔·汉密尔顿、尼尔·盖曼、乔·凯·罗琳为代表的一大批作家，基于他的"泰山"小说模式，并结合其他通俗小说要素，推出了许多新时代的奇幻小说——城市奇幻小说，并创造了这类小说连续数年高踞《纽约时报》畅销书排行榜的奇观。而且，自1918年起，"泰山"小说即被搬上银幕。以后随着续集的不断问世，每年都有新的"泰山"影片上映和电视剧播放，所改编的影视版本之多，持续时间之长，观众场面之火爆，创西方影视传播界之"最"。2016年，华纳兄弟影业又推出了由大卫·叶茨导演、亚历山大·斯卡斯加德等众多知名演员加盟的真人3D版好莱坞大片《泰山归来：险战丛林》。21世纪头十年，伴随迪士尼同名舞台剧和故事软件的开发，"泰山"游戏又迅速占领电脑虚拟世界，成为风靡全球的少年儿童宠爱对象。此外，西方各国还有形形色色的"泰山"广播剧、"泰山"动漫、"泰山"玩偶，等等。总之，今天的"泰山"早已超出了一个普通小说人物概念，成了西方社会的一种文化符号、一种文化象征。

优秀的文化遗产是不分国界的。为了帮助中国广大读者欣赏埃德加·赖斯·巴勒斯、读懂埃德加·赖斯·巴勒斯，了解当今风靡整个西方的奇幻小说的先驱，上海故事会文化传媒有限公司组织翻译了这套"人猿泰山系列"，这也将是国内第一套完整的"人猿泰山系列"。译者多为沪上高校翻译专业教师，翻译时力求原汁原味、文字流畅，与此同时，予以精编、插画。相信他们的努力会得到认可。

目 录

前言	人猿泰山驰骋的奇幻世界	1
1	邮轮事件	001
2	结仇，结——	009
3	莫尔街轶事	018
4	伯爵夫人的解释	026
5	阴谋败露	037
6	决斗	048
7	西迪艾萨的舞女	057
8	沙漠之战	067
9	黑狮子	076
10	穿越暗影谷	086
11	来自伦敦的约翰·考德威尔	094
12	船来船往	104

13	爱丽丝女士号的沉没	114
14	重归荒野	127
15	人猿变土著	136
16	强盗们	145
17	瓦兹瑞部落的白人酋长	154
18	死亡抓阄	164
19	黄金城	174
20	女祭司	182
21	荒岛求生	192
22	欧帕城的藏宝室	201
23	五十个可怕的人	211
24	重归欧帕城	220
25	穿越原始丛林	228
26	人猿的转变	238

人物介绍

奥尔佳： 库德伯爵夫人，茹科夫的妹妹，在越洋旅行中和泰山成为好友。

尼古拉斯·茹科夫： 俄国恶棍，欲陷害库德伯爵，被泰山识破，之后多次刁难泰山。

达诺： 泰山的好友，与泰山在丛林中相识，带领他来到文明世界。

简·波特： 美国女孩，与泰山相恋，但阴差阳错与克莱顿订下婚约。

克莱顿： 英国勋爵，简·波特的未婚夫。

黑兹尔： 简·波特的好友，与泰山在越洋旅行中相识。

杰诺斯： 阿尔及利亚籍中尉，勾结阿拉伯人暗算泰山。

舞女： 酋长卡多·本·萨登的女儿，在咖啡馆中做舞女。后在泰山的帮助下与父亲团聚。

拉： 欧帕城太阳神庙的女祭司，爱慕泰山。

Chapter 1
邮轮事件

"太美了!"库德伯爵夫人惊叹。

"嗯?"伯爵转向他年轻的妻子,"什么太美了?"伯爵抬头四处扫了一遍,想找到她赞叹的东西。

"哦,没什么,亲爱的,"伯爵夫人说着,脸上泛起一阵红晕,"想起了纽约那些雄美的建筑,人们称它们为摩天大楼。"这位美丽的夫人在躺椅里挪了挪身子,换了个更舒适的位置,拿起那本因为感叹而跌落在腿上的杂志,又翻了起来。

伯爵继续埋首书中,心中不免好奇:离开纽约已经三天了,不久前她还说那些建筑很可怕,这时候却突然赞叹起来。

伯爵放下手中的书。"真是无聊,奥尔佳,我去找几个无聊的人,看看能不能凑一桌牌。"

"亲爱的,你可真不绅士,"她微笑着说,"不过我也一样无聊,所以原谅你了。去玩那些无趣的老牌吧。"伯爵离开后,她的目光偷偷摸摸地游移到前面一位年轻高个子男人身上，他正慵懒地躺在不远处的椅子上。

"太美了！"她再叹了声。

伯爵夫人芳龄二十，丈夫已经四十。作为妻子，她忠贞不渝，只是这段婚姻是由俄罗斯贵族父亲一手包办，由不得自己，她无法狂热地爱上这位父选之人也是可以理解的。然而，可不能仅仅因为对一个陌生年轻男人的赞美就认定她精神出轨。

她只不过是欣赏，就好像赞美一枚精美的标本一样，况且那位男子本来就赏心悦目。奥尔佳游离的视线定格在他侧颜时，那人起身离开了甲板。伯爵夫人召来了一位路过的仆人问道："那位先生是谁？"

"夫人，是泰山先生，来自非洲。"仆人答道。

"好宽泛的介绍。"她想着，不过这更激起了她的好奇心。

泰山走向吸烟室时注意到两个窃窃私语的男人，他本不会在意，可其中一个投来了奇怪的目光。他们令泰山想起巴黎剧院里的反派角色。

深色皮肤、耸肩和偷瞄的动作，以及掩饰不住的窥探欲，都使他们看上去更像反派了。

泰山走进吸烟室，找了一个没人的地方坐下，无心闲谈，啜了一口苦艾酒，过去一周的烦恼在脑海里回放，他一次次地思考，自己把继承权让渡给一个毫不相欠的男人到底对不对。他喜欢克莱顿，哎，可问题不在这儿。放弃继承权不是为了威廉·塞西尔·克莱顿——格雷斯托克勋爵，而是为了他俩都喜欢的一个女人，可造化弄人，命运让她和克莱顿走到了一起。

更让人难受的是她爱着自己，然而就像那晚在遥远的威斯康星小火车站时一样，泰山明白自己什么都做不了。

泰山将她的幸福摆在第一位，文明社会的短暂生活更使他明白，对大多数人来说没有金钱和地位，生活举步维艰。

简·波特出身豪门，如果泰山从她的未婚夫手中夺走金钱和地位，无疑会毁了她的下半辈子。

就算真是这样，泰山也从不认为简会因此抛弃克莱顿，他认为其他人都和自己一样，有一种与生俱来的忠诚，而且他从未看错过。泰山因此相信简会信守对克莱顿的承诺。

思绪由过去飘向未来，泰山想象自己再次回到丛林——那片陪伴了他二十载少年光阴的残酷、狂野的丛林。可迎接他的又会是怎样的丛林生活呢？能称得上朋友的，只有丹托这只大象，剩下的要么想吃他，要么躲着他，就像从前一样。

甚至同一部落的猿猴们也不接纳他。

人类文明让泰山对其他生活失去了兴趣，让他渴望生活在一个充满同类的社会。在这里，他能够感受到伙伴带来的温暖和快乐。他很难去想象一个没有朋友的世界——泰山喜爱英语，而丛林是一个没有生物能用英语与他交谈的世界。正因如此，泰山对自己勾勒的未来感到悲观。他吸着香烟沉思之时，目光落在身前的一面镜子上。镜子里反射出四个男人的身影，他们正围坐在一张桌子边打牌。这时，一个人起身离开，另一个男人走了过去，可以看出他很有礼貌地询问能否加入牌局。新加入的男人就是刚刚在吸烟室门口窃窃私语的两人中个子较小的那位，这引起了泰山的好奇，于是他一边思考着自己的未来，一边透过镜子观察身后的牌桌。泰山认识其中的一位，那人坐在新加入的男子对面，叫库德伯爵，之前一位殷勤得有些过头的侍者介绍过，说他是贵客之一，是法国国防部的高官。

突然，泰山的注意力锁定在镜子上，另一个"反派角色"走了进来，并且站在了伯爵身后，鬼鬼祟祟地四处张望，不过并没有察觉到镜子里泰山的注视。

他偷偷地从口袋里拿出了什么东西并用手遮住，泰山无法看清楚到底是什么。

那只手慢慢地靠近了伯爵，一眨眼间，那东西就被放进了伯爵的口袋里。然后那人继续站在原地，盯着伯爵的牌。

泰山有些疑惑，不过他已经聚精会神，不会再让任何一个细节从眼皮底下溜走。

接着牌局又进行了十来分钟，直到伯爵从新加入的人那里大赚了一笔时，站在伯爵身后的男人向他的同伙点了点头，后者立马站了起来并指着伯爵。

"早知道这位先生是个职业老千，我就不会加入这场牌局了。"他说。

伯爵和另外两名牌友立马站了起来。

库德伯爵脸色变得煞白。

"先生，您这是什么意思？"他大喊道，"您可知道您在和谁说话？"

"我当然知道，我在和一个出老千的家伙说话。"那人回答。

伯爵靠着桌子，身体向前倾，伸出一只大手，狠狠地扇了他一巴掌，其他人赶紧上前挡在他俩中间。

"先生，这里面肯定有什么误会。"其中一人喊道。

"怎么可能呢？这位可是法国的库德伯爵。"

"要是我弄错了，"那男人说，"我愿意道歉。但是在这之前，请这位伯爵先生解释一下他侧边口袋的那张牌吧，我刚看见他偷放进去的。"随后那名偷放纸牌的男人转身想偷偷溜出房间，可出口被一位高个子、灰眼睛的陌生人堵住了。"请让一下。"男人急

004

不可耐地说道，想要从侧面穿过去。

"等等。"泰山说。

"为什么，先生？"那人气急败坏地说，"先生，让我过去。"

"等等，"泰山说，"我想这儿有件事情你可以解释一下。"此时，男子已经气急败坏，一边低声咒骂，一边想把泰山推开。泰山笑了笑，抓着这个家伙的衣领，扭送到牌桌边，那人不停地挣扎、诅咒，做着无用的反抗。这是尼古拉斯·茹科夫第一次感受到泰山的力量——那曾经打败过狮子和巨猿的强大力量。

指控伯爵作弊的男子，以及另外两个玩牌的人都站在那里，眼巴巴地望着伯爵。一些乘客被争执声吸引了过来，大家都等着看好戏。

"这家伙疯了，"伯爵说，"先生们，请你们中出来一个给我搜身吧。"

"纯属诬陷。"其中一位玩牌者喊道。

"只要把手伸进伯爵的口袋里，你们就知道我所言不假，"其他人都不敢向前之时，男子走向伯爵并说道，"要是没人敢的话，我亲自来搜。"

"不，先生，"伯爵说，"我只接受一位绅士的搜身。"

"没有必要搜伯爵的身。他口袋里确实有牌，我看见有人放进去的。"所有人都吃惊地望向这位说话者，他们看到一位身材健硕的年轻男人，押着一个不断反抗的男子向他们走来。

"这是个阴谋！"库德伯爵愤怒地喊道，"我口袋里根本没有牌！"他把手伸进了口袋，大家都屏息凝神地看着，伯爵突然面如死灰，慢慢地把手从口袋里抽了出来，手中正握着三张纸牌。

他惊恐地看着手里的牌，一言不发，脸色因为羞耻而慢慢变红。看到伯爵名誉扫地，围观的人脸上露出了或是遗憾或是鄙夷的神情。

"这是个阴谋，先生。"说话的是那个灰眼睛的陌生人。

"先生们，"他说道，"伯爵先生并不知道他的口袋里有牌，那些牌是在他没有察觉的情况下被偷放进去的。我坐在那边的椅子上，透过镜子看到了一切。牌就是这个人放的，他准备逃跑时被我拦了下来。"库德伯爵的视线从泰山转移到被押着的男子身上。

"我的上帝啊，尼古拉斯！"伯爵大喊，"怎么是你？"随后转向那位指控者并打量了一番。

"还有你，先生，没了胡子我还真没认出你来。真是伪装得很好啊，保罗维奇。我现在明白了，一切都说得通了，先生们。"

"先生，我们怎么处理这两人？"泰山问，"把他们带去船长那里吗？"

"不必，我的朋友，"伯爵赶忙说道，"这是个人恩怨，还请您就此罢手。我已经被证明清白，这就够了。跟这种人，瓜葛还是越少越好。可是，我要怎样才能报答先生您对我的恩情呢？请收下我的名片，以后如果有任何需要的地方，我必定全力相助。"

泰山松开了茹科夫，保罗维奇和他赶紧逃了出去。

就在茹科夫要走出吸烟室时，他转向了泰山。

"这位先生日后一定会为今天的多管闲事而后悔。"

泰山笑了笑，然后向伯爵鞠了一躬并递上了自己的名片。

伯爵看到名片上写着：泰山（M.Jean C.Tarzan）。

"泰山先生，"他说，"我真希望您没有帮我，您刚刚因此而得罪了欧洲最臭名昭著的两个恶棍。以后请无论如何躲着他们。"

"尊敬的伯爵，我见过更值得我畏惧的敌人，"泰山笑着回复道，"可我现在还活得好好的，那两个人是没办法伤害到我的。"

"但愿如此吧，先生，"库德伯爵说道，"小心驶得万年船，毕竟您刚刚和他们结了仇。这些恶棍可不会轻易忘记或原谅您,他们满脑子都是如何报复那些招惹到他们的人。把尼古拉斯·茹科夫称为魔鬼都是小看了他的犯罪史。"

当晚泰山回到客舱的时候,地上躺着一张折起的纸条,显然是从门缝里塞进来的。他打开纸条,上面写着:

泰山先生:

毫无疑问,您肯定没有意识到惹到了谁,否则今天肯定不会这么做。我愿意相信您是无知之举,无意冒犯,因而给您一次道歉的机会。只要收到您的保证书,承诺以后不会再多管闲事,我就当无事发生。否则——我保证您会发现道歉才是明智之举。

尼古拉斯·茹科夫 敬上

泰山冷笑了一声,把这件事抛在脑后,上床睡觉了。

附近的一间客舱里,库德伯爵夫人正和丈夫说着话。

"为什么一脸沉重,亲爱的拉乌尔?"她问道,"你一晚上都阴沉沉的,在担心些什么呢?"

"奥尔佳,尼古拉斯也在船上,你知道吗?"

"尼古拉斯!"她叫道,"可是这怎么可能呢?拉乌尔。这不可能啊。尼古拉斯正在德国蹲监狱呢。"

"我也这么以为,直到今天我亲眼见到他,还有另外一个流氓保罗维奇。奥尔佳,我再也忍受不了他的迫害了,就算是为了你也不行。迟早我要把他们扭送给当局。我其实已经在想靠岸之前和船长说明一切。这种事在法国邮轮上很好解决,奥尔佳,我们和这两个灾星在这儿做个了断。"

"哦不,拉乌尔!"伯爵夫人大喊,她跪了下来,跪在低头坐在沙发椅里的伯爵面前。"别这么做。想想你对我的承诺。告诉我你不会这么做的,拉乌尔,千万别去威胁他。"

库德伯爵握住妻子的手,看着她面色苍白,一脸愁容,想从那双美丽眼眸中找到她极力保护那个男人的真正原因。

"就按你说的做吧,"他最后说道,"我不明白,这个恶棍不配得到你的爱、你的信任、你的尊重。他对于你我的生活和名誉都是一种威胁。我却觉得你从来没后悔维护过他。"

"我没有维护他,拉乌尔,"她激动地说,"我和你一样恨他,可是,拉乌尔,毕竟血浓于水啊。"

"我今天应该让你看看他那副死不改悔的样子,"库德伯爵狠狠地吼道,"他们俩蓄谋毁坏我的名声,奥尔佳。"伯爵把吸烟室里发生的事全部说了出来。"要不是那位陌生人,他们就得手了。那些卡片铁证如山,谁又会相信我口说无凭的解释?要不是泰山先生押着你那位尼古拉斯带到我们面前,把这肮脏的勾当公布出来,我甚至都开始怀疑自己了。"

"泰山先生?"伯爵夫人吃惊地问道。

"是的,你认识他吗?奥尔佳。"

"我见过他,一位侍者为我介绍过。"

"我不知道他也是个名流。"伯爵说。

伯爵夫人赶紧换了个话题,因为她突然发现不知道如何解释为什么侍者会向她介绍年轻英俊的泰山先生。丈夫用一种疑惑的眼神看着她,她脸上掠过了一丝红晕。"啊,"她想,"罪恶感是最可疑的东西。"

Chapter 2

结仇，结——

泰山没有再遇见任何激起他正义感的事件，直到第二天傍晚，他出乎意料地撞见了两个最不想见到他的人——茹科夫和保罗维奇。

两人站在甲板上一个僻静的角落，泰山走近了一些，发现他们正在和一个女人争得火热，她衣着华美，身材苗条匀称，应该是个年轻女子，厚厚的面纱遮住了她的容貌。

女子站在他们中间，三人背对着泰山，没有发现他在轻轻地靠近。泰山注意到他们说着自己听不懂的语言，茹科夫似乎在威胁着什么，而女子在不断恳求着，从外表看那女孩非常害怕。

茹科夫的态度明显充满了暴力胁迫，连泰山都感觉到了危险的气息，在三人身后停住了脚步。目睹一个男人粗暴地扭住女人的手腕，似乎想要屈打成招的样子，泰山还从没在这种情况下迟疑过。

茹科夫接下来会犯下什么恶行只能靠猜测了，因为十根钢铁一般的手指抓住了他的肩膀，把他扭了过来，是昨天刚刚惩戒过他的灰眼睛男人。

"可恶！"茹科夫愤怒地大喊，"你什么意思？你脑子有问题吗？竟然敢这样冒犯尼古拉斯·茹科夫？"

"这是我对您纸条的回复，先生。"泰山低声说道。说罢便用力推了一把，茹科夫东倒西歪地卡在了船栏上。

"该死的！"茹科夫尖叫道，"蠢货，你离死期不远了！"他站了起来，冲向泰山，一边伸手去掏后兜里的左轮手枪。那位女子吓得向后缩。

"尼古拉斯！"她哭喊道，"别——千万别！先生快逃，不然他要杀了你的！"可泰山并没有逃，而是向着他走去并说道："别傻了，这位先生。"

茹科夫恼羞成怒，气急败坏，终于把左轮手枪掏了出来。他停下脚步，举起手枪指着泰山的胸口，扣下扳机。枪膛发出哑火的"咔嗒"声——泰山挥出的手像一条愤怒的巨蟒，左轮手枪被打飞，越过船栏，掉进了大西洋里。

两人面对面站了片刻，茹科夫冷静了下来，开口说道：

"这下先生已经两次多管闲事，两次羞辱尼古拉斯·茹科夫了。第一次相信你是无知所以原谅了你，可这一次绝对不会。如果你不知道尼古拉斯·茹科夫是谁，之后你有的是机会记住的。"

"我会记住你是个懦夫和恶棍的，先生，不会再多了。"泰山转身想询问那位女士是否受伤，可她已经不见了。然后他一眼都没看茹科夫和他的同伙，就继续在甲板上散步了。

泰山很好奇里面到底有什么阴谋，两人到底在策划着什么。那名被救的面纱女子也有种熟悉的感觉，可没有看到她的脸，不好说以前是否真的见过面。在茹科夫抓着她的手腕时，泰山注意到她手指上有一枚工艺精美的戒指，于是他决定留心之后遇见的每一位女乘客的手指，找出她的身份，看看茹科夫是否还在对她纠缠不休。

泰山找到了自己的帆布躺椅躺了下来，陷入了回忆之中。自从四年前他第一次看见人类——黑人库隆伽一箭射杀他的猿人母亲卡拉以来，他所经历的各种事件无不显露出人性的残忍、自私和恶毒。

他回忆起金被阴险的斯奈普斯所谋杀，波特教授和他的同伴被阿罗号的叛党所放逐，战俘们被黑人战士和庞加的女人所折磨，以及西海岸殖民地官员们之间的相互忌恨。这就是他与文明世界的初见。

"我的天！"他喃喃自语道，"他们都一样，欺骗、谋杀、撒谎、战争，只为追求一样森林里的动物不屑拥有的东西——钱，并用它来纵情享乐，像个懦夫。还要用愚蠢的习俗，让人们一边屈服于不幸的命运，一边相信自己是造物之神，掌管生死。为了这个愚蠢的世界，我竟然放弃了幸福而自由的丛林生活，真是太傻了。"突然，他感到身后有人窥视，野生动物的本能在此刻占据上风，泰山迅速翻身爬起，灰色的双目直直地锁定了一位年轻女子可疑的眼光，她甚至没时间避开。她赶忙转过头去，一丝绯红浮上那张脸颊。

泰山笑了笑，刚才自己真是太不绅士了，竟然盯着年轻女子的双眼看。她非常年轻貌美，并且莫名有一种熟悉感，不知道曾在哪里相遇过。他重新躺回椅子上，并注意到那名女子已经起身准备离开甲板了。他们错身的一瞬间，泰山转头看了看她，想要找到点关于她身份的线索，满足一下自己的好奇心。

泰山果然有所收获，女子离开时伸手拨动了一下乌黑浓密的秀发——这个特别的动作让泰山一下认出了她——同时注意到她手指上那枚做工精美的戒指，与之前的那位面纱女子一模一样。

原来她就是被茹科夫骚扰的人。

泰山随意地猜测了一番她的身份，以及她和那位暴戾的大胡子俄罗斯人之间有什么瓜葛。

晚餐过后，泰山和二副散步聊天，直到天色渐晚，对方公务在身不得不离开，泰山便懒懒地靠在船栏上，看着皎洁的月光在海浪上摇曳，吊艇柱遮住了他的半身，两个走向甲板的男人并没有注意到他。他们走过时，泰山听到了两人的谈话，并认出了茹科夫的声音，也认出了他的同伙保罗维奇。他决定跟踪这两人，看看他们到底在图谋些什么。

泰山只听到了一些只言片语："如果她尖叫你就掐住她的脖子，等到她——"不过这几个词就足以唤起他的冒险精神。那两人在甲板上走到哪里，泰山的目光就跟到哪里，随后两人在吸烟室门口站了好一会儿，很明显是想确认一下他们要找的那个人是否在里面。

随后他们径直走向散步甲板上的头等舱。在这里跟踪很难不被发现，不过泰山还是设法隐蔽了起来。他们在一扇硬木大门前停了下来，泰山躲在离他们不到十二英尺的过道阴影里。

听到敲门声，门内传出了一个女人的声音。她用法语问道："是谁啊？"

"是我，奥尔佳，尼古拉斯，"茹科夫那刺耳的声音答道，"我能进来吗？"

"你为什么要一直折磨我，尼古拉斯？"薄薄的门板后传来女人的声音，"我从来没有得罪过你。"

"开门吧,快开门,奥尔佳,"男人带着哄骗的语气催促道,"我只和你说两句话,不会伤害你的,连你的房间都不会进。可我也不能对着门把秘密喊出来吧。"泰山听到门闩从里面打开的声音,想到他在甲板上听到的那句恶狠狠的"如果她尖叫你就掐住她的脖子",他立马从阴影探出身子,想看清楚门开之后会发生什么。茹科夫站在门前,保罗维奇身子贴在不远处走廊的墙上。

门打开了。茹科夫半个身体迈进了门,用后背抵着门,悄悄地和门内的女人说着什么。接着泰山听到了那个女人冷静而响亮的声音。

"不,尼古拉斯,"她说,"没用的,无论你怎么威胁,我都不会答应你的。请离开吧,你无权留在这里,而且你答应了我不会进门的。"

"很好,奥尔佳,我不会进来。但是在我俩玩完之前,你应该为之前拒绝了我所有请求而忏悔。反正最后赢家都是我,所以还是省点力气别把事情搞大,免得丢了你和你那位——"

"绝不,尼古拉斯!"女人打断了他,泰山看见他向保罗维奇点了点头,后者迅速跳了出来,从茹科夫顶住的门旁溜进了房间。茹科夫随即撤了出来,关上了门。泰山听到保罗维奇从里面把门锁上的声音。

茹科夫站在门前,歪着头,好像在听门内的声音。他布满胡子的嘴角翘了起来,露出一个阴险的笑容。

泰山听到女人命令保罗维奇离开房间的声音。"我要喊我丈夫了,"她喊道,"他可不会对你手下留情。"门内传出了男子轻蔑的大笑声。

"乘务长会招来你丈夫的,夫人,"那人说道,"事实上,乘务长已经接到通知了,你锁着门,在房间里背着你丈夫和一名男子偷欢。"

"呸！"女人喊道，"我丈夫会明白真相的！"

"你的丈夫肯定会明白，但乘务长可不会，等邮轮靠岸的记者们也不会。他们会觉得这是件风流韵事，你的朋友们在读早报的时候，也会这么认为。我想想，今天是周二，是的，就在周五，他们就能在报纸上读到你的故事了。当人得知伯爵夫人的偷腥对象是个俄罗斯随从——她哥哥的男仆时，谁还对事实真相感兴趣呢？"

"阿列克谢·保罗维奇，"女人的声音响起，冷静而无畏，"你是个懦夫，只要我在你耳边念一个名字，你就会听我的命令，收回你的威胁，离开这个房间，以后再也不敢来骚扰我。"接着是一阵沉默，泰山可以想象到那个女人靠近那个无赖，在他耳边念出了那个名字。片刻寂静后，响起了男人惊恐的咒骂声——混乱的脚步声——女人的尖叫声——最后重归寂静。

在喊叫声结束之前，泰山就从隐蔽之处跳了出来。茹科夫见状撒腿就跑，却被泰山一把抓住衣领拖了回来。

两人一句话都没说，都本能地感觉到屋子里，一场谋杀正在进行。泰山肯定茹科夫也没有想到他的同伙会如此凶残——他感到茹科夫的阴谋没那么简单——甚至比残酷、冷血的谋杀更为罪恶。泰山没有时间再细细询问了，他用肩膀猛地撞向房门，拽着茹科夫在一片木屑纷飞中走进了房间。面前是一张沙发，那名女子正躺在沙发上，白皙的脖子被身上压着的保罗维奇狠狠地掐住，双手在他的脸上无力地拍打，绝望地拉扯那些想要置她于死地的手指。

听到泰山破门而入的声音，保罗维奇一下站了起来，恶狠狠地盯着他。女子颤抖着坐了起来，一只手捂着脖子，呀呀地小口喘着气。尽管她披头散发,衣衫不整,脸色苍白,泰山还是一眼就认了出来,她就是那位在甲板上盯着他的女子。

"这是要干什么?"泰山转向茹科夫问道。这位暴行的主谋皱着眉头,一言不发。"请按下警报吧,"泰山说,"把警官召来——这件事太过分了。"

"不,别,"女子突然站了起来喊道,"请别那么做。他们无意伤害我。是我惹怒了这位先生,导致他情绪失控,事情就是这样。请别把事情闹大,先生。"苦苦的哀求让泰山无法按下警报,与此同时他也意识到,只要有警官到场,这里的阴谋应该就能水落石出。

"这件事,你要我袖手旁观吗?"泰山问道。

"是的,请您什么也别做。"她说。

"这两个恶棍会继续迫害你,你希望这样吗?"她不知道怎么回答,一脸的烦恼和愁苦。泰山看见茹科夫嘴角上扬,露出了一丝恶毒的阴笑。女子显然是怕了那两人——她不敢在他们面前表达自己的真实感受。

"那么,"泰山说,"就由我来替天行道。至于你——"他转向茹科夫,"以及你的帮凶,在航行结束以前我会盯着你们。要是再发现任何骚扰这位女士的行为,我会把你们抓来亲自审问,到时有你们好受。"

"现在滚出去吧。"泰山抓着两人的后颈,用力推出了门去,并在走廊里给了一人一脚。随即泰山回到房间,那位受惊的女士正瞪大双眼望着他。

"女士,要是之后这两个流氓再来骚扰你,请告诉我,就当帮我的忙了。"

"啊,先生,"她说,"我希望您的好心相助不要招来灾祸。您刚刚和非常邪恶而狡诈的人结了仇,他们都是穷凶极恶之徒。请

结仇,结—— | 015

务必要小心啊，这位先生——"

"原谅我，女士，我的名字叫泰山。"

"这位泰山先生。虽然我没同意报警，但是我衷心感谢您的保护，您是如此的勇敢而有骑士风度。晚安，泰山先生，我永远不会忘记您的救命之恩。"她露齿一笑，美丽而迷人，并向泰山行了一个屈膝礼，后者报以晚安问候便走向了甲板。

泰山非常困惑——这位女士和库德伯爵——他们遭受茹科夫和保罗维奇这般侮辱，却不想让两名暴徒接受正义的审判。睡觉前他不断地回想发生在这位年轻女士身上的阴谋和怪事。

泰山突然想起自己还不知道她的名字，不过她左手无名指上的金戒指表明她已经结婚了。他不禁去想那位幸运的丈夫是谁。

直到航程的最后一天傍晚，泰山也没有再发现那两人作恶。他走向自己的躺椅时，正好撞见了迎面走来的那位年轻女士。她微笑着打了个招呼便立即说起了两天前的晚上在客舱里发生的那件事。似乎是觉得泰山会因为她认识茹科夫和保罗维奇那样的人而质疑她的人品。

"相信您不会瞧不起我，"她说，"周二晚上的倒霉事令我非常难受——这是我从那之后第一次走出房间，我感到太耻辱了。"

"没有人会瞧不起被恶狮袭击的小羚羊的，"泰山说，"我见识过他们在吸烟室里的恶行——就在袭击你的前一天。看到他们下作的手段，我敢肯定，他们的受害者一定是正直的人。像这样作恶多端、本性难移的人，会憎恶一切高尚美好的东西。"

"感谢您能这样想，"她笑着说道，"我的丈夫已经把牌局上发生的事全部告诉我了。他特别提到了泰山先生的勇武，还说欠您一个大大的人情。"

"您的丈夫？"泰山疑惑地问道。

"是的,我就是库德伯爵夫人。"

"您什么也不欠我的,夫人。能够帮助到伯爵夫人是我的荣幸。"

"哎,先生,我已经受了您太多恩惠,都不知道如何报答,只能祈祷日后不要再劳烦您为我挺身而出。"她莞尔一笑。泰山觉得为博她一笑,任何男人都愿意舍身相助。

这一天,泰山没有再见到她,第二天,大家都匆匆忙忙下船的时候,泰山又想起了她,昨天在甲板上告别的时候,她的眼神一直萦绕在泰山心头。在这场越洋旅程中,他们的友谊是如此传奇,又是如此短暂,两人之前聊到这个话题时,都感到非常遗憾。

泰山想,不知以后还能不能与她相见。

Chapter 3
莫尔街轶事

泰山一到巴黎，就直奔达诺的住所。得知泰山放弃了继承父亲约翰·克莱顿——已故的格雷斯托克勋爵的遗产和爵位，这位老朋友一通抱怨和指责。

"我的朋友，你一定是疯了，"达诺说，"你放弃的可不仅仅是财富和地位，还有向全世界证明自己的机会，证明你身体里流着的血来自英格兰最高贵的两个家族，而不是什么野猿猴。不过他们竟然能相信你那套人猿的说辞，连波特小姐都相信了，真叫人没想到。

"我自始至终都不相信，即使是在非洲的蛮荒丛林里，看见你像野兽一般撕扯猎物的肉块，在大腿上擦着油腻双手的时候。就算在那时什么证据也没有，我也相信你肯定是出于什么误会，才把卡拉当作自己母亲。

"而现在，真相水落石出——你父亲的日记被发现，其中记载了你双亲在蛮荒的非洲海岸度过的可怕日子，记载了你的出生，还保存有最重要的证据——你婴儿时的指印。可是你却更愿意做一个寂寂无名的流浪汉，真令我费解。"

"我不需要其他名字了，泰山就很好，"他说，"不过我也无意做一个身无分文的流浪汉。其实我要求你一件事，希望也是最后一次麻烦你。我想要请你帮我找一份工作。"

"我呸！"达诺十分气恼，"你知道我不是这个意思。"

"告诉过你无数次，我的钱够二十个人花了，这些财富的一半都是你的。就算全部给你，也不及我们友谊的十分之一啊。我不会忘记在非洲时是你救了我。要不是你当时勇猛果敢，我已经死在庞加那群食人族的木桩上了。我也没有忘记身受重伤时你无私的救助——后来才知道，你是为了救我才留在猿猴聚居地，没有前往你心之所向的海滨。

"等到我们终于到达海滨的时候，才发现波特小姐一行已经离开了。那时，我开始明白你为了我这样一个完完全全的陌生人，所做出的牺牲。我并不是想用钱来回报你，泰山。只不过你现在确实缺钱，如果你需要其他任何东西，我也一样会给——你是我永远的朋友，我们志趣相投，而且我崇拜你。这些都是我无法控制的，我能做的就是资助你这笔钱，我必须这么做。"

"好吧，"泰山笑道，"我们别为了钱吵个不停。我得活下去，而活着必须要有钱，可是要是有点事做的话，我会更充实的。你要是真想帮帮我这个朋友的话，就帮我找一份工作吧，不然我会无聊死的。至于我的继承权——我觉得给克莱顿也没什么不好的。他一点也不觉得是从我这里夺去的，因为他打心眼里就觉得自己才是真正的格雷斯托克勋爵，而且很可能他比我这个生长在非洲丛林里的人更适合当一位英格兰勋爵。就算现在，我也只不过算得上半个文明人而已。一旦发起怒来，我体内的蛮荒兽性就会爆发出来，哪里还有一丁点的文明与教化。

"还有，我心爱的女人要嫁给克莱顿了，要是夺回了继承权，也就夺走了她的财富和地位。我不能那么做，对吗？保罗。"

"身世对于我来说也不是什么很重要的事，"泰山没有等达诺回答，继续说道，"人也好，兽也好，他们真正的价值在于自身的智慧和力量。我很开心，无论是猿人卡拉还是那位生下我的英国女子，她们都是我的母亲。卡拉用她暴躁而野蛮的方式爱我。亲生母亲去世后，我便在她的怀里长大。她为了保护我，与丛林里的野兽战斗，与部落里的凶残族人战斗，这是真正的母爱。

"我很爱她，保罗。直到庞加的黑人战士毒杀她的那一刻，我才意识到自己有多爱她，那时我还是个小孩，我趴在她的尸体上号啕大哭，就像她是我亲生母亲一样。在你的眼里，她可能只是个丑陋的生物，但是对于我来说她无比美丽——这就是爱的力量。此生能够做母猿卡拉的孩子，我很满足。"

"我钦佩你的忠诚，"达诺说，"但之后，你会有要用到这笔钱的时候，希望那时我还拥有这么多的财富。请记着，这世上只有波特教授和菲兰德先生可以证明，和你爸爸妈妈一起躺在棺材里的小骷髅，其实是一具猿婴，而不是真正的格雷斯托克勋爵夫妇的后代。这是至关重要的证据，而他们俩年纪都很大了，时日不多。而且，你有没有想过波特小姐可能有一天会解除和克莱顿的婚约？这样你的身份、财富、爱人，全都有了。难道你从没这么想过吗？"

泰山摇了摇头。

"你不懂她，"他说，"克莱顿身上发生越多不幸，她就越不会离开他。简出身于美国南部的传统家庭，南方人一向以忠诚为傲。"

接下来的两周，泰山重游了一遍巴黎，白天流连在图书馆和画廊，几乎什么书都读，一个充满各种可能性的世界向他敞开，同时人类浩瀚无垠的知识也让他感到沮丧——一个人穷尽一生来学习研究，也不可能学完。白天泰山努力学习，晚上则娱乐放松，他发现夜巴黎也是如此的丰富多彩。

有时泰山也吸烟酗酒，他从那些文明世界的兄弟那里学来的这些，以为这就是文明。新生活充满诱惑，可泰山压抑着一个永远无法实现的渴望，心中愁苦无处宣泄，他只能在学习和放纵这两个极端里忘记过去，不想未来。

一日傍晚，泰山坐在音乐厅里，一边喝着苦艾酒一边欣赏著名俄罗斯舞者的表演。突然他瞥到一双凶狠的黑眼睛直勾勾地盯着他。

还没来得及看清是谁，那人就迅速转身，混在出口处的人群里消失不见了。泰山确信他曾经见过那双眼睛，感到自己被盯梢绝非偶然。在被偷偷观察的时候，泰山特别敏感，身体里的野兽本能让他迅速锁定偷窥者，吓得对方赶紧逃跑。

泰山很快把这件事抛在脑后了，以至于在接下来的演出中，他都没有注意到那个人偷偷藏在另一个出口的阴影里继续偷窥着他。

其实很多时候，泰山并不是一个人出没于巴黎的娱乐场所——他被人尾随了。

这晚，达诺与他人有约，泰山一个人出来溜达。

在回去的途中，他转身走进那条通向公寓的小道，街对面一个窥视者从藏身处跑了出来，迅速地逃开了。

泰山已经习惯了晚上走莫尔街回家，与周围喧闹繁华的大道不同，这条小街阴暗而僻静，令他想起深爱的非洲丛林。要是你熟悉巴黎的话，一定能想起莫尔街的狭窄阴冷，如果你不知道的话，

莫尔街轶事 | 021

只需要问问警察巴黎哪条街晚上去不得，答案一定是莫尔街。

街道两旁阴暗密集的老居民楼投下阴影，泰山沿街行走在黑暗里。突然街对面三楼传来一个女人的尖叫和哭喊。

第一声哭喊的回声还没消失在长街上，泰山已经沿着黑暗的楼梯冲了上去。

三楼的走廊尽头，一扇门开了一条缝，从里面又传出了那女人的喊声，他立马冲进了那个昏暗的房间。屋里，悬着的老式金属灯罩里燃着一盏油灯，暗淡的光芒映照出十二个人影——十一个男人和一个大约三十岁的女人。从她写满失意颓丧和纵欲过度的脸上，依稀还能看见年轻时的娟秀俊俏。她一手捂着脖子，半蹲着靠在墙上。

"救救我，先生，"她低声喊道，"他们要杀我。"泰山环顾一圈，看到十一张狡诈、恶毒的脸，带着惯犯特有的神情。正当他好奇这些人为什么不逃跑的时候，身后一阵响动引得他立刻回头，瞧见一个男人正偷偷溜出房间，不是别人，正是茹科夫。

不过泰山把更多的注意力放在另一个男人身上，那人一脸凶相地出现在他身后，踮着脚，手里拿着一根大头短棒，眼见偷袭被发现，这群恶棍从四面八方围了上来，一些人掏出了刀子，一些人抄起了椅子，那个手拿大棒的男人使出全身力气举起武器狠狠地朝泰山脑袋砸去。

这群巴黎的街头混混显然低估了泰山。在蛮荒的丛林里，与猿猴和狮子斗智斗勇时练就的智慧、速度和肌肉，让他绝不会轻易地被打倒。

泰山选择先对付最有威胁的对手——手持大棒的男子。泰山聚集全力，躲过了一击，再顺势出了一记上勾拳打在男子下巴上，直接将他撂倒在地。

泰山转向剩下的人，游戏刚刚开始，他浑身散发出打斗的愉悦和对鲜血的渴望，就好像本来有一层薄薄的文明外壳，在此刻被打破、脱落了。在这个小房间里，十个魁梧的恶棍面对着的，是一头力量完胜他们的狂暴野兽。

屋外，走廊的尽头站着茹科夫，等待事情办完。他想要在离开之前确认泰山已经死透，同时又不想参与谋杀的过程。

那名女子还站在最开始的位置，但是她的面目表情经历了一系列变化。从一开始的颓丧，到见到泰山被偷袭时的狡黠，再到一脸惊愕，最后变成恐惧。她用哭喊声引来的那位绅士已经变成复仇恶魔，现在面前站着的，不是一个手无缚鸡之力的绅士，而是一个疯狂的大力士。

"我的天哪！"她喊道，"他是头野兽！"泰山咬住其中一人的喉咙，就好像当时与克查科部族的巨猿战斗时一样。

他在房间里敏捷地移动，奔跑跳跃，令那女人想起在动物园里见到的猎豹。"啪"的一声，他扭断了一个人的手腕。"咔"的一声，他又将一人的肩膀扯脱臼。

这些男人痛苦地叫喊着，竭尽全力逃向走廊，不过，还没等第一个被打到流血的人跑出房间，茹科夫就意识到大事不妙，这群人绝对无法置泰山于死地。他赶紧跑到附近的一个电话亭里，报警说莫尔街 27 号三楼有一个男人正在杀人。警官到场后发现地上躺着三个不断哀号的男人，脏污的床上坐着一个受惊的女子，把脸埋在双臂里，房间正中站着一位衣着体面的年轻男子。泰山听到警察的脚步声，以为是恶棍们的增援来了，透过那双铁灰色眼睛，他体内的野兽正盯着这群人。血腥味刺激下的泰山失去了最后的一丝人的理性，现在的他就像一只被猎人包围的困兽，等待着下一个突袭，等待着向第一个发难的人扑过去。

"这儿发生了什么?"其中一个警察问道。

泰山简单地说明了情况,等他转向那个女人,想得到她的证实时,她的回答却让泰山大吃一惊。

"他在撒谎!"她对着警察尖声大叫,"我一人在房间里的时候,他走了进来,对我图谋不轨。我拼命反抗,这些先生们正好路过,要不是我的叫喊把他们引了过来,这个男人已经把我杀死了。警官们,这个男人是个魔鬼。他只用双手和牙齿就几乎要了十个男子的命。"这女人如此颠倒是非,以致泰山惊讶到话都说不出来。警官们显然有些怀疑,毕竟,他们不是第一次和这位女士及她的"绅士"朋友们打交道了。不过无论如何他们只是警察,不是法官,所以他们决定逮捕房间里所有的人,交给法官来判断孰是孰非。

很快他们发现,想要逮捕这位衣着体面的年轻男子,说起来比做起来难得多。

"我没有罪,"他冷静地说道,"我只是在自卫。我也不知道这位女士为什么要那样说,她不可能和我有仇,听到她的呼救我才上楼来,这是我们第一次见面。"

"好了,好了,"其中一位警官说,"有什么话,去和法官说吧。"说着便走向前,用手押住泰山的肩膀。转瞬间泰山就把他摔在了墙角,其他警官随即一拥而上,不过下场都和之前的那群恶棍一样。这一切是如此迅速而利落,以至于他们都没有机会掏出左轮手枪。

在短暂的打斗中,泰山注意到敞开的窗口外有一个柱状物,看不清楚到底是树干还是电线杆。

在最后一名警官被撂倒的时候,其中一名成功抽出了左轮手枪并朝着泰山开了一枪。然而子弹并没有打中,在第二发子弹飞出之前,泰山一记飞腿扫灭了油灯,屋内顿时一片漆黑。

接下来他们看见了一个矫健的身影跃上了窗台,像猎豹一般跳上了人行道对面的杆子上。等到警察们追到街上时，泰山早已不见踪影。

一想到那个手无寸铁就将他们打倒在地，还轻而易举地逃走的男子，这群警察都感到羞愧难当，无脸上报。再想到自己的无能还被那名女子和剩下的恶棍围观了之后，警察们气不打一处来，在押送他们回警局的时候，自然没有给这群人好脸色看。

守在街上的警官信誓旦旦地说自始至终没有任何人从窗户跳出来，也没有见到有人走出来。现场的警官们都觉得他在撒谎，可又无法证明。

其实，泰山在顺着窗外的杆子往下滑的时候，动物本能让他朝下方观察了一番，以确定是否有敌人。正是这一举动使他发现了下方站着的警察，于是泰山又爬了上去。

杆子顶端正对着屋顶，常年在丛林的大树间飞荡，泰山不费吹灰之力就跃上了屋顶。

他在屋顶之间跳跃、攀爬、穿行，直到遇见了另一棵可以攀爬的杆子并沿着它滑到了地面。

飞快地穿越了两栋建筑之后，泰山转身进了一家通宵营业的咖啡店，走进盥洗室，洗去了衣服和双手上因为刚刚在屋顶穿行而沾上的污渍。没过多久，他已经悠闲地走在了回公寓的路上。

快到住处的时候，泰山准备穿过一条亮敞的大道时，一道炫目的车灯射来。站在路边等待汽车开过时，却突然听见一个甜美的女声在呼喊他的名字。一抬头，竟然与伯爵夫人四目相对，她正坐在汽车后座，身体向前靠在车窗上。泰山深深地鞠了一躬，起身却发现汽车早已驶远。

"竟然在同一个晚上见到茹科夫和伯爵夫人，"他喃喃自语道，"巴黎也没那么大嘛。"

莫尔街轶事 | 025

Chapter 4

伯爵夫人的解释

"保罗，你的巴黎比我的丛林还要危险，"在讲完自己昨晚的经历后，泰山总结道，"这群人为什么要引我过去？他们饿了吗？"

达诺略带惊惧地耸了耸肩，可听到泰山这么一问，他还是笑出了声。

"我的朋友，在文明世界，很多东西没办法用丛林法则来解释，不是吗？"他揶揄地问道。

"文明世界，确实很文明，"泰山嘲讽地说，"丛林法则可不会纵容罪恶肆虐。我们杀生只为了食物、自保、同类竞争或是保护后代，永远遵循着自然法则。可是这里呢！呸！那个文明人比野兽更加野蛮。他杀人成性，更可耻的是他甚至利用人类的同情心和正义感，引诱无辜的受害者跳入陷阱。我就是听到那个女人的呼救声才冲进房间，可等着我的竟是一群杀手。

"我那时完全没有意识到这一点，之后很长一段时间也想不通，一个女人究竟要堕落到怎样一种境地，才会狠心要置一个想要救自己的人于死地。可是没有其他任何可能的解释了，茹科夫的出现，她在警察面前的颠倒是非，这些更加证实了我的推断。茹科夫肯定得知了我常常出没于莫尔街，于是设好圈套等我上钩——计划直到最后一刻都进行得非常顺利，他甚至连计划失败后女人的说辞都安排好了。现在我算是完全弄明白了。"

"好吧，"达诺说，"这件事至少让你明白了一个道理——莫尔街晚上去不得。我之前就告诉过你，你偏不信邪。"

"正好相反，"泰山笑道，"我明白了这是全巴黎最值得一去的街道。从此只要一有机会我便会去那条街走走。离开非洲以来，这是我第一次玩得这么开心。"

"只怕是这一次就有你玩的了，"达诺说，"记着，你和警察的事还没完呢。我很清楚巴黎的警察，他们没这么快把你忘了。你迟早会被抓住，被关进铁牢。那时你还觉得好玩吗？"

"他们的铁牢关不住人猿泰山。"他答道，一脸严肃。

泰山的语气里透露出了什么，引得达诺抬起头，目光直直地盯着这位朋友。他看着这位大孩子坚毅的下巴和冷峻的眼神，不禁担心起来——泰山心中除了自己的武力，什么法律都不认。在泰山再次和警察起冲突之前，他得做些什么，缓解双方的矛盾。

"你还有很多要学的，泰山，"他严肃地说，"不管你喜不喜欢，人类的法律都必须得到尊重。要是继续招惹警察，只会给你和你的朋友惹上麻烦。就在今天，只这一次，我可以和他们解释一下情况，但之后你一定要遵守法律。执法人员说'来'你就要立即过去，说'走'你必须马上离开。现在，我们去警局找我的好朋友，把莫尔街的事情解决了。快来！"

一个半小时后，两人一起走进了警局办公室。接待的警长非常热情，他还记得几个月前在处理指纹的事时与泰山有过接触。

可是当达诺把前一晚发生的事情讲完后，他的脸上露出了一丝冷笑，并按下了手边的按钮，等人来的过程中他还一边在桌上的文件里翻找着什么，并最终取出了一张纸。

"给你，琼邦，"他把纸递给了进来的那个人，"把这些警官立刻叫来。"说罢便转身面对泰山。

"先生，您犯了很严重的事，"他仍然语气和善地说道，"要不是我的好朋友出面做解释，我会直接从严处罚。可现在，我为您开个先例，叫来了昨晚被您冒犯的警官们，让达诺中尉再解释一遍昨晚的事，由警官们决定您是否要被起诉。

"关于文明你还有很多要学习的。很多事，在你还没弄明白背后的道理前，请务必学着接受它们，尽管在你看来可能会很奇怪或没有必要。你袭击的那些警官不是在随性而为，只是在尽自己的职责。每一天，他们都在冒着生命危险保护其他人的人身财产安全，你也是被保护的对象之一。这群勇敢的警察却被你一个手无寸铁的人打败了，这很伤人自尊心。

"放低姿态，让他们原谅你的所作所为吧。我认识的泰山是一个勇敢的男子，而勇敢的人无一例外都心胸宽广。"话音未落，四个警察走了进来，一见到泰山，他们都露出了惊讶的神情。

"小伙子们，"长官说道，"这就是你们昨晚在莫尔街遇到的那位先生。他主动前来投案自首。我希望你们都认真听听达诺中尉的话，他会告诉你们这位先生的一些身世，或许可以解释昨晚他对你们的所作所为。请讲吧，亲爱的中尉。"

一个半小时里，达诺讲述了一些泰山的丛林生活，以及他如何为了生存而像野兽一般战斗。大家都明白了，泰山对警察的冒犯是出于自卫本能而不是故意为之，因为他完全不知道来者何意。对于他来说，这些警察和丛林里那些充满敌意的野兽们没有区别。

"昨晚的事很伤你们的自尊，"达诺总结道，"一群警察被一个人击倒，尤其让人难堪。可是你们也不必觉得羞愧，毕竟昨晚你们在那个小房间里对付的是一只非洲猛狮，或者说，是一只丛林巨猿。"

"你们的对手无数次地战胜了黑暗大陆上的邪恶力量。输给泰山那超人的力量没有什么丢人的。"警官们看了看泰山，又把视线转向警长。就在这时，一个举动消除了他们心中最后的敌意——泰山伸出了双手，向他们走了过去。

"我对自己犯下的错误感到很抱歉，"他坦诚地说，"我们做朋友吧。"事件到此画上一个圆满的句号。此后，泰山成了警局里大家热衷于谈论的人物，他也因此多了四位勇敢的警察朋友。

在回到公寓的时候，中尉发现一封威廉·塞西尔·克莱顿——格雷斯托克勋爵的来信。他们的友谊始于那次救援简·波特的苦难旅程，之后便一直保持着书信联系。

"他们两个月后就要在伦敦成婚了。"读完信，达诺说道。不必言明，泰山也知道"他们"指的是谁，他什么话也没说。接下来的一整天泰山都一言不发，似乎在思考着什么。

傍晚两人去看了歌剧，泰山整晚都心不在焉，脑子里一团阴云，什么表演都看不进去。眼前不断浮现出那个可爱动人的美国女孩，耳朵里回响着她悲伤而甜美的声音，诉说两人无法在一起的事实。她就要嫁给别人了！泰山摇了摇脑袋，努力不去想这些难过的事，可就在这一瞬间，他又感觉受到了监视。本能令他迅速抬起头并锁定了那双眼睛，却发现自己盯着的竟然是奥尔佳，库德伯爵夫人的笑脸。泰山朝她鞠躬时感觉到，伯爵夫人似乎在邀请自己过去，甚至可以说，她脸上透露出了恳求的神情。

在下一个表演休息时间，泰山来到了她的包厢里。

伯爵夫人的解释

"我一直盼望着见到您，"她说，"我一直都很苦恼。上次我和我的丈夫受到那两个恶棍的骚扰，多亏了您的搭救。可我们却没有采取报警的方式来处理，导致他们再次作恶，您一定觉得我们非常不知好歹。"

"您误会了，"泰山说，"任何解释都没有必要，因为您在我心中的印象一直非常好。他们俩之后还有再骚扰过您吗？"

"恶性不改，"她苦恼地答道，"我觉得我必须要向您说明一下，也请您务必听我的解释，这也许对您有帮助。茹科夫这个人我太了解了，他有仇必报，我要告诉您一些事，希望在对付他的时候对您有所帮助。可是这里说话不便，明天下午五点我会在家恭候您的光临。"

"非常期待。"说完，泰山向她道了晚安。而在剧院的一角，茹科夫和保罗维奇看见泰山在伯爵夫人的包厢里，两人脸上露出了诡异的笑容。

第二天下午四点半的时候，一个皮肤黝黑的大胡子男人出现在了库德伯爵宅邸的侧门口，按响了门铃。开门的仆人认出了他，抬起了眉毛。两人低低私语了几句。

一开始仆人似乎拒绝了"胡子男"的提议，后者立马塞了什么到他手里。仆人随即转身引着来客穿过蜿蜒小径，来到一个凉亭，伯爵夫人常常在这里饮下午茶。

半小时后泰山被引到了屋内，女主人也同时走了进来，微笑着伸出了双手。

"真高兴您来了。"她说道。

"风雨无阻。"泰山说。

他们从歌剧聊到了巴黎时下热门的话题，之后又聊到了两人的奇遇，并最终说到了两人心中一直惦记着的那件事。

"您一定很好奇,"伯爵夫人说,"茹科夫的目的到底是什么?答案其实很简单。伯爵手里掌握着许多国防机密——许多外国势力不惜一切代价想要得到的机密。他们无所不用其极,许多手段甚至比谋杀更为险恶。

"伯爵手里现在有一条价值连城的机密,它对俄国政府来说至关重要。而茹科夫和保罗维奇就是俄罗斯间谍,面对财富和名声的诱惑他们绝不会善罢甘休。上次的邮轮事件——我指的是那场牌局阴谋——其实就是想要勒索我丈夫,从他那里得到机密消息。

"要是伯爵玩牌作弊的事坐实,他的职业生涯和社交生活都会受到严重影响,并不得不离开国防部。那两个恶棍便以此为威胁——如果不想名誉扫地,只要乖乖交出机密文件,他们便会站出来澄清误会,证明伯爵的清白。

"是您挫败了那次阴谋,随后他们又企图拿我的名誉作为威胁的筹码。保罗维奇走进我的客舱时告诉我,只要我愿意说出那个机密,他便就此罢休。否则门外站着的茹科夫就会去禀报乘务长,说我正在客舱里背着伯爵和别的男人偷欢,然后在船上大肆散播这个消息,等船一靠岸,他就要让丑闻见报。

"简直太可怕了!可是我手里有保罗维奇的把柄,一旦我去圣彼得堡的警察那里举报,他可是要被判死刑的。我想要把他吓退,便在他的耳边说了一个名字,可随后——"她打了个响指,"他就像个疯子一样掐住了我的喉咙,要不是您的搭救,我已经被他杀死了。"

"畜生!"泰山骂道。

"他们连畜生都不如。"她说。

"他们是恶魔,正因如此,我才担心您的安危。请务必保持警惕,算我求您了,要是您因为帮我而受到他们的迫害,我一辈子都不会原谅自己。"

"我可不怕他们,"泰山答道,"我打败过比他们残酷得多的敌人。"显然伯爵夫人还不知道莫尔街上发生的事情,泰山也只字不提,以免引得她伤心难过。

"为了您的自身安全,"泰山继续说道,"为什么不把这两个恶棍交由当局处理呢?让他们接受正义的审判。"在回答之前,伯爵夫人犹豫了一会儿。

"有两个原因,"她最后说道,"第一个和伯爵不愿意告发他们的原因相同。第二个是我自己的原因——只有茹科夫和我知道的原因。可我很好奇——"然后她陷入了沉默,双眼直直地望着泰山。

"您好奇些什么?"泰山微笑地问道。

"我很好奇,为什么连丈夫都没有告诉的事,我却想要告诉您。您一定能理解我,也许能告诉我接下来应该怎么做,我相信您不会瞧不起我的。"

"无论如何我也不会瞧不起您的,女士,"泰山说道,"就算您曾是个谋杀犯,能死在您的手下,那位受害者也应该感到感恩。"

"不,天哪,不是那样,"她失声喊道,"没有那么吓人。"

"但请让我先告诉您伯爵为什么不起诉他们。如果之后,我还有勇气继续的话,再告诉您第二个原因吧。第一个原因就是,尼古拉斯·茹科夫是我的亲哥哥,我们都是俄罗斯人。尼古拉斯自我有记忆来就是个十足的恶棍。他曾经是一名俄军中尉,后来被革职开除。这在当时是轰动一时的丑闻,后来渐渐被忘记了,父亲为他在情报局找了一份差事。

"尼古拉斯的罪行罄竹难书,但他总有办法逃脱罪责,最近一次他甚至捏造了受害者叛国的证据,俄罗斯的警察们对这个罪名尤为敏感,几乎是一听到就采信了伪造的证据,还免除了他的罪。"

"他对您和您丈夫做了如此丧尽天良的事，难道你们之间还有亲情可言吗？"泰山问道，"您是他亲妹妹，这个人却想尽办法要毁了您的名声，您应该和他恩断义绝。"

"哎，可是还有第二个原因。我害怕他，因为他手中握着我的把柄。"

"我想还是向您坦白一切好了，"短暂的停顿后，她说道，"我总觉得自己迟早还是要向您坦白的。我从小在修道院学习，在那里我碰见了一个男人。那时的我没见过什么男人，更不懂什么是爱情，傻傻地以为遇见了真命天子，还同意和他先私奔，再结婚。

"我们在一起的时间只有三个小时——还是在大白天的公共场所里——火车里和站台上。我们到达目的地，刚下火车他就被两名警官抓了起来，我也被一道带走了。不过在我告诉了他们事情的原委后，他们并没有拘捕我，而是派了一位保姆将我送回了修道院。真相大白，我才知道那个男人并非善类，他是军队的逃兵，还是一名通缉犯，几乎欧洲每个国家都有他的违法记录。

"修道院的主管们把事情瞒了起来，我的父母都不知道。可是尼古拉斯后来碰见了那个男人，得知整件事情的经过。现在，要是我违背他的意愿，他便威胁要将此事告诉伯爵。"

泰山大笑起来。

"您打心底里还是个小姑娘，否则就不会担心了。因为这件事完全不会对您的声誉造成任何影响。今晚，就把刚刚告诉我的故事原封不动地说给您丈夫听。要是我没有猜错，他也会像我一样，觉得您的害怕非常可笑，并且立马把这位哥哥送进监狱，他早该进去了。"

"我也希望自己有勇气这样做，"她说，"可是我太害怕了，我从小就知道要畏惧男人，先是我的父亲，后来是尼古拉斯，再后

伯爵夫人的解释 | 033

来是修道院的神父们。几乎我所有的朋友们都害怕丈夫——我也应该害怕丈夫。"

"女人害怕男人,于情于理都不应该啊,"泰山一脸困惑地说,"在我熟悉的丛林里,事情常常是正好相反的,那些部落黑人除外,他们很多时候连野兽都不如。我没法理解为什么文明世界里的女人要害怕男人,男人生来就是保护女人的。如果有哪位女士害怕我,我会很苦恼。"

"我的朋友,没有一位女人会害怕您的,"奥尔佳温柔地说道,"这听起来可能很傻,我虽与您相识不久,但是在这么多男人中,您是唯一一个没有让我感到害怕的——这很奇怪,因为您是那么的强壮。我常常回忆起那晚在我的客舱里,您那么轻松地解决了尼古拉斯和保罗维奇两人,简直太不可思议了。"泰山离开后脑子里一直在思考两个细节:一是他们握别时,伯爵夫人突然用力捏了一下他的手。二是她一再坚持,要泰山明天再来拜访。

一整天,泰山脑海里都萦绕着分别时刻,伯爵夫人面纱半遮的双眼和完美的嘴唇。伯爵夫人是一位非常美丽的女人,而泰山又是一位非常孤独的青年,内心渴望得到一位女性的抚慰。

伯爵夫人送别了泰山,转身进屋时,迎面撞上了尼古拉斯·茹科夫。

"你在这儿多久了?"她大喊,吓得节节后退。

"在你的情人来之前就到了。"茹科夫不怀好意地看着她。

"住嘴!"她叫道,"我可是你的亲妹妹,你怎么敢这样和我说话!"

"好的,我亲爱的奥尔佳,要是他不是你的情人,请接受我的道歉。不过这是因为他是个十足的傻帽。他对女人的了解哪怕有我的十分之一,现在也已经将你搂在怀里了——你的每一句话、

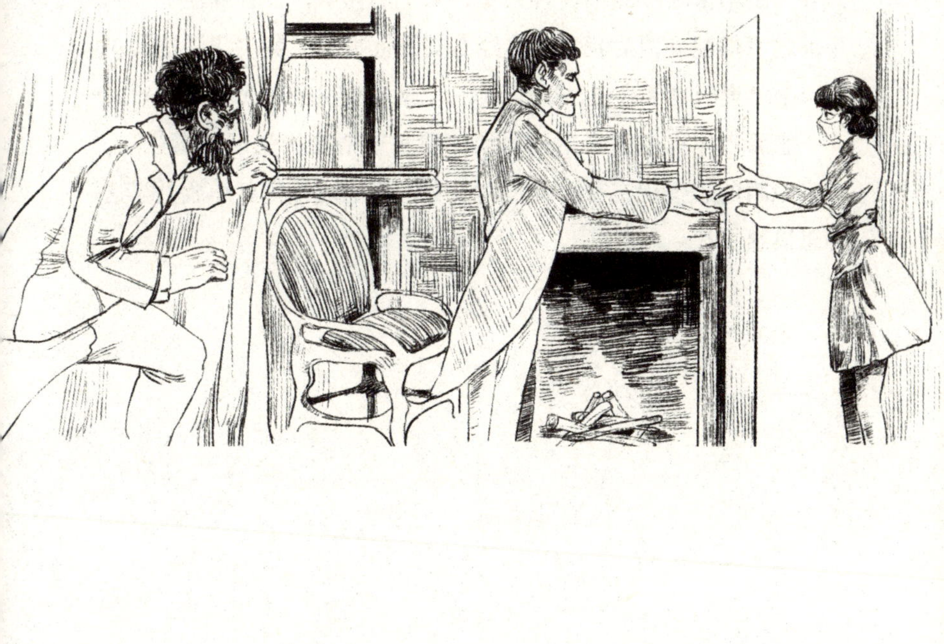

每一个举动都在向他示好，他竟然视而不见，丝毫没有感觉到。"

伯爵夫人用双手堵住了耳朵。

"我不会再听下去，你这样说太恶毒了。无论你怎样威胁我，你知道我为人正派。今晚开始，你休想再骚扰我，因为我要去告诉拉乌尔一切，他会理解我的，到那时，你可要小心了，尼古拉斯先生！"

"你什么也不会告诉他，"茹科夫说道，"我手上捏着你和泰山的把柄，我已经收买了你的仆人，只要我想，你们的'风流韵事'就会一字不落地传到伯爵耳朵里。至于那件事，去告诉他吧——我求之不得呢，因为我手上已经有实物证据了。奥尔佳，这些对于一个忠贞的妻子来说，很耻辱吧。"这恶棍说完便大笑了起来。

她最终什么也没有对伯爵说，现在事情变得越来越糟糕了。本来隐隐的恐惧现在变得强烈而真实，而她的善良更加放大了这种恐惧感。

Chapter 5

阴谋败露

  接下来的一个月里,泰山常常到美丽的伯爵夫人府上做客,他也因此结识了一些来此享受下午茶时光的名流们。奥尔佳常常找机会与泰山独处一些时间。

  她曾一度为尼古拉斯的威胁而担惊受怕。

  她一直将年轻高大的泰山当作朋友对待,从未有过任何非分之想。可自从听了尼古拉斯的恶言后,她开始思考这个灰眼睛男子对自己的吸引力。奥尔佳并不想爱上他,也不想得到他的爱。

  她比丈夫年轻太多,不知不觉奥尔佳开始想要结识与她年龄相近的男性朋友,毕竟二十岁的人要和四十岁的人相互倾吐难免有些尴尬。

  泰山大她两岁,而且奥尔佳总觉得,泰山能够懂她。他是那么的整洁体面,品德高尚又彬彬有礼,一点也不让人觉得害怕,第一眼见到他,奥尔佳心中就莫名其妙地产生了信任感。

茹科夫带着邪恶的快感偷偷观察着，看着他们两人越走越近。自从知道泰山掌握了他的俄罗斯间谍身份之后，茹科夫更加憎恨他了，这些憎恨里还带着恐惧，害怕泰山会告发他。他现在只是在等待一个合适的时机，致命一击，永绝后患，同时也是报了之前被泰山打倒和羞辱的一箭之仇。

自从波特一行人打破他平静的丛林生活之后，泰山很久没有这么开心满足了。他很享受与奥尔佳的朋友们社交，同时，和伯爵夫人愈发深厚的友谊也给他带来了无尽的快乐，驱散了脑海的阴霾，抚慰了内心的伤痛。

有时候达诺也陪着泰山一同前往伯爵家做客，他和伯爵夫妇也算是老相识了。有时候伯爵也会小坐片刻，不过身居要职的他有太多事情要去处理，加上各种各样的政治活动，他常常要忙到半夜才能回家。

茹科夫几乎无时无刻不监视着泰山，想等着哪天泰山夜访伯爵府，令他失望的是这天一直也没有到来。有几次看完歌剧后，泰山送伯爵夫人回家，可每一次他都止步于门前——让这位锲而不舍的哥哥气急败坏。

在意识到光靠监视实在没有办法找到泰山的把柄后，茹科夫和保罗维奇决定合谋设计一个陷阱，再捏造伪证，罗织罪名。

一连好几天他们通过读报和盯梢的方式关注着伯爵和泰山的一举一动，终于找到了一个时机。那天早报上刊出了德国大使次日要举办晚宴的消息，库德伯爵的名字出现在受邀名单上，要是伯爵赴约，即意味着他至少要过了午夜才能回家。

宴会当晚，保罗维奇等在德国大使宅邸路边，在那里可以看到每一位来客。没等多久，库德伯爵就下了车，从他身边走了过去。看到伯爵赴宴，保罗维奇立马赶回去和茹科夫碰了头。等到晚上十一点，保罗维奇拿起了电话听筒，拨通了一个号码。

"请问是达诺中尉家吗？"电话一接通他便问道。

"我找泰山先生，劳烦他接一下电话。"接下来是一分钟的沉默。

"是泰山先生吗？"

"啊，先生，我是弗朗索瓦——伯爵夫人让我打电话给您，不知您是否还记得我。

"是的，先生，就是我。伯爵夫人让我紧急通知您，她碰到麻烦了，让您赶紧过去，先生。

"不知道，先生，我并不知道出了什么事。我该怎样回禀伯爵夫人呢？要不要告诉她您立马就到？

"谢谢您，先生。上帝保佑您。"保罗维奇挂断了电话，向茹科夫露出了奸笑。

"泰山大约三十分钟能到伯爵家，如果你十五分钟之内到达德国大使府的话，库德伯爵就能在四十五分钟左右赶回家。要是泰山那傻小子发现上当后再多待上十五分钟，我们的计划就成功了。不过依我看来，奥尔佳肯定会留他小坐。现在去把这封信送到库德伯爵那里，赶快！"

保罗维奇火速赶到了德国大使家，把纸条递给了应门的仆人并说道："请把这封信转交给库德伯爵，十万火急，请务必立刻交到他本人手中。"说罢还塞了一枚银币到仆人手里。随后他回到了住处。

库德伯爵先生：

考虑到您的名声，在下特此提醒，您家中此刻正在发生苟且之事。

- 近几个月有个男人在您不在家时频繁出入您的宅邸，此刻他正和伯爵夫人孤男寡女在家。如果您立刻赶回去，就会将他们抓个正着。

一位朋友

打开信封后不一会儿，伯爵就向宴会主人请辞了。读完信的他面色苍白，双手颤抖。

保罗维奇打完电话后大约二十分钟的时候，茹科夫拨通了奥尔佳卧室的电话，接电话的是她的女仆。

"夫人已经睡下了。"听到对方说要找伯爵夫人，女仆答道。

"情况紧急，请务必让伯爵夫人听电话，"茹科夫答道，"请让她赶紧起床，披件衣服，我五分钟后再打过来。"说罢便挂断了电话。保罗维奇随即进了房间。

"伯爵收到信了？"茹科夫问道。

"他现在应该在回家的路上，差不多要到家了。"保罗维奇答道。

"太好了！我妹妹现在一定正衣衫不整地坐在卧室里。过不了多久，我收买的雅克就会在没有通报的情况下，引泰山去她房间，这样他们还要费力气相互解释一番。奥尔佳身着睡衣，半披着睡袍的样子肯定诱惑十足。见到泰山，她一定很吃惊，不过不会不高兴。

"只要那伯爵还有一丝男子气概，他就会在十五分钟以内冲到两人面前。我们的计划真是太棒了，亲爱的阿列克谢。现在，让我们去喝一杯苦艾酒，祝泰山先生身体无恙。可别忘了，库德伯爵可是巴黎最优秀的剑客之一，而且还是整个法国迄今为止最出色的枪手。"

当泰山到伯爵家的时候，雅克正在大门口候着。

"这边请，先生。"他说道，并引泰山走上了那条宽敞的大理石楼梯，随即他开了一扇门，拉开了厚厚的帘幕，毕恭毕敬地把泰山引进了一个昏暗的房间，立马消失不见了。

房间尽头有一张小桌子，上面放了一部电话。奥尔佳坐在桌前，手指不耐烦地敲打着抛光的桌面，并没有听到泰山进屋的声音。

她突然转头，警惕地叫了一声。

"吉恩！"她喊道，"你在这里做什么？谁让你进来的？你这是什么意思？"

泰山目瞪口呆，但很快他就意识到了这里面的阴谋。

"所以，您并没有派人叫我过来？"

"这么晚把你叫过来？我的天哪！吉恩，您以为我是个疯子吗？"

"弗朗索瓦打电话让我赶紧过来，说您遇到了麻烦，需要我的帮助。"

"弗朗索瓦？弗朗索瓦是谁？"

"说是你的仆人，还说我认识他。"

"我的仆人里没有叫这个名字的，这肯定是恶作剧，您被耍了。"奥尔佳大笑起来。

"夫人，恐怕真是个'恶'作剧，"他说道，"这件事背后有阴谋。"

"这话什么意思？难道您觉得——"

"伯爵在哪儿？"泰山打断了她。

"在德国大使家。"

"这又是您哥哥的阴谋。明天伯爵就会听说我夜半来访的事，他回去询问仆人。那时所有的证据都会指向不好的一面——就像茹科夫谋划的那样。"

"下作的恶棍！"奥尔佳喊道，并站了起来走向了泰山，抬头看着他，面露惧色。她的眼睛里透露着迷惑和恐惧，像一只被猎人追捕的母鹿。她颤抖着,为了站稳她把双手搭在泰山肩膀上。"我们要怎么办,吉恩?"她小声地说,"太可怕了,明天整个巴黎都会知道这件事——伯爵会看到的。"她的样子、她的姿态、她的话语都是那么楚楚动人,对于想要保护她的男人来说是如此有吸引力。几乎是下意识地,泰山用一只手握住了奥尔佳放在他胸口的手,另一只手揽住了她的肩膀。

这下事情变得有些奇怪了,泰山以前从未如此靠近她。带着讶异和罪恶感,两人四目相对,伯爵夫人本该坚定的眼神却温柔了下来,她钻进了泰山的臂弯,双手环在他的脖子上。而泰山呢?他用雄壮的双臂将她揽入怀中,吻上了那两片樱唇。

伯爵读完信后匆匆忙忙地辞别了大使,脑中一团乱,甚至不记得是找了什么借口离开的,直到最后站在家门前才理清了思绪。他冷静了下来,小心而轻快地走了进去,雅克已事先把通往楼梯的大门打开,可惜那时伯爵并没有察觉到异常。

他蹑手蹑脚地走上了楼梯,沿着走廊走到了妻子卧室的门前,他手里握着一根沉沉的手杖。他心里只想着一个字——杀。

奥尔佳先看见伯爵,她害怕地尖叫了一声,赶紧从泰山的怀里抽了出来。泰山敏捷地一闪,躲过了库德伯爵朝他头上砸去的全力一击。一次、两次、三次,手杖像闪电一样飞速落下,每一击都刺激着泰山身体里的原始野性。

随着一声巨猿的低吼,泰山朝他扑了过去,将手杖夺了过来,像折断火柴一样把它折成两截丢在一边,随后他像一只狂暴的野兽一样掐住了伯爵的脖子。伯爵夫人站在一旁,惊恐地看着这一切。下一秒,她向泰山扑了过去,疯狂地拉扯他扼住伯爵喉咙的双手。

"我的天哪!"她哭喊道,"他会死的!他会死的!啊!吉恩!你会杀了我丈夫的!"盛怒的泰山完全听不到任何声音,突然,

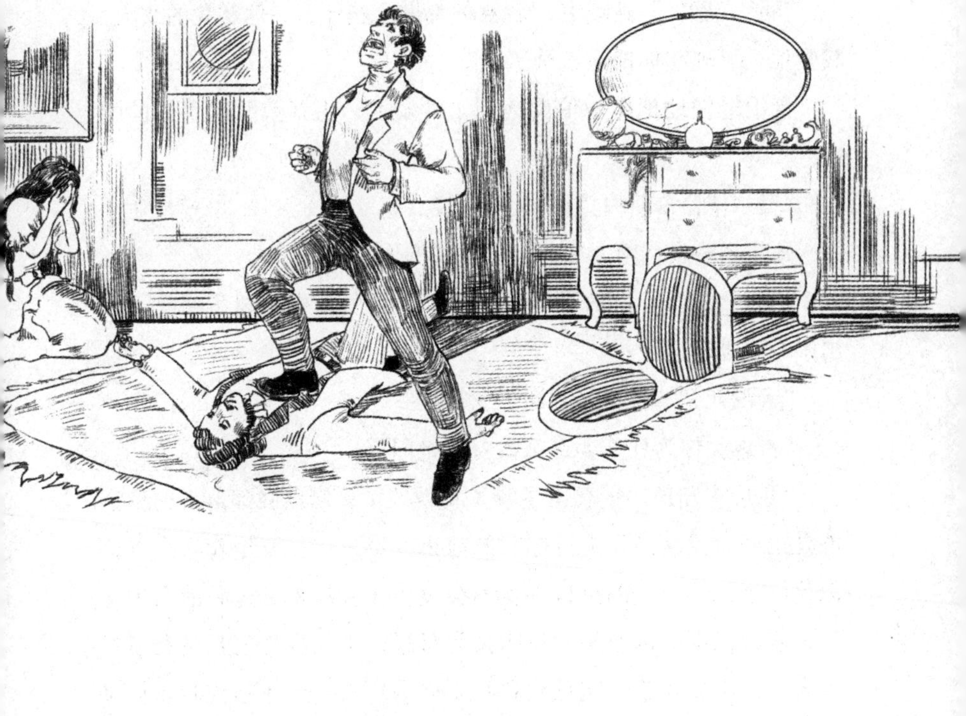

他将伯爵丢在了地上，抬起一只脚踩在他的胸口，抬起了头。

接下来整个伯爵府上响起了巨猿捕杀猎物后发出的咆哮，这声音穿过天花板到达阁楼，把楼上的仆人们吓得脸色苍白，瑟瑟发抖。屋内的女人跪在丈夫的身边祈祷。

泰山眼里的猩红渐渐退了下去，恢复了一个文明人的理智。

他的眼光落在了跪在地上的女人身上。"奥尔佳。"他轻轻地说道。她抬起了头，准备好迎接这个杀人犯疯狂的目光，却没想到看见了一双满是哀伤和忏悔的眼睛。

"啊，吉恩！"她喊道，"看看你都做了些什么。他是我的丈夫，我爱他，可现在你把他给杀了。"

泰山轻轻地把库德伯爵抱到了沙发上，用耳朵贴在了他的胸口。

"奥尔佳，拿些白兰地来。"他说。

她取了酒来，两人一起灌了一些到伯爵嘴里。

不一会儿，苍白的嘴唇里吐出了一口气，伯爵扭了扭头，发出了一声呻吟。

"人没死，"泰山说，"谢天谢地！"

"吉恩，你为什么要这么做？"她问道。

"我也不知道，他袭击了我，我就疯了。以前我部落里的猿猴也是这样。我从没告诉过你我的故事，奥尔佳。要是我早点告诉你就好了——今天的事也许就不会发生。我从未见过我的亲生父母，我记忆中的母亲是一只凶猛的母猿。十五岁之前我没有见过人类，二十岁才第一次见到和我一样的白人。一年多前我还只是一只光着身子在非洲丛林里捕猎的野兽。

"不要简单粗暴地怪我。人类的文明走到今天用了多少年啊，我怎么可能在两年的时间里就赶上这变化呢，太短了。"

"不怪你，吉恩。都是我的错，你现在赶紧离开吧——在伯爵醒来之前离开。再见了。"泰山怀着沉重的心情道了别，走出了库德伯爵家。

一出门，泰山的思绪立刻清晰了起来。二十分钟后他走进了莫尔街不远处的警局，在那里碰见了熟悉的身影——原来是之前被他打倒的警察。看见泰山，那人显得非常开心。

两人聊了一会儿，泰山问他是否听说过尼古拉斯·茹科夫和阿列克谢·保罗维奇这两个人。

"不止一次了，先生。他们都有警局记录，只不过现在没有针对他们的指控。不过如果有需要，找到他们并非难事，几乎每个有前科的人我们都会保持追踪。您为什么问到这两个人呢？"

"我认识他们，"泰山答道，"我有点事情要和茹科夫处理。如果您能告知我他的住处那就太感谢了。"

不一会儿，泰山辞别了警察，快步走向了最近的出租车站，口袋里装着一张纸条，上门写着的地址是一个名声不错的小区。

茹科夫和保罗维奇回到了住处坐了下来，讨论今晚的事会怎样收场。两人已经给两家早报去了电话，就等记者过来采访。这样一来明早丑闻就会曝出，在巴黎引起一片哗然。

楼梯上传来一阵重重的脚步声，随即响起了敲门声。"哟，这些记者们可真快，"茹科夫一边说道，一边打开了房门，"请进吧，先生。"一见到那双灰色而坚毅的双眼，笑容瞬间凝结在了这个俄罗斯人的脸上。

"该死！"他吼道，瞬间跳了起来，"你怎么找到这儿来的！"

"坐下！"泰山说，声音低沉到几乎听不到，但是恶狠狠的语气已经吓得茹科夫跌坐在椅子上，保罗维奇也坐着不敢乱动。

"你知道我来的原因，"他继续低声说，"我是来杀你的，不过

阴谋败露 | 045

因为你是伯爵夫人的哥哥,这次饶你一命。

"你们有一次活命的机会。保罗维奇其实算不上一条命——他不过是个工具,所以只要我不杀你,他也能苟活。要想活着走出这个房间,你们要做两件事。第一,写一封认罪书,承认你们今晚的所有阴谋——并且签上名字。

"第二,以你们的性命发誓今晚的事情绝不会见诸报端。要是这两件任意一件没有办到,我出门时这里会多两具尸体。听明白没有?"甚至没有等两人回答,泰山便催促道:"赶紧的,这里就有纸笔墨。"茹科夫装出一副凶狠的样子,企图在泰山的威胁面前表现得无所畏惧。一瞬间,钢筋一般的手指卡住了他的喉咙。与此同时,企图逃向大门的保罗维奇被抓着举了起来,双脚离地,随后被猛地摔在了角落里,昏了过去。直到茹科夫的脸色因为充血而发青,泰山才松了手,把他扔回了椅子上。一阵咳嗽后,茹科夫阴沉着脸盯着面前的这位男子,保罗维奇也醒了过来,应了泰山的命令坐回了椅子上。

"现在,写吧,"泰山说,"再抵抗试试,我不会手下留情了。"茹科夫拿了笔写了起来。

"一个细节都不能少,一个名字都不能漏。"泰山警告道。

突然响起一阵敲门声。"请进。"泰山应门。

一个衣着光鲜的年轻人走了进来。"我是马丁日报社的,"他自我介绍,"据说这里有一位茹科夫先生有爆料。"

"这里面肯定有什么误会,先生,"泰山答道,"你没什么要爆料的,对吗?我亲爱的尼古拉斯。"茹科夫停下了笔,一脸愤怒。

"是的,"他低声说,"我没有爆料——现在没有。"

"以后也不会有了,亲爱的尼古拉斯。"泰山说道。那名记者没有注意到泰山眼里露出的凶光,尼古拉斯·茹科夫却看得真切。

"以后也不会有了。"他急忙重复了一遍。

"很抱歉让您白跑了一趟,"泰山转向记者说道,"祝您晚安。"随即送他出去,关上了门。

一小时后,泰山大衣口袋里装着厚厚一叠稿纸,站在茹科夫房间门口。

"如果我是你,我就会离开法国,"他说,"我迟早会找个借口把你干掉,而且不会连累你的妹妹。"

Chapter 6
决　斗

回到住处时，达诺还在睡觉，泰山没有吵醒他。第二天一早，才把前夜发生的事毫无遗漏地讲了出来。

"我真是个蠢货，"泰山说，"库德伯爵夫妇都是我的朋友，可我是怎么报答这份友谊的？我差点杀死了伯爵，还玷污了善良的伯爵夫人的名声，我很可能还毁了一个家庭。"

"你爱伯爵夫人吗？"达诺问道。

"要是对她的爱有一丝贪恋，我都无法回答你的问题，保罗。但现在我可以问心无愧地告诉你，我不爱她，她也不爱我。那是一瞬间爆发的情感——但不是爱——就算那时伯爵没有回来，我和奥尔佳之间也不会发生什么。你明白的，我在和女性相处方面没有什么经验。伯爵夫人是一位非常美丽的女子，加上昏暗的灯光和充满诱惑的环境，勾起了我的保护欲。如果是一位富有教养的绅士也许能够克制住，可是我的文明教养就好似这身衣服一样，只有薄薄一层。

"巴黎不适合我,再待下去,闯的祸只会越来越多。这里的条条框框令我厌烦,好像在监狱里一样。我受不了了,朋友。我应该回到丛林,上帝让我在那里长大生活,我应该遵从他的意思。"

"别太往心里去,吉恩,"达诺说,"那种情况下,你做得比大数的'文明人'要好得多了。至于离开巴黎这件事,我觉得库德伯爵肯定会有所回应。"

达诺估计得没错。一周后,大约早上十一点的样子,他和泰山共进早餐时,弗劳伯特先生登门拜访了。弗劳伯特是一位彬彬有礼的绅士,在行了几次鞠躬礼后,他向泰山宣读了伯爵的挑战书。

"泰山先生能否委托一位朋友在方便的时候尽早与我见面,商讨一下细节,力求双方都满意。"

"没问题。达诺中尉将全权代表我与您商讨。"

最后确定为下午两点,由达诺前往面见弗劳伯特。随后弗劳伯特礼貌地又鞠了几次躬,向他们道别。

来客告辞后,达诺疑惑地看着泰山。

"你这是?"他问道。

"现在的情况是,我必须要杀人,或者被人杀,"泰山说,"我真是越来越像那些文明世界的兄弟们了。"

"你选择什么武器决斗?"达诺问,"伯爵是个剑术大师,同时也是个射击高手。"

"你这么说,那我岂不是要选二十步距离用毒箭或者长矛决斗,"泰山大笑,"就用手枪吧,保罗。"

"他会杀了你的,吉恩。"

"我知道,"泰山回答,"我总有一天要死的。"

"我觉得还是用剑好一些,"达诺说,"只要伤到你,他应该就会满足了，而且刺伤比起枪击来说没有那么致命。"

"就用手枪。"泰山斩钉截铁地说。

达诺好言相劝，可泰山就是不听。最后还是决定用手枪决斗。达诺和弗劳伯特先生商讨完，四点刚过就回到了家。

"都安排好了，"他说，"双方都很满意。明早日出时分——在离埃塔普斯不远的一条路上，有一处隐蔽的地点。弗劳伯特个人倾向那里，我没有异议。"

"好！"这是泰山所有的意见，接下来他再也没提起这件事。晚上睡觉前，他写了几封信，分别封缄并写好地址后，把它们都装进了一个写着达诺的信封里。更衣时，达诺听到泰山正哼着一支在音乐厅里常听到的小曲。

中尉小声地咒骂着。他非常难过，觉得明天天亮时便是泰山的死期，而泰山这种无所谓的态度令他非常恼怒。

第二日，天还未亮泰山就被叫醒了。从舒适的床上爬起来，他嘟哝道："选在这时候决一死战，简直太野蛮了。"一整晚泰山都睡得很沉，以至于被叫醒时好像刚刚才睡下一般。达诺已经穿戴整齐，站在泰山的卧室门口，听到了他的嘟哝。

达诺几乎是一夜无眠，加上不安的情绪，他处于易怒的状态。

"我猜你昨晚熟睡得像个婴儿一样。"他说。

泰山大笑道："听你的语气，保罗，你这是在怪我。可睡眠质量好，我也没办法啊。"

"不是的，吉恩，我不是怪你这个，"达诺笑着说，"但是你完全不把决斗当一回事——这很让人气恼。你表现得好像只是去打猎，而不是去迎战一位法国的顶尖枪手。"

泰山耸了耸肩说："我是去赎罪的，保罗。对手精准的枪法就是我赎罪的必要条件。所以我还有什么不满足的呢？难道不是你自己告诉我库德伯爵是位神射手的吗？"

"你的意思是，你想要被杀掉？"达诺惊恐地喊道。

"也不是我想要，但是我没有不被杀掉的理由。"

从一开始，泰山就准备好赴死了——从伯爵要找他决斗的那一刻——可要是那时就让达诺知道这一点，他会比现在更加惊恐的。

两人默默地上了达诺的豪车，去埃塔普斯的路上也全程沉默无语。两人各自想着自己的心事。达诺黯然神伤，他真的很喜欢泰山。两人的生活和历练都有着天壤之别，可这份友谊却随着两人的交往日益深厚，因为他们共同追求着男子气概、勇气和荣耀。

他们心灵相通，并以拥有彼此这样的朋友而自豪。

泰山则沉浸在美好的回忆里，仿佛回到了曾经的丛林生活。小时候，他无数次盘腿坐在死去父亲的小屋里，弱小黝黑的身体趴在漂亮的图画书上，一个人感受着，学习着从未听过的人类语言。想到他和简·波特在丛林深处独处的日子，泰山的脸上浮起了一丝满足的微笑。

很快回忆就被打断了，汽车停了下来——目的地到了。泰山的思维跳回了现实。他知道自己就要死了，但是心中却没有一丝对死亡的恐惧，对于丛林里的生灵来说，死亡司空见惯。自然法则逼迫他们为生存而战斗，却没有教会他们畏惧死亡。

达诺和泰山先抵达了决斗地点。不一会儿，伯爵、弗劳伯特和另一位先生也到了。

那位先生被引见给了达诺和泰山，他是一位外科医生。

达诺和弗劳伯特私语了一番。随后库德伯爵和泰山背对背地站在了决斗场地的两端。决斗就要开始了，达诺和弗劳伯特共同检查了两支手枪，在弗劳伯特宣读规则时，决斗双方面对面站着，沉默不语。

决斗时，双方需要背对背站着，手枪挂在腰间，在听到弗劳伯特发令后同时向前走去，每人走完十步后达诺会发出最后指令——两人需要转身并朝对方开枪。决斗以一人倒下，或者双方均射完三发子弹为结束。

在弗劳伯特宣读规则的时候，泰山抽出了一支香烟，点燃了。伯爵非常镇静——法国最好的射手有什么好担心的呢？随后弗劳伯特向达诺点了点头，所有人都各就各位了。

"两位先生都准备好了吗？"弗劳伯特问道。

"好了。"伯爵说。

泰山也点了点头。弗劳伯特发出了口令，同时他和达诺向后站了几步，走出了开火的范围。六！七！八！达诺眼里充满泪水，他是那么爱泰山。九！再一步，悲伤的中尉就要发出最后一道指令了，对他来说，这无异于宣判挚友的死刑。

伯爵迅速转身开了一枪，泰山身体微微震动了一下。

泰山的手枪仍然挂在身侧，伯爵迟疑了一下，似乎在等着他的对手倒地。丰富的射击经验告诉他刚刚那一枪打中了目标。泰山依然没有任何要拿起手枪的动作。他又开了一枪，而泰山全身上下却显露出极度的冷漠和沉静——他甚至还淡淡地吐了一口烟——让这位神射手都不禁惊慌起来。这一次泰山依旧没有拿起枪，但伯爵确定自己再次击中了他。

忽然伯爵的脑中闪过了一个想法——泰山是想故作镇定地冒险挨上三枪，只要不是致命伤就行。

接来下他就可以肆无忌惮、无情冷血地向自己连开三枪了。伯爵忽然感到背脊一阵刺骨的寒意，这个人太可怕了——简直是魔鬼。到底是什么样的怪物，才能在中了两枪之后还淡定地站着，等第三发子弹？这一次，伯爵仔细地瞄准，可是他太紧张了，完全射偏了，直到这时，泰山也没有任何要拿起手枪的意思。

两人相对而视，直直地望着对方的眼睛。

泰山的脸上满是同情和失望，而伯爵则是一副惊骇的神情——可以说是恐惧了。

他再也受不了了。

"我的天呐！先生——开枪啊！"他喊道。

泰山却没有拿起手枪，而是径直向对方走去。达诺和弗劳伯特大概误会了他的意思，赶忙跑过去想挡在两人之间，却被泰山抬手制止了。

"别担心，"他说，"我不会伤害他的。"虽然感到很奇怪，他们还是停了下来。泰山走到了伯爵身边。

"先生您的手枪肯定是出了什么问题，"他说，"还是您今天精神不太好，拿着我的手枪，再试一次吧。"泰山把自己的手枪递给了震惊的伯爵。

"我的上帝啊，先生！"伯爵喊道，"您疯了吗？"

"我没疯，朋友，"泰山说，"我应得一死，我伤害了一位善良的女子，唯有以死谢罪。请拿起手枪，按我说的做吧。"

"这简直是谋杀，"伯爵说，"您怎么伤害了我的妻子？她明明向我发誓说——"

"我不是那个意思，"泰山赶忙说，"您心里已经产生误会了，这足以损害她的名声，还毁了您的幸福。错全在我，我希望今晨以死谢罪。令人失望的是您没有像传说中的那样百发百中，枪枪致命。"

"您说错全在您？"伯爵急切地问道。

"全在于我，先生。您的妻子是一位非常贞洁的女性。她只爱您一人。您所见到的一切都是由我而起。不过半夜造访您家这件事却是另有原因。看看这张纸吧，上面说明了一切。"泰山从口袋里拿出了那张茹科夫的认罪书。

伯爵接过去读了起来，达诺和弗劳伯特也都凑近了些，好奇这场奇怪的决斗会怎样奇怪地收场。四人陷入了一阵沉默，直到伯爵读完信，抬头望着泰山。

"您是一位勇敢正直的绅士，"他说，"感谢上天，我没有杀死您。"像所有法国人一样，伯爵容易冲动。他伸出双手拥抱了泰山，而弗劳伯特则拥抱了达诺，只有医生孤零零地站在那里。大概是有些不开心，他打断了另外四个人，要求为泰山包扎伤口。

"这位先生至少中了两发子弹，"他说，"有可能是三发。"

"两发，"泰山说，"一处在左肩，另一处也打在左侧——应该都是皮肉伤。"

医生还是坚持要他躺在草地上，并开始为他清理伤口和止血。

一切结束后，四人搭乘达诺的车一同回到了巴黎，从此结为了挚友。再次确认妻子的忠贞之后，伯爵如释重负，对泰山已经毫无怨念。泰山受到的处罚无疑太重了，就算是他说了谎也是可以被原谅的，因为他的目的是为了保护一名女子，这是一位绅士应该做的。

虽然觉得很傻也很没必要，泰山还是在床上躺了好几天，毕竟医生和达诺一片苦心令他不得不从，想到这里还是令泰山忍不住发笑。

"太荒唐了，"他向达诺抱怨道，"针扎一下就要在床上躺着！我还是个小男孩的时候，猿猴之王宝咖尼差点把我撕碎，那时我有张软床躺着吗？没有。我只能睡在潮湿腐烂的植被上，连续几天躲在灌木丛后面，只有卡拉来照顾我——可怜而忠实的卡拉，她帮我驱散伤口周围的虫子，赶走虎视眈眈的野兽。

"我想要喝水的时候，卡拉用嘴含着水喂我——她只知道用这种方式运水。没有无菌纱布，没有消毒绷带——什么都没有，要是医生看见了，肯定要发疯。可我还是恢复了——可现在却因为一点小擦伤而躺在床上。这要是放在丛林生物们身上，除非是伤在鼻尖，否则根本不会被注意到。"

卧床期很快就过去了，泰山也迅速痊愈了。库德伯爵来过几次电话，当他得知泰山急着找份工作的时候，便答应为他留意着，看看是否有合适的差事。

医生终于允许他出门的那天，泰山接到了伯爵的消息，邀请他下午来办公室一趟。

走进办公室，伯爵热情地打了招呼，恭喜他可以重新下床走路。自那场决斗以来，两人都没有再提到决斗的事，对之前的误会也只字不提。

"我找到了一份非常适合您的工作，泰山先生，"伯爵说，"这份工作需要极强的信任感和责任感，同时也需要相当的勇气和力量。简直是量身定做，绝无第二人比您更能胜任。这份工作需要经常出差，晋升前景非常光明——很可能会升入外交部。

"前期，您需要以特工的身份在国防部短暂供职一段时间。来吧，我带您去见您的长官，他会详细讲解具体职务的。那时再决定要不要接受这份工作吧。"随后，伯爵带着泰山走进了罗谢尔将军的办公室，对泰山一通赞美，在介绍完他的各项特质是如何契合这份工作后便离开了，留下两人详谈。

一个半小时后，泰山走出了办公室，得到了平生的第一份工作。次日他还要回到国防部接受培训。罗谢尔还告诉他，可能第二天就要派遣泰山离开巴黎，且归期未知。

泰山兴高采烈地往家里赶,迫不及待要把这个消息告诉达诺。他终于可以为这个世界创造价值了。有了这份工作,他可以挣到钱,最棒的是还可以出差,看看外面的世界。

还没走进客厅,泰山就急不可耐地说出了这个消息,可达诺却一点儿也不开心。

"要离开巴黎了,你好像很高兴。要知道接下来我们可能一连几个月都无法见面了。泰山,你真是只没良心的野兽!"达诺说完便大笑起来。

"不对,保罗,我是个小孩子。我现在有一个新玩具了,心里痒痒,迫不及待想要试试。"果不其然,第二天泰山就离开了巴黎,前往马赛和奥兰。

Chapter 7
西迪艾萨的舞女

泰山并没有指望自己第一次就会被委以重任,也不认为这次任务会有多么惊险刺激。其实,泰山此行的目的是调查一个人。政府方面怀疑一位阿尔及利亚籍中尉和欧洲某权势有勾结。这位杰诺斯中尉目前驻扎在西迪贝勒阿巴斯,最近刚刚调入总参谋部,日常工作中自然而然地接触到了一些军方机密。法国政府怀疑他私下正向那股势力售卖这些机密。虽然这消息来源于一位名声不好的巴黎妇女。她似乎是出于嫉妒才提供了这些捕风捉影的信息,但是总参谋部的官员们一向重视保密工作,况且泄密叛国可是重罪,所以即使是有一丝可疑线索也不敢忽略。因此泰山要以一名美国猎人和游客的身份前往阿尔及利亚,对杰诺斯中尉进行监视。

能够再次见到向往的非洲,泰山非常开心。然而北非和他熟悉的热带丛林完全不是一个概念,这次重返非洲之旅注定会是一段难以忘怀的经历。在奥兰,泰山花了一整天的时间游荡在那些狭窄而蜿蜒的阿拉伯小巷里,欣赏充满异域风情的景色。第二天他到了西迪贝勒阿巴斯,向民政部门和军方提交了自己的介绍信——当然信里对于他此行的真实目的只字未提。

以泰山的英语水平,在一群阿拉伯人和法国人里装美国人是绰绰有余了。为了不露出马脚,在碰到英国人时泰山会说法语。偶尔他也和其他懂英语的外国人讲英语,这些人往往听不出他英语里的小瑕疵和口音。

在这里,泰山结识了许多法国官员,而且很快就赢得了他们的好感,成了最受欢迎的一员。他也遇见了杰诺斯——一个大约四十岁左右的男人,沉默寡言,一脸阴郁,很少与其他人交际。

前一个月里,什么事都没有发生。杰诺斯没有访客,他虽然偶尔到镇上去,也无法让人联想到和外国的特工有什么联系。

泰山开始觉得谣言始终只是谣言,就在这时杰诺斯被派往了南部的布萨达。一支阿尔及利亚籍连队以及三名军官要前去同那里的驻军换班。幸运的是其中一名军官——杰拉德上尉——是泰山的好友,所以当泰山提出自己正好想去布萨达狩猎,能否随军一同前往的时候,大家都没有起疑心。

这支特遣队在布维拉下了火车,骑马前行。泰山在布维拉和卖马的小贩讨价还价的时候瞥见了一个欧式着装的男子,正站在一家本地咖啡馆门口看着他。泰山望过去的时候,他却转了身,走进了一间又小又矮的土屋。那人的脸和身材有一股莫名的熟悉感,不过泰山没有再多想。

之前泰山只在巴黎上过几节骑术课,因此前往欧马勒的旅程对于他来说非常疲惫。特遣队驻扎下来的时候,他就迫不及待地找了一家格罗萨旅馆休息了下来。

泰山早早地就被叫醒了,但还是没能赶上出发——特遣队在他吃早餐的时候离开了。他匆匆忙忙地吃着，一边透过连通餐厅和酒吧的大门向外望，以确保队伍没有走得太远。

在那里，泰山突然看见杰诺斯正和昨天站在咖啡馆前的那位陌生人交谈，不由得吃了一惊。虽然只能看到那人的背影，但肯定和昨天的是同一人，因为他的背影透露出了同样的熟悉感。

杰诺斯突然一抬头，正好撞上了泰山专注的目光，他立刻打断了那名男子的低语，两人转身离开了泰山的视线。

这是泰山第一次察觉到杰诺斯的异常举动，不过很确定的是，那两人是因为注意到他的目光才匆匆离开的，加上那个陌生人身上奇怪的熟悉感，泰山觉得事情开始显露端倪了。

没过多久，泰山走进了酒吧间，两人已经离开，大街上也见不到他们的踪影。泰山以买东西为借口骑马逛了许多家店，还是没有找到他们。等到出发追赶部队的时候，他已经落后很多路程了。刚过正午，他在西迪艾萨与部队会合，士兵们在那里休整一小时。他发现杰诺斯也在队里，那个陌生人却不见了踪影。

那天正好是西迪艾萨的赶集日，集市里有无数从沙漠里来的骆驼商队和阿拉伯小贩，勾起了泰山的购买欲，他打算在这里多留一天，好好看看这些沙漠里的来客。所以下午特遣队继续向布萨达前行的时候，泰山没有和他们一起，而是和一个叫阿卜杜勒的阿拉伯年轻人在集市里逛到了天黑，酒店老板向泰山推荐了阿卜杜勒，说他是一位可靠的侍从和翻译。

泰山在这里买了一匹新的马，比之前在布维拉买的更好，还和那位看上去身份不凡的阿拉伯卖家攀谈了起来，得知他叫卡多·本·萨登，杰勒法省南部沙漠一个部落的酋长。借助阿卜杜勒的翻译，泰山邀请这位新结识的朋友共进晚餐。正当三人穿过热闹嘈杂，满是商贩、骆驼、驴子和马匹的市场时，阿卜杜勒拉

西迪艾萨的舞女 059

了拉泰山的袖子。

"主人，快看，就在我们后面。"他指着一个影子。泰山一转头，那个身影就消失在了一头骆驼身后。

"那人一整个下午都在跟踪我们。"阿卜杜勒说。

"我只看了一眼，好像是一个穿着深蓝色斗篷，戴白色头巾的阿拉伯人，"泰山说，"你说的是他吗？"

"是的。我觉得他很可疑，因为我在这儿从没见过他，这人除了跟踪我们什么事也没做——这可不是一个老实的阿拉伯人会做的事。而且除了眼睛，他把脸全遮住了。他绝对是个坏人，否则在这集市上肯定有自己的事要忙。"

"那他肯定认错人了，阿卜杜勒，"泰山答道，"这里不可能有人跟我有仇，我是第一次来你们国家，在这里没有人认识我。他应该很快就会发现跟错了人。"

"说不定他想要抢劫。"阿卜杜勒说。

"那我们就等着他动手吧，"泰山大笑起来，"他肯定会满载而归的，既然我们已经准备好被抢了。"泰山说完便把这件事抛在了脑后，没想到不久之后的一件意外会与之有关。

卡多·本·萨登在用餐结束后准备离开。他诚挚而正式地感谢了泰山的友谊，并邀请他去自己的部族领地，在那里有充足的羚羊、牡鹿、野猪和豹子在等着这位猎人。

送别客人后，泰山和阿卜杜勒在西迪艾萨的街道上闲逛，突然从一间开着门的咖啡馆里传来一阵喧闹，将他吸引了过去。那时八点刚过，咖啡馆舞池里音乐正酣，坐满了抽着烟、喝着浓咖啡的阿拉伯人。两人坐在靠中间的位置，舞台上的阿拉伯吹打乐器发出震耳欲聋的声音，好静的泰山其实更愿意坐在远一点的角落里。一位美丽的乌列奈尔舞女正翩翩起舞。大概因为察觉到了

西迪艾萨的舞女 | 061

泰山的欧式穿着和出手阔绰,她将一块丝质手帕抛在了泰山肩上,因此得到了一个法郎的奖赏。

当她被另一位舞者换下场时,阿卜杜勒看见她与两名阿拉伯人在咖啡馆的另一边说着什么,那边紧靠着通往内院的后门,周围是舞女们的房间。

一开始阿卜杜勒没有多想,不过很快他用眼角的余光瞥见其中一名男子朝他们的方向点了点头,那名舞女也转过身来鬼鬼祟祟地朝泰山看了一眼。随后那两名阿拉伯男子便从后门溜了出去,融入了内院的夜色之中。

又轮到那名舞女上台的时候,她在泰山周围跳起了舞来,并朝他露出了甜美的微笑。许多黑皮肤、深色眼睛的阿拉伯人朝魁梧的泰山投来了愤怒的眼光。不管是面对舞女的微笑还是观众的仇视,泰山都泰然自若,不为所动。舞女再一次将手帕抛在泰山的肩膀上,也再一次获得了一法郎的奖赏。她按照舞女的惯例,将钱币粘在额头上,朝泰山低低地鞠了一躬,同时在他耳边迅速地低语了几句话。

"屋外的内院里有两个人,"她用生硬的法语急急地说,"他们要害您。我本来要把您引过去的,不过您是个好人,我不能这么做。在他们发现前赶紧离开。我觉得他们都是坏人。"泰山谢过了这位女孩,保证自己会小心行事。在结束这支舞蹈以后,她穿过后门走进了内院。可泰山没有按她说的离开咖啡馆。

接下来的半小时,什么异常也没有,直到一位面露凶光的阿拉伯人从街上走进咖啡馆,站在泰山身边,故意用侮辱性的语言对他评头论足,不过泰山完全听不懂本地话,要不是阿卜杜勒提醒,泰山完全不知道这人要干什么。

"这人是来找碴的,"阿卜杜勒提醒道,"而且不止他一个人,要是起了冲突，这里基本所有人都会找您麻烦，我们现在最好悄悄离开。"

"问他到底想要什么。"泰山说。

"他说'基督狗'侮辱了那位舞女，他是她的主人。这人就是来找碴的，先生。"

"告诉他我没有侮辱任何舞女，请他离开。我不想和他吵架，也不希望他来烦我。"

"他说，"阿卜杜勒在传达完消息后对泰山说，"不仅您是一条狗，您的父母也是，您的祖母是条鬣狗，您还是一个骗子。"周围人的注意力都被谩骂声吸引了过来，谩骂过后，人群中传出一阵讥讽的嘲笑，大部分人显然站在咒骂者那边。

泰山可不喜欢被嘲笑，也不喜欢被称为狗，可是当他站起来的时候，脸上却没有一丝愤怒的神情，而是突然蓄力，一记重拳砸在那个阿拉伯人的脸上。

那人倒地的一瞬间，六个彪形大汉从街上冲了进来，显然他们一直在等着这一刻。他们大喊着"杀了这个异教徒"和"基督徒去死"冲向泰山。一些阿拉伯青年也跳了出来，准备袭击这位手无寸铁的白人男子。泰山和阿卜杜勒被这群人逼到了角落，忠诚的阿卜杜勒依旧站在泰山身旁，朝着人群掏出了一把刀子。

一拳又一拳，泰山将所有靠近的人打倒在地，他一声不吭地打斗着，嘴上还挂着若有似无的微笑。乍一看，无数刀剑包围下的泰山和阿卜杜勒似乎在劫难逃，可正是因为这些挤成一团的暴徒使得他们的刀和剑很难挥舞，保障了两人的安全。由于害怕伤害到同胞，也没有哪个阿拉伯人敢使用枪支。

终于，泰山成功地抓住了一个人，猛地拧掉了他的武器并拿他当肉盾挡在前面，同时和阿卜杜勒慢慢向通往内院的小门退去。

西迪艾萨的舞女 | 063

走到门口的时候,他停了一会儿,然后把那个挣扎着的阿拉伯人举过头顶,像投石机一样猛地朝那些步步紧逼的人群脸上砸了过去。

泰山和阿卜杜勒立刻转身跑进了昏暗的后院。

那群乌列奈尔舞女们吓坏了,蹲在通往各自房间的楼梯口。为了吸引路人而燃起的蜡烛透过她们房间的门槛照进了后院,是这里唯一的光源。

刚刚跑出咖啡馆,身后某个楼梯的阴影里就传来了一阵左轮手枪开火的声音。两人立刻转身,只见两个蒙面枪手一边开火一边朝他们走来。泰山朝他们跳了过去,第一个枪手被瞬间击倒在地,扬起一片灰尘,左轮手枪被打飞在一旁,他抓着折断的手腕哀号。第二个枪手朝着阿卜杜勒的额头开了一枪,射偏了。这位忠诚的阿拉伯小伙立刻用小刀刺中了他的要害。

咖啡馆里疯狂的人群冲了出来,仿佛在追赶猎物一样。其中一名乌列奈尔舞女突然发出一声尖叫,接着所有的舞女都把各自房内的蜡烛熄灭了,只有咖啡馆半掩着的门内透出了微弱的亮光。

从一位倒在阿卜杜勒刀下的人手里,泰山捡起了一把剑,站在原地等待黑暗中冲向他们的人群。

突然一只手轻轻地落在他的肩膀上,耳边响起了一个女人的低语:"快些,先生。走这边,跟我来。"

"来吧,阿卜杜勒,"泰山低声说,"去哪里也不会比这里更糟糕了。"那名女子转身带他们走上了一个窄窄的楼梯,尽头就是她的房间。泰山紧紧地跟在后面,发现她衣着华美艳丽,裸露的手臂上戴着许多金银镯子,金币连成一串从她的发饰上垂了下来。原来是一位乌列奈尔舞女,泰山立刻意识到这位就是早些时候在咖啡馆里给他提醒的那名女子。

走上楼梯，三人还能听到后院里愤怒的人群搜查他们的声音。

"他们很快就会找上来，"女孩说，"不能让他们找到你们。虽然你们很能打，最后还是会寡不敌众的。快些，从我房间的侧窗跳到街上。在他们发现你们不在后院之前你们暂时没有危险。"就在她说话的时候，已经有几个人向楼梯上走来。突然其中一人大喊起来，他们已经被发现了。很快人群向楼梯涌来，其中一人迅速跳上楼梯，却毫无预料地撞上了一柄利剑——毕竟之前他们的"猎物"一直是赤手空拳在战斗的。

随着一声惨叫，那人跌倒在身后的人群身上，他们像保龄球一样滚下了楼梯。老旧的木质楼梯承受不了这样的重量和撞击。

随着"嘎吱"一声，楼梯碎裂倒塌了下去，只剩下泰山、阿卜杜勒和那位女孩站在摇摇欲坠的平台上。

"快来！"舞女大喊，"他们会从另一个楼梯上来，没时间浪费了。"他们一进门，阿卜杜勒就听到下面有人喊着派人去街上堵住他们的退路，他立刻翻译给了泰山。

"我们死定了。"女孩说。

"我们？"泰山问。

"是的，先生，"女孩答道，"他们也会杀了我的，因为我帮了你们。"这句话令事情的性质发生了转变。泰山本来很享受这些危机带来的刺激感，除了发生意外，他没有想过阿卜杜勒或者这位女孩会受到伤害。除非是毫无胜算，否则他绝不会想到逃跑，他之前的撤退也只能保证自己处于安全范围。

泰山一个人完全可以冲进人群，像雄狮一样朝四周一通乱打，然后趁着人群惊慌失措的时候轻易地逃走。而现在他必须为另外两名忠诚的朋友着想。

他走到临街的窗前，敌人在一分钟之内就会包围那里。隔壁

西迪艾萨的舞女 | 065

房间旁的楼梯上已经响起脚步声——暴徒们很快就要追上来了。泰山一只脚站在窗台上,身体探了出去,他却没有向下看。在头顶,一只手臂的距离,是房子的屋顶。他把女孩喊了过来。

她走到了泰山身边,被他强有力的胳膊举了起来,扛在了肩膀上。

"在这儿等我拉你上去,"他对阿卜杜勒说,"现在把所有东西堆在门前——应该可以挡一会儿,拖延一些时间。"随后他扛着女孩站上了窗台。"抓紧了。"他提醒道。一瞬间泰山便像猿猴一样灵巧而轻松地爬上了屋顶。放下女孩后,他在屋檐上探出了身子,轻轻地喊阿卜杜勒的名字。

那位年轻人跑到了窗边。

"把手给我。"泰山轻声说。屋外的人群此时已经开始砸门。随着一声巨响,房门被砸得粉碎,与此同时,阿卜杜勒感觉自己像一片羽毛一样被带到了屋顶上。

千钧一发之际,这一系列动作完成得刚好及时,因为随着屋外的人群破门而入,楼下的街道上也出现了十几个暴徒,朝着窗口正对的位置跑来。

Chapter 8

沙漠之战

三人蹲坐在屋顶上,听着楼下舞女房间里传来阿拉伯人的咒骂声,阿卜杜勒还不时翻译给泰山听。

"他们在责骂那些去街上拦截我们的人,"阿卜杜勒说,"怪他们这么轻易地让我们跑了。那些街上的人说没有看见有人从窗户逃出来——断定我们肯定还在楼里。而楼上那些人大概是忌惮和我们打斗,坚持说我们已经逃掉了。再吵下去,他们估计得自己打起来。"很快,楼里的人放弃了搜寻,回到咖啡馆里去了,还有一些人留在了街上,一边抽烟一边聊着什么。

泰山谢过了女孩,感谢她身为一名陌生人为自己所做的一切。

"我喜欢您,"她直白地说,"您和咖啡馆里的其他人不一样,不会对我说下流的话,给赏钱的时候也不会带着侮辱的意味。"

"今晚之后你打算怎么办?"泰山问,"咖啡馆是回不去了,即使留在西迪艾萨你也很不安全,对吗?"

"这事明天就会过去了,"她答道,"但是我希望能够永远地离开,再也不要回到这家咖啡馆——任何咖啡馆都不要。我并不想待在这里,我是被囚禁的。"

"被囚禁!"泰山惊讶地喊了出来。

"奴隶这个词会更准确一些,"她说,"某天晚上我被一群强盗从父亲的部族里抢了过来。他们把我带到这里,卖给了这家咖啡馆的店主,一个阿拉伯人。我已经快两年没有见到自己的族人了。他们住在遥远的南方,从没有来过西迪艾萨。"

"你想要回到族人身边吗?"泰山问道,"我可以保证把你安全护送到布萨达,在那里我们会让指挥官安排送你回家。"

"啊,先生,"她叫了出来,"我要如何才能报答您的恩情!我只是个可怜的乌列奈尔舞女,不过我的父亲有能力、也一定会报答您的,他是个了不起的酋长,名叫卡多·本·萨登。"

"卡多·本·萨登!"泰山惊讶地叫了一声,"太巧了,卡多·本·萨登今晚就在西迪艾萨,几小时前我还与他共进了晚餐。"

"我的父亲在西迪艾萨?"女孩又惊又喜,"感谢真主,我得救了。"

"嘘!"阿卜杜勒发出警告,"快听。"下方传来了说话声,打破了夜的宁静。泰山听不懂,但是阿卜杜勒和女孩为他做了翻译。

"他们已经走了,"女孩说,"他们的目标是您。我听到有人说有个陌生人出钱取您性命,那个陌生人手腕断了,正躺在房子里。他现在加了赏金,如果有人能在去布萨达的路上伏击并把您杀掉,就能得到所有的钱。"

"那个陌生人和今天在集市上跟踪您的是同一个人,"阿卜杜勒断定,"我在咖啡馆里也见到了他——他当时和另一个人在一起。两人和这位女孩交谈后就去了后院,逃进后院时朝我们开枪的也是他俩。他们为什么要杀害您呢，先生？"

"我也不知道。"泰山答道。短暂的停顿后，他说："除非——"可是话到这里就断了。泰山脑中冒出了一个想法，看上去不太可能，但似乎又只有这一种合理解释。不一会儿，街上的人都走光了，后院和咖啡馆也已经人去楼空。

泰山小心翼翼地下到窗台上。

见屋里空无一人。他回到了屋顶，先把阿卜杜勒放了下去，然后再把女孩放下，由阿卜杜勒接回了房间。

窗户离地不远，阿卜杜勒直接跳了下去。好像曾经无数次地负重在丛林里跳跃一般，泰山将女孩抱在怀里，跳了下去。女孩轻轻地惊叫了一声，泰山则稳稳地落在了街上，把她安全地放了下来。

她扶着泰山站了片刻。

"先生您真是灵巧而强壮，"她说，"简直和黑狮子埃尔安德烈一样。"

"我倒是很想见一见你口中的黑狮子埃尔安德烈，它的大名我早有耳闻。"

"来我父亲的部落领土吧，您就能见到它了，"女孩说，"它住在部落北边的群山之中，常常夜晚出动，袭击村落。它一爪子下去就能打碎公牛的头盖骨，要是夜归的行人碰上它，保准要遭殃。"

他们一路平安地到达了旅馆。睡眼惺忪的旅店老板坚持明天一早再派人找卡多·本·萨登，在收下一枚金币后他立马变了态度。不一会儿就有一位侍从开始在旅馆的非本地住客里搜寻，看能否找到一位酋长打扮的人。泰山觉得很有必要在今晚就找到女孩的父亲，否则第二天一早对方可能就离开了。

大约半小时之后侍从带着卡多·本·萨登走了过来。这位老酋长一脸困惑地进了房间。

"不知先生有何贵干——"他刚开口,目光就落在了女孩身上。他张开了双手,走上前拥抱了她。"我的女儿!"他失声大喊,"感谢真主!"泪水模糊了他久经沙场的双眼。

在听完女儿从被绑架到被解救的经过后,卡多·本·萨登向泰山伸出了手。

"我的朋友,卡多·本·萨登的一切都是您的,包括生命。"话虽简短,可泰山知道这是一诺千金。

很快四人决定明天一早便启程,在一天之内骑马到达布萨达,这意味着泰山、阿卜杜勒和女孩在上路之前几乎没有时间休息。对男人来说这也许轻松一些,不过对女孩来说这注定会是一段疲倦的旅程。

而她偏偏是最期待这次旅程的人,与族人一别两年,女孩只盼着早点回到故土。

泰山觉得自己刚闭上眼就被人叫醒。一小时不到,一行人就已经在南下前往布萨达的路上了。一开始路况还很好,他们前进得很快。可几英里之后路上只有荒芜的黄沙,马匹每走一步,蹄子都会深深地陷进去。除了泰山,阿卜杜勒、酋长和他女儿之外,还有四名与酋长一同来西迪艾萨的族人。人多力量大,在白天他们并不担心受到攻击,一切顺利的话,夜幕降临之前就能到达布萨达。

沙漠里的热风裹挟着黄沙向他们袭来,泰山的嘴唇被吹得干瘪皲裂。透过迷眼的风沙,泰山看见四下一片荒芜,毫无吸引力可言——崎岖不平的旷野上隆起一个个沙丘,到处生长着单调的矮灌木。

向南望去,远远地可以看到撒哈拉阿特拉斯山脉模糊的轮廓。

"和小时候记忆里那个美丽的非洲可真不一样啊。"泰山心想。一直处于警戒状态的阿卜杜勒不时向前后方观察情况,每上一个沙丘,他都会下马仔细环顾四周。他的小心谨慎果然立了大功。

"看!"他大喊,"后方有六个骑马的人。"

"毫无疑问,肯定是昨晚那群人。"卡多·本·萨登冷冷地说。

"绝对是,"泰山说,"很抱歉因为我而使你们卷入危险中。等到下个村庄,我会一个人留下来对付这些人,你们继续前进。我不用在今晚赶到布萨达,这样你们也可以安全地赶路。"

"您不走,我们也不走,"卡多·本·萨登说,"除非您安全和朋友会合,或者敌人放弃纠缠,否则我们会一直与您在一起。请不要再说什么了。"

泰山点了点头。他向来少言寡语,这大概也是卡多·本·萨登喜欢他的原因。这世上要是有什么阿拉伯人讨厌的东西,那一定是话痨。

接下来的时间里,阿卜杜勒不时观察后方出现的骑马人,他们总是保持着一定距离。

不论是偶尔的短暂休整,还是中午的长时间休息,对方都保持着距离,没有靠近。

"他们在等天黑。"卡多·本·萨登说。

还没到布萨达,天就黑了。随着夜幕降临,身后那群人的身影越来越模糊,阿卜杜勒最后一次看到他们时,这群身着白袍的身影正在快速靠近。他不想惊动女孩,便悄悄地把这个消息告诉了泰山。泰山勒了勒马,和他并排骑着。

"你和其他人一起向前骑,阿卜杜勒,"泰山说,"这是我自己的事。等一会儿找个合适的地方,我单独会会这群人。"

"阿卜杜勒将和您一起战斗。"这位年轻的阿拉伯人坚定地说,仿佛任何威胁和命令都不足以动摇他的决定。

"很好,"泰山说,"这地方不错,位于沙丘顶,又有很多岩石。我们就在这儿等着他们。"两人停住了,从马上跳了下来。其他人并没有注意到,已经融入了黑暗之中。远处已经可以看见布萨达的灯光了。泰山从枪套里掏出了步枪,同时松开了左轮手枪的皮套。阿卜杜勒被派去把马牵到石头后面隐蔽起来,以免被敌人的流弹所伤。这位阿拉伯青年把两匹马拴在矮灌木里后,又偷偷地爬了回来,趴在距离泰山几步路的地方。

泰山笔直地站在路中间,没等多久,突然从黑暗中传来了马匹飞驰的声音。很快,夜幕下出现了一群浅色的身影。

"停下!"他喊道,"否则我们就开枪了!"白色的影子立刻停住了,双方陷入一阵沉默。突然对面传来一阵低低的讨论声,然后这些人立刻骑着马像幽灵一样消失在了各个方向。沙漠仍然静静地躺在泰山的四周,可这一片死寂却是邪恶的预兆。

阿卜杜勒单膝跪了起来,泰山则竖起了灵敏的耳朵,听到从东西南北四个方向传来马匹在沙地上轻轻走动的声音。他们被包围了。随即泰山目光所向之处响起了一声枪响,一颗子弹擦着他的头顶飞过,他立即开枪还击。

一瞬间,荒野的寂静被密集的枪声打碎。阿卜杜勒和泰山看不见对手,只能朝着火光处开枪。很明显,对方正在不断地变换位置。随着包围圈不断缩小,敌人的人数也渐渐明朗。

一个对手靠得太近了,曾经习惯于在夜间丛林里活动的泰山迅速将他从马上击落。

"这下我们胜算更高了,阿卜杜勒。"泰山笑着说。

不过两人还是有些势单力薄,一声令下,五个敌人骑着马向他们逼近过来,似乎很快就要结束这场战斗。泰山和阿卜杜勒跳到了岩石后方，以石为盾，面对敌人。马蹄飞驰的"哒哒"声和双方交火的枪声不绝于耳，那群阿拉伯人后退了一些，准备第二轮进攻，可随后新一轮攻势只剩下四个敌人与他们战斗。

有那么一阵，四周的黑暗陷入了寂静。泰山不确定那几个阿拉伯人是否因为受挫而放弃了进攻，还是准备继续在通往布萨达的路上伏击他们。

不过很快他就有了答案。某个方向再次传来了进攻的声音。战斗一触即发，那群阿拉伯人身后却响起了十几声枪响。混乱之中传来一群陌生人的吼叫，还伴随着布萨达方向飘来的阵阵马蹄声。

没等弄清楚来者何人，那几个阿拉伯人一边开枪还击，一边从泰山和阿卜杜勒防守的位置疾驰而过，朝着西迪艾萨方向逃去。不一会儿，卡多·本·萨登和手下们冲了过来。

确定泰山和阿卜杜勒毫发无伤后，这位老酋长松了口气。就连两人的马都没有受伤。一行人找到了被泰山击倒的两个袭击者，确认他们已经死了之后便将尸体留在了原地。

"为什么不早点告诉我您打算伏击这群人？"酋长心怀不满地责问，"要是我们七个一起在这里蹲守，肯定能把他们一网打尽。"

"那样的话就没必要停下来蹲守了，"泰山答道，"我们只需要继续前行，他们会在去布萨达的路上追上并袭击我们。我和阿卜杜勒之所以留下来对付他们，只是不想让你们卷入我的麻烦里。还有您的女儿，不能因为我而把她暴露在六个枪手的瞄准下。"卡多·本·萨登耸了耸肩，因为被瞒着而错过了一场战斗，他还是很耿耿于怀。

刚刚那场战斗距离布萨达不远，引来了一队士兵，泰山一行人在城外正好撞见了他们。

为首的军官拦下了他们,询问枪声的事。

"是一群强盗,"卡多·本·萨登答道,"他们袭击了队里落单的两人,等我们赶到时他们已经逃跑了,留下了两具强盗的尸体。我们队里没有人受伤。"军官似乎很满意,在记下所有人的名字后,他带着那队士兵前去冲突现场,想找回那两具尸体做进一步鉴定。

两日后,卡多·本·萨登和他的女儿以及手下们沿着布萨达的南部小径向南出发,朝着位于远方蛮荒之地的家族领土前行。酋长和女孩不断请求泰山一同前去,虽然没有办法言明,可是泰山谨记着此行的任务,特别是在发生了这么多怪事之后,他更是一刻不能放松。但他还是向这对父女保证如果日后条件允许,一定会前去拜访,两人也不好强求,只能相信泰山会兑现诺言。

与卡多·本·萨登和他的女儿待在一起的这两天,泰山对这个高尚而坚毅的民族产生了浓厚兴趣。他抓住一切机会了解他们的生活和习俗,甚至在女孩的耐心指导下学习了他们的语言。在离别的时候,泰山心里很难过。他骑着马送他们远行,最后看着一行人渐渐消失在自己的视线里。

这群人才是泰山心之所向!他们充满危险和挑战的狂野生活比任何一座文明的大都市都更加吸引这位"半野蛮人"。它甚至比丛林生活都要好——不仅因为近在咫尺的大自然,还因为那里有人类社会,有他可以敬仰的同类。泰山脑海里不断浮现出一个想法——完成这次任务之后他便辞职,在卡多·本·萨登的部落里度过余生。

随后他掉转马头慢慢地骑回了布萨达。

泰山回到了酒店,酒店前有一家酒吧、两个餐厅和一个厨房。那两个餐厅都与酒吧连通,其中一个是专门为军官和部队预留的。只要站在酒吧里,两个餐厅里的情况都一目了然。

送别卡多·本·萨登一行人后，泰山来到酒吧休息。卡多·本·萨登决定多赶些路，出发得特别早，因此泰山回来的时候，客人们还在用早餐。

他无意中向军官用餐的餐厅瞥了一眼，突然发现一件有趣的事。杰诺斯中尉正坐在那边，一位身着白袍的阿拉伯人走了过去，弯下腰在中尉的耳边私语了几句，然后继续向前从另一扇门走出了房间。

这本来不算什么事，可那人弯腰和中尉说话时，飘起的斗篷里露出的东西一下吸引了泰山的注意——那是一只被吊带绑着的手。

Chapter 9

黑狮子

卡多·本·萨登出发南下的那天,一辆从北方来的马车给泰山捎来了一封达诺的信,是从西迪贝勒阿巴斯转来的。这封信揭开了泰山想要忘记的旧伤疤。不过泰山并不怨达诺,至少信里说到了他心里一直放不下的事情。信中这样写道:

亲爱的吉恩:

自上次给你写信以来,我一直在伦敦出公差,在那儿停留了三天。第一天就在亨丽埃塔街上遇见了你的一位老朋友——简直出人意料。你肯定猜不着——是菲兰德先生,难以置信是不是?我都能想象到你怀疑的表情。还不止这些呢,他坚持邀请我同他一起回到旅馆,在那里我见到了其他人——波特教授,波特小姐,还有她的女仆,那个叫埃斯梅拉达的魁梧的黑人女子。这时克莱顿走了进来,他们应该很快就要结婚了,总感觉我们随时会接到婚礼通知。不过考虑到克莱顿父亲的逝世，这场婚礼应该会办得很低调——只会邀请有血缘关系的亲戚。

和菲兰德先生独处的时候，我俩闲聊了起来。他说波特小姐已经三次推迟婚期了。坦白说，他觉得波特小姐并不想嫁给克莱顿，可这一次好像已经没有退路了。

当然他们都问到你了，我知道你不希望我说到你的身世，所以只说了你的近况。

波特小姐对你更是关心，问了我许多关于你的问题。说到兴头上，我把你打算回到丛林去的想法讲了出来。事后我就后悔了，似乎是想到你回到丛林要面对的种种危险，她显得很难过。"不过，"她说，"我也说不清楚。比起恐怖的丛林，泰山先生在这里经历了更多不幸，回去那里至少他不会后悔。而且白天的丛林也有静美的时刻和壮丽的景色。你也许会觉得这么说很奇怪，在那片恐怖的丛林里经历过那么多可怕的事情之后，我却常常想要回去，因为我生命中最快乐的时光就是在那儿度过的。"她说话时脸上流露出不可言说的哀伤，我甚至觉得她心里明白我知道她的秘密，之所以这么说是想要通过我向你最后一次转达她的思念，告诉你尽管她即将委身他人，心中还是珍藏着对你的回忆。

在谈到你的时候，克莱顿显得紧张而不安。他脸上挂着一副又担心又厌烦的表情。不过在问到你的时候他还是很和气的。我猜想他也许在怀疑你的身世？特宁顿和克莱顿一起来的，他们是好朋友，你知道的。

特宁顿又要搭乘自己的游艇出海了，继续那没完没了的旅程。他还邀请我们所有人和他同行，还想说服我加入他，说是这次要环游非洲。我告诉他，要是他还继续以为自己的小游艇是一艘邮轮或者战舰，这艘小玩具迟早会带着他和旅伴们葬身海底。

我前天就回到了巴黎，昨天在赛马场里遇见了库德伯爵夫妇。他们问了很多关于你的事。伯爵似乎对你很感兴趣，之前的敌意一点儿也没有了。伯爵夫人和以前一样美丽动人，但是有些提不起精神。我猜也许在与你的相识相知中，她学到了些终身受益的东西。我想对于他们夫妇来说都是幸运的，因为他们遇见的是你，而不是什么城府很深的人。要是你之前真的让奥尔佳动了芳心，你们两人现在肯定都倒大霉了。

伯爵夫人让我转告你，尼古拉斯在收了她两万法郎后，已经离开了法国，在别处安定了下来。一开始尼古拉斯扬言要找机会杀掉你，奥尔佳很庆幸能在他动手之前让他离开。她说她很喜欢你，不想让哥哥死在你手上，这些都是当着伯爵的面说的。在伯爵夫人看来，你和尼古拉斯不会再有任何机会见面了，伯爵也表示同意，还说一个团的茹科夫也不够你打的，他十分崇敬你的力量。

我现在要回到船上去了。这艘船接到秘密指令，两天内要从勒阿弗尔出发。你的回信就写船名好了，我会收到的。有机会再给你写信。

你真挚的朋友
保罗·达诺

"恐怕，"泰山暗暗思忖，"奥尔佳这两万法郎是要打水漂了。"他又读了几遍信里简·波特说的话，心中升起了一股悲哀的幸福感，不过也比感觉不到幸福要好。

接下来的三周风平浪静，无事发生。有几次泰山看见了那名神秘的阿拉伯人，其中一次他还在和杰诺斯中尉交谈着什么。泰山想要知道这名阿拉伯人的落脚点，可是几次跟踪下来都没有找到他的住处。

自上次欧马勒旅馆餐厅一事以来，向来不热情的杰诺斯对泰山更加冷淡了。两人偶然遇上了，他的态度也明显充满敌意。

为了扮演好猎人的角色，泰山花了很多时间在布萨达周围打猎。他有时会花上一整天的时间，表面上在寻找瞪羚，其实每当他靠近这些美丽的小动物时，泰山都会在掏出左轮手枪前故意让它们逃掉。为了杀戮的快感而杀死这些无害而弱小的生物，泰山实在不知道这样有何乐趣。

事实上，泰山从来没有为了"快感"而杀生，也从不觉得杀戮能带来快乐。他只享受正义的战斗——胜利的喜悦，以及在为了食物而狩猎时，与猎物斗智斗勇带来的愉悦。可是在衣食无忧的情况下射杀一只弱小美丽的瞪羚——啊，这简直比冷血无情地谋杀一位同伴还要残忍。泰山绝不会这么做，所以每次他都是一个人去捕猎，这样一来就不会有人发现他所谓的打猎不过是个幌子了。

有一次，也许正是因为他独自一人，泰山差点丢了性命。那时他正骑马穿过一个小山谷，突然从身后传来一声枪响，一发子弹穿过了他的软木头盔。虽然他立刻掉转马头快速地骑到了山谷高处，却没有见到任何敌人的踪影，回到布萨达之前，泰山甚至连个人影都没见到。

"是的，"他喃喃自语，思绪又回到了信上，"奥尔佳这两万法郎肯定打水漂了。"当晚，泰山被邀请参加了杰拉德上尉的小型晚宴。

"打猎运气不太好吗？"上尉问道。

"不是的，"泰山说，"这里的猎物太胆小了，小鸟和羚羊也不是我的狩猎目标。我觉得应该再往南部去一些，试试捕猎你们的阿尔及利亚狮子。"

"很好！"上尉兴奋地说，"我们明天就要往杰勒法行军，你可以同我们一起去。我和杰诺斯中尉奉命带领一百位士兵前往南部巡查，那里有一个地区最近饱受强盗骚扰。要是有机会我们还能一起猎狮呢——你说呢？"

泰山自然非常开心，立马答应了下来。不过上尉要是知道泰山的真正目的，肯定要大吃一惊。

杰诺斯坐在泰山对面，面对上尉的邀请他看上去并不高兴。

"你会发现狩猎狮子比射杀瞪羚更刺激，"杰拉德上尉说，"也更危险。"

"射杀瞪羚也没那么安全，"泰山说，"特别是一个人的时候，我今天才发现。我还发现，虽然瞪羚是动物里最胆小的，但却不是最懦弱的。"说罢，他的眼神不经意地落在杰诺斯身上，不管对方脑子里在想什么，泰山都不想让他觉得自己被怀疑了，或是受到了监视。不过这一番话还是对杰诺斯产生了影响，这至少表明他要么与那起袭击有关，要么至少知情。泰山注意到杰诺斯衣领下，一丝暗红色爬上了他的脖子。光这一点提供的信息就足够了，泰山很快转换了话题。

次日清晨，军队从布萨达南下的时候，有六个阿拉伯人在后方尾随。

"他们不是受命跟随的，"面对泰山的疑问，杰拉德答道，"他们只是与我们结伴同行。"来阿尔及利亚的这段日子，泰山摸清楚了这些阿拉伯人的性格，那六个人肯定动机不纯，阿拉伯人可不喜欢和陌生人结伴同行，尤其是法国士兵。带着心里的怀疑，他决定盯着这六个人。可是这几人一直与军队保持大约四百码的距离，就算在休息的时候也没有靠近，泰山没办法仔细观察他们。

泰山一直觉得那些杀手都是受人雇佣的，也猜测茹科夫可能是这场阴谋的幕后主使。可这到底是茹科夫出于之前数次被泰山挫败和羞辱而进行的报复，还是由于这次监视杰诺斯的任务而惹来的杀身之祸，他还是拿不准。一系列证据表明杰诺斯已经开始怀疑他了，如果是这样的话，泰山现在有了两个强大的敌人要对付。在阿尔及利亚的荒野，茹科夫和杰诺斯有太多机会在不引起怀疑的情况下除掉一个敌人。

在杰勒法驻扎两日后，军队开始向西南方向前进，有传闻劫匪正在洗劫那里位于山脚下的村落。

下达次日撤离杰勒法命令的当晚，几个尾随的阿拉伯人就突然消失了。泰山四处打听了一下，没有人知道他们为何突然离开，也不知道他们具体去了哪里。泰山感到事情不妙，因为他注意到在杰拉德上尉下达命令后一个半小时左右，杰诺斯和其中一个阿拉伯人有过一次交谈。士兵们只知道明天一早要出发，只有杰诺斯和泰山知道行军的具体目的地，泰山怀疑杰诺斯向那群阿拉伯人透露了这一信息。

下午晚些时候，军队驻扎在一小片绿洲里。这个部落的牲口被盗，放牧人也被杀了。一群阿拉伯人从他们的羊皮帐篷里跑了出来，不断用本地话向阿尔及利亚士兵们询问问题。在阿卜杜勒的帮助下，泰山已经会说一些阿拉伯语了，趁着一位年轻的阿拉伯酋长的手下向杰拉德上尉行礼的时候，他询问这位年轻人有没有见过六个从杰勒法方向骑马过来的阿拉伯人。

得到的答案是否定的。四周散落着一些绿洲——也许他们去了其他绿洲。这里的山上住着土匪——他们通常结成小队向北骑马到布萨达，有时甚至能到欧马勒和布维拉。在抢到东西后，可能已经有一些土匪回来了。

第二天一早，杰拉德上尉把部队分成两组，他和杰诺斯中尉

黑狮子 | 081

各带领一队,从两个不同的方向搜山。"泰山先生想要跟着哪支队伍呢?"上尉问,"还是说您对抓土匪不感兴趣?"

"啊,我当然很想去。"泰山赶紧说。他在想要找什么借口好让自己能跟杰诺斯一组。

不过他没有纠结太久,杰诺斯出人意料地主动开口了。

"要是上尉这次舍得放弃泰山先生的陪伴,我将会很荣幸地邀请他与我同行。"他相当热情地说。

泰山觉得他有点殷勤过头了。虽然很吃惊,泰山还是很开心,连忙表示他很愿意与杰诺斯同行。

于是杰诺斯中尉和泰山并排骑着马,走在小队的最前面。杰诺斯的热情很快就消失了。刚走出杰拉德上尉一行人的视线,他立马表现出了一贯的冷漠。随着他们越走越远,路况也越来越差。

临近中午时分,他们排成长队走进了一个狭窄的山谷。在一条小溪边,杰诺斯发出了休整指令,所有人在这里简单地吃了午饭,灌满了水壶。

休息一小时之后,这队人沿着峡谷继续前行,遇见了一个山谷,许多岩石峡谷在这里会合。他们在这里停了下来,杰诺斯站在山谷中心仔细地查看了周围的峭壁。

"我们在这里分头行动,"他说,"分成不同的小队往各个峡谷里去。"随后他便开始把队伍拆分开,并任命新的指挥官。一切安排妥当后,他转向了泰山,说:"您就在这里等我们回来吧。"泰山表示反对,可是杰诺斯打断了他。

"我们很可能要战斗,"杰诺斯说,"带一个非战斗平民只会给士兵作战带来麻烦。"

"可是,亲爱的中尉,"泰山抗议道,"我想要追随您或您的部下,我会遵从你们的命令战斗,这就是我来的目的。"

"说得好听。"杰诺斯完全不带掩饰地冷笑了一声,驳回了泰山的请求。然后直截了当地说:"你现在得听我的命令,在我们回来之前,我要求你留在这里。无须多言。"说罢便掉转马头,领着一小队人马走了。不一会儿,整个荒凉的山谷里就只剩下泰山一人。

烈日高照,泰山找了一棵树把马拴着,自己在树荫下歇凉,抽起了烟来。他心里暗暗咒骂杰诺斯的狡猾。"竟然耍小手段来报复我。"泰山想。这时他突然意识到事情没有这么简单,杰诺斯绝不会只是为了让他不爽而这么安排,背后肯定有更不可告人的目的。想到这里他立刻起身从枪套里掏出了步枪,查看了一下子弹是否装满,随后又检查了左轮手枪。

一切准备就绪后,泰山查看了四周的峭壁以及各个峡谷的入口——他绝不能打盹。

太阳越来越低,小队还是一支都没有回来。最后整个山谷都陷入了阴影之中。在队伍回来之前,他可不好意思独自返回营地,所以他一直在等着。泰山习惯了黑夜,因此夜幕降临时他感到更加安全了。任何东西想要靠近都逃不过他警觉而灵敏的耳朵,他的夜视能力也很强,还有他的鼻子——只要敌人站在上风向,泰山很远就能闻到他的气味。

泰山并不觉得自己有什么危险。带着这种安全感,他靠在树上睡着了。

睡了几个小时之后,他突然被马匹恐惧的嘶叫和慌乱的跳动声惊醒了,天空中一轮满月高悬,月光洒满了这个小山谷,在离泰山不到十步的地方,站着那个令马儿受惊的东西。

高大、威猛、优雅的尾巴在身后摆动,如炬的目光正盯着自己的猎物,那里站着的正是黑狮埃尔安德烈。

有那么一刻,泰山一动不动地坐着,欣赏这位荒野之王的雄姿。

黑狮此时已经蜷起了身子，准备发起扑击。泰山慢慢地把步枪举到了肩上。他这辈子还没有用枪猎杀过大型动物——之前的武器一直都是标枪、毒箭、绳子、小刀，还有他的双手。

泰山本能地希望此时手边有他的毒箭和小刀——它们用起来更得心应手。

这时黑狮已经整个蹲伏在地上，只能见到头部。泰山想要瞄准一些再开枪，他很清楚，如果不能一击致命，只要两分钟——甚至是一分钟，狮子就能够造成巨大的伤害。马匹站在后方瑟瑟发抖，泰山向旁边迈出了一步——黑狮的目光也跟着泰山移动了一步。接着又是一步，黑狮还是没有动。现在泰山已经可以瞄准狮子的眼睛和耳朵之间的位置了。

手指扣紧了扳机，在泰山开火的一瞬间，黑狮子跳了起来。

与此同时，受惊的马匹用力一挣——缰绳被扯断了，马儿顺着峡谷逃进了沙漠。

如此近距离受到黑狮子的扑击，常人都无法从它巨大的爪子下逃脱，不过泰山绝非常人。

在各种紧急情况下，他的肌肉自幼就被训练得非常迅捷，以配合他敏锐的思维。

和黑狮子比起来，泰山的速度还是更胜一筹。这只想吃人肉的巨兽一头撞到了树上。而泰山则向右闪到了几步之遥的地方开了第二枪，黑狮疼得大吼了起来。

泰山立刻连发两枪，埃尔安德烈一动不动躺在地上，没了声响。此时脚踩狮子尸体的，不是泰山先生，而是人猿泰山。他仰起头盯着一轮满月，发出了雄浑、诡异而骇人的咆哮——这是巨猿猎杀成功后的吼叫。

听到这个陌生而恐怖的声音，山里的野生动物都停下了捕猎的脚步，止不住地颤抖。沙漠里，孩子们都从羊皮帐篷里跑了出来，眺望远处的群山，猜想到底是什么没见过的怪物发出了这样的声音，吓坏了他们的牲口。

距离山谷半英里的地方，二十个身着白袍、佩有长枪的人也听到了这个声音，停了下来，面面相觑。不过那声音没有再出现，他们便继续悄悄地向山谷走去。

泰山开始怀疑杰诺斯到底会不会回来找他，可一时又找不到自己被丢在这里的理由，毕竟只要他想，就可以随时回到营地。马儿已经跑掉了，再留在大山里显然不理智，泰山开始向沙漠走去。

泰山刚刚走进峡谷，那群白衣人就从另一边走进了山谷，他们躲在岩石后仔细地观察了一番，确认安全后一行人才继续前行并在一棵树下遇见了黑狮子。他们将尸体团团围住，嘴里发出惊异的低呼。不一会儿，这群人就向着泰山的方向追了过去，借助遮蔽物偷偷摸摸地跟踪着。

Chapter 10
穿越暗影谷

一轮明月下,泰山沿着原始的峡谷行走,心中充满了野性的呼喊。人迹罕至的荒野和充满野性的自由让他感受到了生机和精力。

毕竟是人猿泰山,他敏锐的感官时刻警惕着丛林生物的袭击,同时又昂首挺胸,轻快地走着,为自己的力量感到自豪。

群山夜里的声响对他来说是那么的新鲜,这些声音在耳边萦绕,听起来像快要被遗忘的爱情一般温柔。

泰山本能地辨别出了一种——啊,多么熟悉的声音。那是远处豹子的咳嗽声。

可是紧接着的一声奇怪的哀嚎令他意识到,那应该是一只黑豹。

突然响起了一个新的声音——很轻、很柔、鬼鬼祟祟——藏在其他的声响之中,除了泰山以外,没有哪个人类的耳朵能够捕捉到。那声音就在身后悄悄地靠近，泰山明白自己被跟踪了。

他立刻明白了杰诺斯把自己留在山谷里的原因。不过计划出现了问题——这群人来得太晚了。脚步声越来越近，泰山转身停住，握紧了左轮手枪。一个身着白袍的影子一闪而过，泰山用法语大声质问他们的目的，对方则向他鸣了一枪作为回应。枪响瞬间，泰山脸朝下扑了下去。

这群阿拉伯人并没有立刻冲过去，而是等了一会儿，确定被击中的人已经爬不起来，才从藏身处跑了出来，俯身察看。很显然泰山并没有死。其中一人拿枪口对准了泰山的后脑勺，准备了结他的性命，不过被另一个人阻拦了。

"要是抓了活口，赏金会更多。"那个阻拦的人说道。于是泰山被五花大绑，由四个人扛在肩上，往沙漠的方向抬了过去。走出山区后，这群人转而向南行进。日出时分，他们来到了存放马匹的地方，和另外两个照看马匹的同伙碰了头。

之后他们骑马上路，速度快了很多。泰山清醒了过来，发现自己被绑在了一匹马上，很显然这匹马就是为了抓他特意准备的。子弹从他的太阳穴擦了过去，只造成了一点外伤。血已经止住了，留下了满脸满身干结的血块。落入这群阿拉伯人手里后，泰山自始至终一言不发。除了停马歇息的时候会向他发出几句命令，那群人也一直沉默不语。

一行人在炙热的沙漠里骑行了六个小时，避开了沿途的绿洲。大约中午时分，他们在一个大约有二十个帐篷的部落停了下来，利坚草做的缰绳还没有解开，周围乌泱泱地已经围满了一群男人、女人和小孩。

很多部落居民，特别是女人，似乎很享受侮辱泰山的过程，甚至有些人还用石头砸、用棍子抽打他。一位酋长走了过来，把其他人都赶走了。

"阿里·本·艾哈迈德告诉我,"酋长说,"这个男子独自待在山里,而且杀死了埃尔安德烈。不管雇我们抓他的陌生人和他有什么过节,我也不在乎转送到雇主那里后他的命运如何,只要他还在我们的手中,这位勇士就应该得到尊重。他可是独自一人在夜里猎杀了'丛林之王'。"泰山听说过阿拉伯人对击杀狮子的人有特殊的崇拜之情,现在他很庆幸自己偶遇了黑狮子,否则又要受到一番部落居民的折磨。不一会儿,泰山被带到了部落北部的一间羊皮帐篷里,填饱肚子后被五花大绑,躺在一张充满本地特色的地毯上。他被一个人留在那里,外面由专人严密把守起来。

帐篷外只坐着一个守卫,泰山试着挣脱身上层层的镣铐,却发现即使如他那般强壮都无法打开。这么看来,连门口那个守卫也是多余的了。

天黑前,几个身着阿拉伯装束的人走进了帐篷。其中一人走到了泰山身边,摘下了遮住下半边脸的面罩,露出了尼古拉斯·茹科夫狰狞的嘴脸,长满胡子的嘴边还挂着不怀好意的微笑。"哎呀,泰山先生,"他说,"真是荣幸啊,您为什么不爬起来和客人打个招呼呢?"说罢一边狠狠地骂了一句:"起来,你这条狗!"一边抬起了穿着靴子的脚,狠狠地朝泰山身上踢了一脚。"还有一脚,再一脚,再一脚,"他一边说一边踢着,"你害过我几次,我就踢你几脚。"泰山一声不吭——甚至不屑于抬头再看那俄罗斯人一眼。最后,一直站在旁边皱着眉头沉默的酋长看不下去了,他打断了这懦夫一般的攻击。

"停下!"他命令道,"杀了他吧,我不想看到一个勇士这样受辱。我想要给他松绑了,看你还能踢多久。"听这样的威胁,茹科夫吓得停下了脚,要是松了绑,他免不了要在泰山的铁拳下吃尽苦头。

"很好，"茹科夫说道，"我现在就杀了他。"

"不准在我的部落领地里动手，"酋长回应，"他得活着离开这里，在沙漠里你怎么处置我不管，可要是部落沾上了法国人的血，那些士兵会过来杀我族人，烧我帐篷，夺我牲口。"

"照你说的，"茹科夫愤愤道，"我会把他带到沙漠里干掉。"

"离开我的领土要花一天的时间，"酋长严肃地说，"会有族人一路盯着你的，别轻举妄动——否则沙漠里会有两具白人的尸体。"茹科夫耸了耸肩，说："那我得等到明天——现在已经天黑了。"

"随便你，"酋长说，"不过天亮一小时之内你就要离开。我讨厌异教徒，更讨厌懦夫。"茹科夫本想还嘴，不过还是克制住了，他不想惹毛这个老头。随后两人一起走出了帐篷，走到门口，茹科夫忍不住嘲讽泰山。"睡个好觉吧，"他说，"别忘了好好祷告，等到明天死的时候，你会痛到没法做忏悔祷告。"中午到现在都没有人拿来一点食物、一滴水，泰山口渴难耐，犹豫要不要向守卫要水喝，不过在询问过两三次没有得到回应后，他还是放弃了。

从群山之中传来了狮子的吼叫。泰山心想："在兽群中生活要比在人群中安全多了。"这几个月来，他被文明人类追杀的次数比在二十多年的丛林生活里经历的加起来还多。泰山从没有觉得自己这么接近死亡。

这时狮子又吼了一声，听起来更近了。泰山身体里涌动着一股原始的冲动，想要回应同类的吼叫。同类？他差点忘记了自己不是猿猴，而是一个人。

他扯了扯镣铐。哎呀，要是能把镣铐挪到嘴边就好了。在一切脱逃尝试都失败后，一股狂躁的怒火燃遍了他全身。狮子开始一声接一声，不停地发出饥饿的吼叫，显然是要来沙漠里觅食了。

泰山羡慕这头野兽的自由，没人用绳子将它绑着，然后像宰羊一样杀死它。这让泰山感到耻辱，他从来不怕死——死前的羞辱，甚至没有机会为生命一战，这才是他害怕的。

"现在一定已经快午夜了，"泰山想，"还有几个小时可以活，也许在路上可以想个办法拉茹科夫做垫背的。"狮子的声音越来越近了，也许它正在部落栅栏围住的牲口中找猎物呢。

四周陷入了很长一段时间的寂静，这时泰山听到了偷偷摸摸的脚步声。声音从帐篷后方——靠近群山的那边传来，越来越近。泰山屏气凝神地听着，等着那东西走过去。可外面又陷入一片死寂，泰山确定那东西就蹲在帐篷后面，可他竟然听不到有活物的呼吸声，不禁感到十分讶异。

在那里！又有动静了。那东西慢慢地爬了过来。泰山转头面向声音传来的方向。帐篷里一片漆黑。黑暗中，帐篷的背面被缓缓地拉了起来，借着沙漠中昏暗的点点星光，他看见有什么东西的头部和肩膀探了进来。

一丝冷笑浮上了泰山的嘴角。至少茹科夫没办法得偿所愿了，他肯定会气死！比起死在他手上，被这只野兽吃掉绝对是更好的归宿。

帐篷布落了下来，又回到了伸手不见五指的状态。那东西越爬越近——已经近在咫尺了。泰山闭上了双眼，等待利爪的袭击。黑暗里一只柔软的手摸索着碰到了他的脸颊，耳边响起了一个几乎听不到的女声，轻轻地呼喊着他的名字。

"是的，是我，"他压低声音答道，"你又是谁？"

"西迪艾萨的乌列奈尔舞女。"她一边说一边帮着松绑。泰山时不时能感到冰凉的刀子在身上游走，不一会儿他就获得了自由。

"来！"女孩小声说。

两人从后方爬出了帐篷。女孩一直贴着地爬行，遇到了一小丛灌木后停了下来，等泰山爬到她身边。泰山盯着她看了好一会儿，最后终于开口了。

"我不懂，你为什么会在这里？你怎么知道我被囚禁在帐篷里？怎么是你来救我？"女孩笑着说："赶了一晚上的路过来救你，我们在脱离危险前还有很长的路要走。快来，边走边和你细说。"于是两人一同起身行走。

"我都怕自己找不到你了，"她说，"黑狮今晚出来捕猎，停下来后，总感觉它在跟着我——我吓坏了。"

"真是个勇敢的女孩，"泰山说，"你大老远冒着这么大风险只为救我这个陌生人——外国人——异教徒吗？"她自豪地挺直了身体，说："我是卡多·本·萨登酋长的女儿。"

"在我只是一个普普通通的乌列奈尔舞女的时候，您救了我，要是如今我不拼死相救，我就不配做他女儿。"

"不管怎样，"泰山坚定地说，"你都是一位非常勇敢的女孩，可你到底是怎么知道我被困在那里的？"

"我的堂哥阿克迈特·丁·塔伊布，今天在这个部落拜访朋友，你被带进部落来的时候他正好在。回家后他告诉我们有一位高大的法国人被阿里·本·艾哈迈德抓住了，要转交到另一个想杀他的外国人手里。从他的描述里我推测被抓的人一定是你。可是父亲不在，我想要说服几个人同我一起来救你，不过他们都不愿意，还说'让那些异教徒自相残杀吧，关我们什么事。要是去搅阿里·本·艾哈迈德的局，只会引发我们同族之间的矛盾'。"

"所以等到天黑，我骑着一匹马，再牵着一匹为你备好的马，就上路了。它们就被拴在不远处。明天一早我们就能到父亲的部落。他现在应该已经回去了——那时让他们试试来抓卡多·本·萨登的朋友吧。"

两人默默地走了一段路。

"马匹应该就在附近了,"她说,"奇怪,没有看到它们的踪影。"突然女孩停住了,惊叫了一声。

"它们跑了!"她叫道,"我就把它们拴在这儿的。"

泰山蹲了下去,发现一丛灌木被连根拔了起来。他的注意力被什么东西吸引了过去,随后带着一丝苦笑转身对女孩说:"黑狮来过这里,不过从这些痕迹来看,马匹应该成功逃脱了。它们应该吓了一跳,不过这儿很开阔,想逃脱捕猎很容易。"没有办法,他们只好继续徒步向前。穿过一个山间坡道时,由于女孩对这里非常熟悉,两人步伐轻快地前行,泰山始终走在女孩身后,保持着一只手的距离,好让她在感到安全的同时也不会觉得太疲惫。途中两人还不时停下来听后方是否有人追来。

真是个美丽的月夜,空气清新怡人。他们身后是一幅辽阔的沙漠画卷,星星点点缀着几个绿洲,刚刚离开的绿洲中,枣椰树和羊皮帐篷的轮廓在黄沙的映衬下清晰可见——好像沙海里的海市蜃楼一般。泰山感到血液在身体中狂涌。

这才是生活!他低头望着女孩——这个沙漠之女正和丛林之子穿越一片死亡之土。想到这里,泰山脸上露出了微笑。要是自己有个妹妹那该多好,就像这个女孩一样的妹妹。她一定会是这世界上最好的陪伴!进入山区后,道路越来越陡峭,又布满了岩石,两人的前行速度因而慢了许多。

又是一阵沉默。女孩担心在被追上之前是否能赶到父亲的部落,泰山则希望他们能一直这样走下去。要是她是个男人就好了,泰山一直渴望一位和自己一样热爱野外生活的朋友,不幸的是他认识的大多数人都更愿意衣着光鲜,出入俱乐部;而不是赤裸身体,待在丛林中。对于泰山来说,这很难理解却又显而易见。

沿着小路,绕过一块突起的巨石,两人突然站住了。一头黑狮子正对着他们堵在道路中间,幽绿的眼睛里透着邪恶的光,咧开的嘴角露出了锋利的牙齿,愤怒的尾巴击打在身体两侧。紧接着,它爆发出一声怒吼——那是愤怒而饥饿的雄狮发出的令人胆战心惊的叫声。

"你的刀。"泰山向女孩伸出了手说道。刀柄被塞到了他手中。泰山握紧了刀,抽回了手,把女孩挡在身后。"用你最快的速度逃回沙漠,听到我叫你的声音就证明已经安全,那时你再回来。"

"没用的,"女孩垂头丧气地说,"我们完了。"

"听我的话,"泰山用命令的语气说,"快!它要发起攻击了。"女孩向后退了几步,等着她脑海中想象的可怕的一幕出现。

黑狮子像一头挑衅的公牛,鼻子贴在地上,缓缓地朝泰山走去,尾巴因为极度的兴奋而伸得直直的。

泰山半蹲着,手中的阿拉伯长刀反射出清冷的月光,身后是女孩蜷缩的身影,雕塑般一动不动。她大张着嘴,眼睛也瞪得浑圆,身体缓缓向前靠了靠,已经无法思考的她脑海中只有一个疑问:仅凭着一把刀子,这个男人哪来的胆子与荒野之王正面对抗?在黑狮子的利齿下,部落里的男子也只能跪下祈祷,毫无还手之力。显然,无论对抗与否结局都是死,她的心里却不由得对眼前这个英勇的男子产生了一股崇敬之情——他挺立在那里,没有一丝颤抖,散发出和狮子一样威胁和挑衅的气场。

狮子越走越近——在只有几步之遥的时候蹲伏了下去,伴随着一声响彻云霄的怒吼,它扑了过来。

Chapter 11

来自伦敦的约翰·考德威尔

　　黑狮子张开爪子,露出尖牙,对于已经捕杀过二十几个人的它来说,人类不过是身体笨重,行动缓慢,又没有抵抗力的生物——完全不值得一战。泰山在它眼里不过是另一个柔弱的人类而已。

　　不过,这一次,它面对的是一个和自己一样身手敏捷的生物。庞大的躯体落地时,泰山已经不在那里了。

　　巨爪下轻松逃生的这一幕让一旁的女孩看得目瞪口呆。天哪,黑狮子还没来得及转身,泰山已经闪到了它的身后,一把抓住了鬃毛。后者像马匹一样蹬起了后腿——泰山早有预料,正等着这一刻。他粗大的臂膀围住了黑狮布满鬃毛的脖子,一刀、两刀,利刃十几次刺进了狮子左肩下的一块深色区域。

　　黑狮狂暴地跳了起来——咆哮中满是愤怒和痛苦。这只荒野之王到死也没能把骑在背上的壮汉甩开,也没能用爪子和牙齿攻击到他。泰山松开双手站起来的时候,它已经死透了。目睹这一切,女孩比见到黑狮子时更加害怕了。泰山抬起一只脚踩住了猎物的尸体，昂起了英俊的脸庞，对着满盈的月亮发出了可怕的吼叫声，这是女孩从来没有听到过的。

她尖叫了一声，向后退去——她以为刚才可怕的战斗让泰山发了疯。最后一声恐怖的怒吼在群山中消失之时，泰山垂下了双眼看着女孩。

友善的笑容又一次出现在他的脸上，是恢复理智的证明。女孩终于松了口气，回了一个明媚的微笑。

"你到底是什么人？"女孩问，"这一切简直闻所未闻。我现在都没法相信你仅凭一把刀子就敢与黑狮子肉搏，打败了它——自己还毫发无损。刚刚的吼声——不是人类发出的声音。为什么要那样叫喊？"

泰山脸红了。

"这是因为，"他说，"有时我会忘记了自己是个文明人类。在杀它时，我一定是变成了另一种生物。"

泰山没有再多做解释，他总觉得女人会厌恶一个野兽般的男子。

前行的脚步还在继续，两人走出群山，进入另一片沙漠时，太阳已经升起。

一条小溪边，之前逃走的那两匹马正在吃草。被黑狮子惊吓后，它们一路飞奔回家，在意识到脱离危险后便停下来填饱肚子。泰山和女孩花了些力气抓住了它们，骑着马，朝着沙漠深处卡多·本·萨登酋长的领地行进。

之后的路程里再也没有发现追踪者的痕迹，两人也在大约九点的时候到达了目的地。酋长也刚刚回到部落不久，找不到女儿的踪影，满心悲痛的他以为女儿再次被强盗掳走了。两人走进部落的时候,他已经上马,正准备带着五十号手下去找人。

见到女儿平安回家,酋长满心喜悦,同时也充满了对泰山的感激,感谢他在黑夜中保护自己的女儿,把她平安送回。对于女儿及时拯救了自己的救命恩人,他的心中也满是欣慰。

泰山在卡多·本·萨登这里得到了最高的荣誉和赞赏。等到酋长女儿讲完了泰山手刃黑狮子的故事后,泰山身边已经围满了阿拉伯人——这个壮举足以赢得他们的崇拜和尊重。

老酋长坚持要泰山作为客人留下来,想待多久就待多久,甚至提出要泰山加入部落。有那么一刻,泰山几乎也要下定决心永远地留下来,他能够理解这群人,他们似乎也能理解泰山。而对于酋长女儿的友谊和好感更是坚定了泰山留下来的想法。

"要是她是个男人,"泰山想,"我一定会毫不犹豫地留下,这样就有一个能陪我骑马打猎的知心兄弟。"可现在,他们被部落的传统和规矩束缚着,这些部落对传统的遵循比那些文明世界的同类要严格得多。用不了多久,她就要嫁给部落里的一位勇士,他们之间的友谊也就走到了尽头。

因此,泰山决定只在部落待上一周。

离开的时候,卡多·本·萨登连同五十名身着白袍的勇士,与泰山一起骑马前往布萨达。早晨出发时,女孩跑了出来,向泰山道别。

"之前我一直祈祷您能留下来。"她直白地说道。泰山坐在马鞍上,身体前倾,与她握了握手,作为道别。"现在我祈祷您能再回来。"少女美丽的眼眸中露出期待的神情,嘴角却又哀伤地垂了下去。泰山受到了触动。

"说不定会有这一天,谁知道呢?"泰山说罢便掉转马头,跟着前面的大队离开了。

布萨达城外，泰山辞别了酋长一行人，他必须尽可能低调地进城。一番解释后，酋长同意了。于是这群阿拉伯人先一步进了布萨达城，只字不提泰山的事。随后泰山独自进城，直接住进当地的小旅店里。

借着黑夜的掩护，泰山进城时，没有被任何熟人认出来，他顺利地抵达了旅店。在和卡多·本·萨登共进晚餐后，他绕小路，从后门进入了之前住过的旅馆，找到了房东，后者见到泰山还活着，一脸惊愕。

他为泰山取来了别人寄来的信件，同时保证不会把泰山回来的消息告诉任何人。信件已经积攒了一大袋那么多，其中一封来自他的上司，要泰山放下手中的工作，搭最早一班邮轮赶往开普敦，进一步的指示会由另一个代理人发布。那人的姓名和地址都写在了信里。

信的内容简短而清楚。泰山稍做安排，为明天一早离开布萨达做好准备，随后前往驻地去找杰拉德上尉，旅馆侍者说上尉前几天已经带着小队回来了。

在办公室里泰山见到了上尉，看到泰山安然无恙，上尉又讶异又欣喜。

"杰诺斯中尉回来的时候报告说行军时你选了个地方驻扎下来，他们回来时没有在那里找到你。我立马警觉起来，带人在山里搜寻了好几天。不久就听说你被狮子吃掉了，后来你遗留的枪也被找到了，马匹也在你失踪的第二天跑回了营地。我们只能相信你遇难了。

"杰诺斯中尉备受打击，非常自责，把一切都归罪到自己身上。是他一直坚持要搜寻你的下落，也是他发现了捡到你左轮手枪的阿拉伯人。要是知道你还活着，他一定会非常开心。"

"毫无疑问他会的。"泰山冷笑着说。

"他在镇上,我现在派人去叫,"杰拉德上尉继续说,"等他回来,要第一时间告诉他这个好消息。"泰山解释说自己迷了路,闯进了卡多·本·萨登酋长的领地,最后由酋长和部下送回了布萨达。在匆忙与上尉道别后,泰山快步赶回了旅店,因为之前他在卡多·本·萨登那里得知了一个有意思的消息。

据说有一个长着黑色络腮胡的白人男子总是扮成阿拉伯人出没,有一次他的手腕断了,在这里看病。最近有段时间他都没有出现在布萨达,可现在又回来了。泰山得知了他的藏身之处,他现在就要去那里。

泰山摸索着,穿过了几条狭窄且散发臭气的小巷,巷子里犹如冥界一般漆黑阴暗。走上了一个摇摇欲坠的楼梯后,迎面是一扇紧闭的门。房檐下高高地嵌着一扇没有玻璃的小窗,连泰山也只能勉强够着窗檐。他慢慢地踮起脚,透过窗子向屋内望去。房间里点了灯,一张桌子旁杰诺斯正在和茹科夫说话。

"茹科夫,你是个魔鬼!"他说,"我已经被你逼得失掉了最后一丝尊严。你逼我谋杀泰山,双手沾满了他的鲜血。要不是保罗维奇知道我的秘密,现在我就亲手杀了你。"

茹科夫大笑着说:"你不会的,亲爱的中尉。一旦我被害的消息传出去,亲爱的阿列克谢会立刻向国防部举报,把你私底下的勾当全部抖出去。除此之外,还要告你谋杀我。得了吧,理智点。我是你的好朋友,还记得以前我拼尽全力守护你的尊严吗?"杰诺斯听了冷冷一笑,咒骂了一声。

"现在只剩下最后一个小要求,"茹科夫说,"以及一些我要的文件。得到以后,我保证再也不会问你要一分钱、一份情报。"

"我为什么要满足你的要求?"杰诺斯怒吼,"你这是要榨干我最后一分钱，还要夺走我手里唯一值钱的军事机密。花钱买消息天经地义，你现在不仅不付钱，还想问我要。"

"守口如瓶就是我对你的报答，"茹科夫说，"行了，你到底答不答应，我给你三分钟做决定。要是不愿意，今晚我就给你的长官发一份消息。你的下场会和德赖福斯一样，只不过他是被冤枉的，而你罪该如此。"杰诺斯垂着头坐了一会儿，最后站了起来，掏出了随身带着的两张纸。

"拿着，"他绝望地说，"我早就随身带着，因为知道你会逼我交出来。"说罢便递给了这个俄罗斯人。

茹科夫满是凶光的脸庞因为得意而亮了起来。他用手捻住了纸的另一端。

"做得好，杰诺斯，"他说，"我不会再来打扰你了——除非你又不小心赚了一笔，或者知道了什么有价值的消息。"说完便咧开嘴笑了起来。

"再也别来骚扰我了，你这个狗东西！"杰诺斯咒骂着，"下次我一定会把你杀了。我今晚差点就想取你狗命，一个小时前我的桌上就放着这两张纸和一把上了膛的左轮手枪，我坐在桌子前思考到底带哪个过来。下一次选择不会这么纠结了，因为我已经做好选择了。今晚你是死里逃生，茹科夫，别想着下次还有这么好的命。"杰诺斯说完便起身离开，泰山赶紧跳回地板上，躲进了距离房门较远处的一片阴影里，他感觉自己要被发现了。泰山跳下时发出了一声很小的声响，在狭窄的空间里，即使他紧贴着离门最远的墙壁站着，距离房门也不过一英尺。

就在这一瞬间，门开了，杰诺斯走了出来，身后跟着茹科夫，两人沉默不语。沿着楼梯走下大概三步的样子,杰诺斯停住了脚步，随后半转了身，似乎要往回走。

泰山知道这样一来自己必定会被发现。茹科夫依旧站在距离他一英尺外的门口,目光看向了另一边——杰诺斯的方向。中尉显然是改变了主意,转身继续向楼下走去。泰山听见茹科夫如释重负一般松了口气,不一会儿这个俄罗斯人走回房间,关上了门。

泰山等了好一会儿,直到确定杰诺斯已经走远,听不到这边的动静,才推门走进房里。茹科夫正坐在椅子上读着刚刚拿到的文件,还没来得及站起来,泰山就已经冲到了他的面前。见到泰山,他面色铁青。

"是你!"他喘着气说。

"是我。"泰山答道。

"你想要做什么?"被泰山的目光震慑,茹科夫怯怯地说,"你是来杀我的吗?你不敢。他们会送你上断头台的,你不敢杀我。"

"我当然敢杀你,"泰山答道,"没人知道我们在这里。听你对杰诺斯说,要是你死了,保罗维奇会说是杰诺斯干的。不过这对我来说无所谓。我要杀你,不在乎有谁知道。为了杀你的快感,任何惩罚我都愿意受。茹科夫,你是我见过的最卑鄙、最险恶、最懦弱的人。你应该被杀死,我很高兴能成为那个杀你的人。"泰山朝他走近了几步。

茹科夫的精神几近崩溃,尖叫着朝相邻的房间跳了过去。才跳到一半,泰山已经扑到了他的背上,铁一般的手指掐住了他的喉咙——茹科夫像被逮住的猪一般尖叫起来。泰山掐得更紧了,让他发不出声音。随后又掐着脖子,将他提了起来。这个俄罗斯人无力地挣扎着——在人猿泰山有力的大手下,他就像个小婴儿一样。

泰山把他丢进椅子里,松开了扼住喉咙的手。等到茹科夫逐渐从剧烈的咳嗽中恢复过来后,泰山开口了。

"刚刚已经让你尝到了死亡的痛苦。"他说。

"但我不会杀你——这次不会,是看在一位善良女人的份上。她最大的不幸就是和你成为了兄妹,不过也只有这次饶过你。要是再给我知道你骚扰他们夫妻俩——或者再来骚扰我一次——或者听说你回了法国或任何法属地,我会找到你,像今晚一样把你掐死。"然后他转向桌子,茹科夫看着泰山把两份文件拿了起来,惊恐地喘着气。

泰山仔细地读了一遍,第二张的内容让他吃了一惊。茹科夫还没来得及读完,不过泰山确信没有人能记下里面大量复杂的内容和数据——对法国的敌对势力来说价值连城的内容和数据。

"军官们肯定对这些感兴趣。"泰山一边说,一边把两份文件放进了口袋。茹科夫气得咬牙切齿,却又不敢大声咒骂。

第二天早上,泰山骑马一路向北,前往布维拉和阿尔及尔。

他骑马路过旅店时,杰诺斯中尉正站在走廊上。当他发现泰山的时候,脸色瞬间变得像粉笔一样惨白。

泰山并不想见到他,不过既然撞上了也没办法,在路过的时候他朝中尉打了个招呼。

杰诺斯机械地回了礼,随后瞪大了惊恐的双眼,目不转睛地盯着马背上的人影,脸上只剩下恐惧的表情,好像一个被吓死的人盯着鬼怪一般。

在西迪艾萨,泰山遇见了一位最近在镇上逗留期间认识的法国军官。

"你提早离开了布萨达?"那位军官问道,"那你肯定没有听说可怜的杰诺斯的事。"

"我离开的时候,他是我最后见到的一个人,"泰山答道,"他怎么了?"

"他死了，今早八点的时候开枪自杀了。"两天后泰山抵达阿尔及尔，发现还要在那儿等待两天才能搭船前往开普敦。他花了很多时间在写报告上，不过并没有随报告附上从茹科夫那里拿来的机密文件。在得到权威指令前，泰山不会轻易把这些重要文件转交到他人手中，也不会亲自带回巴黎。

百无聊赖地等了两天，泰山终于等来了轮船。登船的时候，两名衣着时髦、胡须剃得干干净净的男人站在甲板上向他投来了目光。其中个子较高的那位有着一头茶色头发，可是眉毛却是黑色的。当天晚些时候，泰山在甲板上又碰见了他俩，就在错身而过的瞬间，其中一人喊同伴看海里的什么东西，两人都转向了大海，泰山没有看清楚他们的脸。事实上，泰山完全没有注意到这两个人。

根据上级指示，泰山用约翰·考德威尔的名字给自己订了船票，自称是伦敦人。他一直在思考为什么要这样掩饰自己的真实身份，也不知道开普敦之行到底要做些什么。

"好吧，"泰山想，"谢天谢地，至少是摆脱了茹科夫这个大麻烦。最近都被他害得有些神经过敏，除了他这个卑鄙小人，没人有这个能耐了。没人知道他会使什么手段。就像当初为了杀我，黑狮子、猎豹伙同大象以及毒蛇一起行动那样。被这种人盯上，永远不知道下一秒会被谁袭击。不过野兽比人更有骑士原则——他们不会躲在暗处偷袭。"用晚餐时，船长身旁坐着一位年轻的女性，泰山则坐在她的另一边。船长把泰山介绍给了那位女子。

斯特朗女士！这个名字在哪里听到过？非常耳熟。女孩的母亲喊她黑兹尔的时候，泰山突然想了起来。

黑兹尔·斯特朗！真是满满的回忆啊。简·波特曾经给她写了一封信，那是泰山第一次见到心爱之人的信件。那晚的记忆依然栩栩如生，简·波特坐在泰山早逝的父亲曾经的船舱甲板上，写信到深夜,泰山则躲在屋外的黑夜里,后来趁她不注意把信偷了过来。

要是她知道那晚窗外有一只"野兽"正在观察她的一举一动,简应该会被吓得不轻吧。

原来这位就是黑兹尔·斯特朗——简·波特最好的朋友。

Chapter 12

船来船往

时间回到几个月前,回到威斯康星州北部的那个被风吹过的小火车站台。森林大火烧出滚滚浓烟,低低地笼罩在周围。六个人站在站台上,等一班南下的火车,呛人的烟雾刺激着他们的眼睛。

波特教授双手紧紧地抓着外套的衣摆,不停地走来走去。秘书菲兰德先生一刻不停地盯着他,几分钟之内精神恍惚的教授两次穿过火车铁轨走向了对面的沼泽,都被警觉的秘书拉了回来。

教授的女儿,简·波特正心不在焉地和威廉·塞西尔·克莱顿以及泰山说话。

就在不久前,小小的候车室里,在经历过一场表白和出生认定后,除了威廉·塞西尔·克莱顿——格雷斯托克勋爵以外,大家都非常丧气而难过。

波特小姐身后,慈祥的埃斯梅拉达女士正走来走去,马上就要回到心心念念的马里兰,她当然也很开心。透过烟雾,她隐约可以看见渐行渐近的火车头射来的灯光。大家纷纷拿起了行李。

突然克莱顿大叫了一声。

"老天!我把外套落在候车室了。"说罢转身匆匆去取。

"别了,简,"泰山伸出了手,说道,"上帝保佑你!"

"别了,"女孩有气无力地说,"忘了我吧——不,还是别那样——我不敢想象有一天你把我忘了。"

"不可能的,亲爱的,"泰山答道,"我多希望自己能忘记你。要是能把你忘了,生活会轻松很多。尽管我们要分开,你会活得很开心的,你一定会——必须会。如果可以的话,我希望由你告诉其他人我要驾车前往纽约的决定——我不想与克莱顿告别。在心里,我希望继续记得他的好。恐怕我还是个没有完全开化的野兽,与他依然无法相互信任。毕竟,他堵在了我和我此生最爱的女人中间。"候车室内,克莱顿俯身拿起外套的时候,地板上的一封电报吸引了他的目光。想着也许是某人不小心丢失的重要信件,他捡了起来,快速扫了一眼内容。就在那一刻,他的大衣、驶近的火车——一切都被他抛在了脑后——除了手里这张小小的、可怕的黄色信纸。他又读了两遍,终于明白这封信里有着他不可承受之重。

拿起信纸的时候他还是一位英国贵族,骄傲而富裕的土地主——读完信件后,他知道自己只是一个无名无实、身无分文的乞丐。这封电报是达诺写给泰山的,内容是:

指纹比对证明你才是格雷斯托克勋爵的儿子。祝贺。

达诺

仿佛受了一记猛击,克莱顿晃晃悠悠地走了几步。就在这时,

船来船往 | 105

外面传来了催促声——火车已经停在小站台上了。他神情恍惚地拿起了外套。他打算等到大家都上车后,把电报的事说出来。在第二声催促登车的汽笛响起时,他跑向了站台,在开车前一刻登上了火车。其他人都已上车,纷纷从车窗探出头来,大喊着让他快一些。

五分钟后大家都找到了各自的座位坐下,这时候克莱顿才发现泰山并没有和他们在一起。

"泰山在哪儿?"他向简·波特问道,"在另一节车厢吗?"

"不在,"她回答,"在最后一刻他决定驾车前往纽约。在回到法国前,他想要自己驾车,多看看沿途的美国。"克莱顿没有说话,他在思考要怎样把那件可怕的事情告诉简·波特。在说完之后,她又会有怎样的反应?她还会想要嫁给他吗?——做普通人克莱顿的妻子。突然他想到了两人在未来必须有一人要做出巨大的牺牲。这时,问题出现了:泰山会要回自己本该拥有的一切吗?泰山早就看到了电报的内容,可他还是冷静地否认了自己的贵族身份!转而认定母猿卡拉是他的母亲!这么做难道是出于对简·波特的爱吗?也没有其他合理的解释了。既然泰山已经选择了无视这封电报的内容,是不是就可以推断出他以后不会再把贵族身份要回去了呢?如果是这样,我,威廉·塞西尔·克莱顿,又有什么权利去阻碍他?去破坏他的自我牺牲?如果人猿泰山能够为简·波特以后的幸福而放弃这些,作为她托付终身的人,我又为什么要去妨碍她的利益?于是乎,在自私心态的作用下,克莱顿想了一个又一个的理由和借口,最终把一开始想要公布真相、将身份和财富归还原主的冲动忘得一干二净。不过在接下来的旅途中,包括旅程结束后的一段时间里,他都变得非常情绪化,精神不稳定,脑海中时常冒出这样的念头——有一天,泰山会后悔自己慷慨的决定，然后回来夺走一切。

到了巴尔的摩没几天，克莱顿就向简提出了将婚期提前的想法。

"你说的提前是什么意思？"她问。

"我想就这几天把婚礼办了。我很快要回英国了，我希望你和我一起回去，亲爱的。"

"这么快，我根本没法准备好，"简答道，"至少得一个月的时间。"她心里其实很开心，不论克莱顿出于什么原因要回英格兰，婚礼都得因此而推后。她知道嫁给克莱顿是个糟糕的决定，既然该来的总是要来，不如尽可能拖着，让它晚一点发生。她感到自己有权这么做，可是对方的回答令她很不安。

"好吧，简，"他说，"我很失望，不过一个月之内我就会从英国回来。下次我们再一起过去。"不过等到一个月期限快到的时候，简又找了个借口推迟婚期，最后带着沮丧和疑惑，克莱顿不得不再次孤身踏上回英国的旅程。

两人之间有过几封信件往来，也没能给他带来希望。最后他决定直接给波特教授写信寻求帮助。教授向来支持这桩婚事，他喜欢克莱顿，而且作为一名传统的南方人，和女儿无所谓的态度比起来，他非常看重贵族身份能带来的种种好处。

克莱顿请求教授应邀携全家来伦敦做客——整个家族成员都来，包括菲兰德先生和埃斯梅拉达。他还说，如果简能够来到伦敦，那么她对美国家乡的眷恋和依赖就不会那么深刻，也就不会再像以前一样，那么害怕迈入婚姻的殿堂。

收到克莱顿信件的当晚，教授就宣布接下来几周全家都要去伦敦做客。

不过到了伦敦之后，简·波特并没有比在巴尔的摩更好对付。

船来船往 | 107

她找了一个又一个借口，最后，在听到特宁顿勋爵的邀请后，她对于乘私人游艇环游非洲这个点子表现出极大的兴趣，并且表示要等回到伦敦后再结婚。

这次环游旅行至少需要一年的时间，他们会在各个景点停留，要花去不少时间。克莱顿心里暗暗咒骂特宁顿，竟然提出这么荒谬的旅行。

特宁顿勋爵的航行计划是从地中海到红海，再到印度洋，随后沿着非洲东海岸南下，在每一个值得观赏的港口停泊。

于是就有了这一天，两艘船一同驶过直布罗陀海峡。较小的是一艘精致的白色游艇，向东全速前进。甲板上坐着一名年轻的女性，忧愁的目光落在手中一个吊坠上。她的思绪飘向了远方——那片热带丛林围成的幽暗堡垒——她的心也随着思绪飘到了那里。

这个吊坠曾是原主人的珍宝，现在却转赠到了她手中。她想知道，那个男子是否已经回到了那片原始丛林里。

在那艘向西行驶的大邮轮的甲板上，那个男子正和另一位年轻女性坐在一起，两人正闲适地望向平静海面上驶过的那艘漂亮的小游艇。

两船错身而过后，男子继续刚刚被打断的话题。

"是的，"他说，"我非常喜欢美国，所以爱屋及乌，我也很喜欢美国人，一个国家就是由它的民众造就的。在那里我遇见了很多好人。我还认识一个家族，是你的老乡，黑兹尔小姐，我特别喜欢他们——是波特教授和他的女儿。"

"简·波特！"那女孩叫了出来，"不会吧，你竟然认识简·波特？她是我最好的闺蜜。我们是发小——已经认识很多年了。"

"是吗？"泰山笑道，"你俩我都认识，事实好像和你刚刚说的有些出入吧。"

"我纠正一下刚刚的说法,"她大笑,"我们相识两年了。可我们真的像姐妹一样亲,知道要和她分别后我的心都要碎了。"

"和她分别?"泰山很吃惊,"为什么?是什么意思?哦,我明白了,你是说她现在要嫁去英国,以后很少有机会能再见了。"

"是的,最糟糕的是那个男人不是她的真爱。完全是被迫结婚,这太可怕了。我觉得这简直可以说是邪恶的婚姻,我就是这么对她说的。太让人无法接受了,就算我是唯一被邀请的外客,也不想去亲眼见证这场可怕的闹剧。不过简·波特却很乐观,她不停说服自己,告诉自己嫁给格雷斯托克勋爵是件光荣的事,除了勋爵本人悔婚和死亡,没有什么能阻止这场婚礼。"

"我为她感到难过。"泰山说。

"我为她的真爱感到难过,"女孩说,"那个男人爱着她。我从没见过他,不过从简的字里行间我知道那一定是个了不起的人。那人好像是在非洲丛林里长大的,由凶猛的猿猴养大。在波特教授一行人出现之前,他从来没有见过一个白人。

"那人从野兽的捕猎下,一次又一次地拯救了他们,非常了不起。出人意料的是他和简竟然相爱了,不过在答应嫁给格雷斯托克勋爵之后简才真正知道他的心意。"

"很不寻常。"泰山喃喃自语,拼命想着要怎样转移话题。其实听到黑兹尔聊到简他很开心,可当话题转移到他身上的时候就变得又无聊又尴尬。不过他很快就解脱了,女孩的妈妈走了过来,和他们拉起了家常。

接下来几天都太平无事。海面一直很平静,天空也很晴朗,邮轮一路平稳南下。泰山常常和黑兹尔小姐以及她的母亲在一起消磨时间,他们一起在甲板上读书,聊天,用黑兹尔小姐的相机拍照,日落后又一同散步。

有一天泰山看到黑兹尔小姐和一个陌生男人聊天,他从来没有在船上见到过这个男人。走近的时候,那人向黑兹尔小姐鞠了一躬,然后转身离开了。

"稍等,索朗先生,"黑兹尔小姐说,"您一定要见一见考德威尔先生。我们一路同行,现在已经很熟络了。"

两个男子握了握手。泰山望向索朗双眼的时候,一种奇怪的熟悉感闪电一般击中了他。

"我曾经很荣幸地见过先生您,我一定认识您,"泰山说,"可是我记不起在哪里了。"索朗则显得很不安。

"应该没有吧,先生,"他说,"我也有时会这样,在见到陌生人的时候有同样的熟悉感。"

"索朗先生刚刚给我讲了一些定位导航的奇闻趣事。"女孩说。

接下来的对话泰山一点也没听进去——他一直在努力回想到底是在哪里见过索朗这个人,他只能肯定两人一定是在某个特定的情况下遇见的。这时太阳晒了过来,黑兹尔小姐请索朗帮他把椅子向后移动到阴影里去。泰山无意间看见那个男人搬动椅子的动作十分不自然——他的左手腕非常僵硬。这足以说明他的身份了——只需要一些推理和联想就能知道。

索朗一直想找个合适的借口离开。挪完位置后三人之间陷入了短暂的沉默,他正好借这个机会离开。在向黑兹尔小姐鞠躬以及向泰山点头示意后,他转身离开了。

"稍等,"泰山说,"如果黑兹尔小姐不介意的话,我想陪您走一段路。很快就回来,黑兹尔小姐。"索朗露出非常别扭的表情。两人走出女孩视线后,泰山停住了脚步,一只手重重地搭在对方身上。

"你现在又要耍什么把戏,茹科夫?"他问。

"照你说的做,离开巴黎。"对方冷冷地说。

"确实,"泰山说,"但我知道你的德行,在这里遇见你绝不是偶然。你这番伪装更是此地无银三百两。"

"好吧,"茹科夫耸了耸肩,"我不知道你上船做什么。这是艘英国邮轮,你能登我就能登。而且你还用了假名字,你才是此地无银三百两吧。"

"我们不聊这个,茹科夫。你必须和黑兹尔小姐保持距离——她是个好女人。"茹科夫听了变得面红耳赤。

"否则我会把你丢进海里,"泰山继续说,"别忘了我还在等一个干掉你的理由。"说罢便转身离开,留下茹科夫站在原地,身体因为压抑着的怒火而颤抖。

接下来几天,茹科夫都没有再露面。不过他也没闲着,他和保罗维奇待在船舱里抽烟,咒骂,发誓要报复泰山。

"我今晚就要把他丢进海里,"他怒喊道,"只要我确定那些文件不在他身上。我可不能冒险让它们一起葬身海底。阿列克谢,你要是够聪明,就会想个办法进他的客舱找那些文件。"

保罗维奇脸上露出了微笑。

"你是我的头儿,亲爱的尼古拉斯。你怎么不想个办法进到考德威尔先生的客舱呢——嗯?"

两小时后,老天眷顾了他俩一回。一直在监视着的保罗维奇终于有所收获,他见到泰山没有锁门就离开了房间。

五分钟后茹科夫站在房间外放哨,保罗维奇迅速地在泰山的行李里搜寻文件。

一番搜查,也没有斩获,就在准备放弃的时候,泰山刚刚脱下的大衣吸引了他的注意。很快他手里就多了一只信封,只扫了一眼信的内容,这个俄罗斯人的脸上就露出了大大的笑容。

当他离开的时候，房间已经被这个偷摸老手恢复了原状。在客舱里把文件交给茹科夫后，他按响了房铃，喊来侍者订了一瓶香槟。

"我们得庆祝一下，亲爱的阿列克谢。"他说。

"真是好运气，尼古拉斯，"保罗维奇说，"他肯定一直随身带着——只是这次碰巧在换衣服后忘记拿了。不过等他发现文件丢了之后我们还有一场恶战。恐怕他一旦发现就会想到是你做的，既然他已经知道你在船上了，一定会第一时间怀疑你。"

"今晚之后，他怀疑谁都没差别。"茹科夫面带奸笑地说。

当晚，黑兹尔小姐走下甲板的时候，泰山正靠在栏杆上，远眺着大海。登船后他每晚都这样——有时一站就是一个小时。

自从在阿尔及尔登船后，有一双眼睛无时无刻不在监视着泰山，他每晚都要看海的习惯也被了解得一清二楚。

今晚天气很好，但是月亮没有出来，甲板上的东西都模糊难辨。今晚泰山也一样被监视着。

最后一名乘客离开甲板时，船舱的阴影里两个人影偷偷摸摸地从后面接近泰山。两人的脚步声都被海浪拍打船身的声音、螺旋桨旋转的声音，还有发动机震动的声音给淹没了。

双方的距离近在咫尺，茹科夫和保罗维奇像两名橄榄球手一样蹲了下去。其中一人举起了一只手，仿佛在倒计时：一、二、三！随后两人扑了过去，一人抓住了泰山的一条腿，就算泰山有闪电一般的反应速度，也来不及转身反击。他被推出了矮矮的围栏，掉进了大西洋。

黑兹尔正站在熄灯的船舱里，透过舷窗望向漆黑的海面。突然一个影子从上面的甲板掉了下来，从她眼前闪过。那东西很快掉进了海里，速度如此之快，她没看清楚到底是什么——也许是个人，也许不是。

她静静地等着从上面传来的呼喊声——通常这种情况下都会有人惊呼，"有人落水啦！"不过什么声音都没有，上方一片死寂，海里也是一片死寂。

女孩想那应该是某个船员丢进海里的一捆垃圾，不一会儿她就入睡了。

Chapter 13
爱丽丝女士号的沉没

第二天用早餐的时候,泰山的餐位空了出来。黑兹尔小姐非常好奇,考德威尔先生每天早上都会和她们母女俩共进早餐。她坐在甲板上的时候索朗先生过来打了招呼,两人简单愉快地聊了两句。索朗先生看上去神采奕奕——行为举止都相当亲切,以至于分别的时候,黑兹尔小姐不禁想:"索朗先生真是个令人喜欢的人啊。"

这一天时间过得特别慢,她很想念考德威尔先生的陪伴——有什么东西让她从一开始就喜欢上了他。他会聊起那些有趣的经历——他去过的地方,遇见的当地人和当地风俗——还有那些野兽,他还常常出乎意料地拿野生动物和文明人做比较,用来说明前者有多聪明,而对于后者的评价却尖锐甚至带点嘲讽。

度过了无聊的一上午,下午索朗先生找来的时候,黑兹尔小姐自然很愿意和他聊上一会儿。不过她开始担心不见踪影的考德威尔先生起来，而且在心里她总觉得和昨晚掉进海里的东西有关。于是她问索朗先生是否见过考德威尔。对方答道："没有见到，为什么这么问？""早餐时他没有像往常一样出现，今天都没见到过他。"女孩说。

索朗先生显得非常关切。

"我与考德威尔先生还不是太熟，"他说，"不过，他看上去是位相当令人尊敬的绅士。有没有可能他生病了，一直待在自己的房间里？这样也不奇怪吧。"

"当然不奇怪，"女孩答道，"可是不知怎么，我的直觉总在说考德威尔先生碰到麻烦了。这很傻，不过感觉很奇怪——好像我知道他已经不在船上了一样。"

索朗大笑起来。

"得了吧，我亲爱的黑兹尔小姐，"他说，"那他还能去哪里？我们已经几天没有见到陆地了。"

"是的，我太荒唐了，"她承认，"我不会再担心这件事了，我现在就去找考德威尔先生。"说罢便召来了一位路过的侍者。

"他可能比你想的难找。"索朗心想，嘴里说的却是："请务必找到他。"

"请找一下考德威尔先生，"她对侍者说，"告诉他，这么久不出现，我们这些朋友们都很担心。"

"我觉得他肯定没事，"女孩说，"我母亲也非常喜欢他。他是那种可以给你完美安全感的男子——所有人都会对考德威尔先生产生信赖感。"

不一会儿侍者回来了，报告说考德威尔先生不在自己的客舱里。

"黑兹尔小姐，我找不到他，并且——"他犹豫了一会儿，"听说他昨晚没有回房睡觉。我觉得最好把这件事向船长汇报一下。"

"必须上报，"黑兹尔小姐失声叫道，"我和你一起去找船长。这太吓人了！我就知道有不好的事发生了。我的直觉没有错过。"

很快，惊恐的黑兹尔小姐和兴奋的侍者就出现在了船长面前。船长默默听完整件事，听到侍者说在游客常去的地点都找不到考德威尔后，他脸上露出了担忧的神情。

"黑兹尔小姐，你确定昨晚见到一个人掉进海里吗？"他问。

"确信无疑，"她答道，"我不能确定一定是个人——因为没有听到呼喊声。我一直觉得那就是一捆垃圾。可如果现在船上找不到考德威尔先生了，那昨晚从舷窗外掉进海里的一定就是考德威尔先生。"

船长随即下令立刻搜查全船，从头到尾，一个缝隙都不放过。

黑兹尔小姐待在船长舱里，等着搜寻结果。船长问了许多问题，毕竟她与考德威尔也相识不久，只能回答上几个。突然，她第一次意识到，考德威尔几乎没有怎么聊到过自己的过去，只是说过自己出生在非洲，在巴黎上的学。就算是这点信息，也是追问得到的——一个英国人为什么带着浓重的法语腔。

"他有没有提起过有什么仇人？"船长问。

"从来没有。"

"他有和其他乘客接触吗？"

"就像我一样——也就是和其他同船乘客打打招呼。"

"呃——在你看来，他是一个酗酒的男子吗？"

"我不知道他是否会喝酒——至少昨晚我看到有东西坠船半个小时前他没有喝酒，"她答道，"我和他一起在甲板待到了那个时候。"

"那就奇怪了，"船长说，"我印象里他也不是会突然昏厥的人。

就算是，船栏那么高，他也应该是倒在甲板上而不是掉进海里。黑兹尔小姐，如果他不在船上，肯定是被丢进海里了——要是连呼喊声都没有，那只能推测他在掉下去之前就已经死了——被谋杀了。"听到这里，女孩颤抖起来。

一小时过后，第一位军官回来报告搜查情况。

"报告长官，考德威尔先生不在船上。"他说。

"恐怕这件事不止意外这么简单，布伦特里先生，"船长说，"请你亲自去考德威尔先生的房里，仔细检查他的物品，找一找看有没有指向自杀或谋杀的线索——每个细节都不要放过。"

"好的，长官！"布伦特里先生回应道，随即离开去执行调查任务了。

黑兹尔非常沮丧，把自己关在船舱里整整两天。第三天终于出门走到甲板上的时候，她十分虚弱，面色苍白，脸上挂着两个大大的黑眼圈。不论是睡觉还是醒来，她总是见到一个黑色的身影，迅速而悄无声息地掉进冰冷阴暗的海里。

这时，索朗来到了她身边，不断好言安慰。

"这太可怕了，黑兹尔小姐，"他说，"我怎么都忘不掉这件事。"

"我也忘不掉，"女孩充满倦意，"要是当时我警觉一点，他也许就得救了。"

"别责备自己了，亲爱的黑兹尔小姐，"索朗说，"这事无论如何也不是你的错。换了谁都一样，一团黑色的东西掉进海里，谁会想到是个人呢？就算你当时报警了，结局也是一样的。船员们会怀疑你说的话，觉得那不过是你因为紧张而产生的幻觉——就算你坚持要调查，等到停船，放救生艇，再回到那个悲剧发生的地点，考德威尔先生也早就救不回来了。请别再责怪自己了。相比我们，你为考德威尔先生做得够多了——你是唯一一个惦记着他的人，那次搜查也是你发起的。"

听到这些宽慰鼓励的话，女孩非常感激。在接下来的旅程中，索朗常常陪着她——黑兹尔小姐对他的好感也与日俱增。

索朗先生得知美丽的黑兹尔小姐来自巴尔的摩，是个美国大家族的女继承人，未来要继承的财富令他只要想到就喘不过气来。不过他天天幻想富甲一方，还没有窒息而死，也是个奇迹了。

本来索朗是打算干掉泰山以后就在下一站下船的，毕竟已经拿到了想要的东西，再留在船上根本没有必要，他迫不及待想要上岸，搭第一列快车前往圣彼得堡。

不过现在另一个点子冒了出来，迅速占满了他的大脑。巨额的财富和迷人的美女的吸引力可不小。

"爽呆了！她肯定能在圣彼得堡引起一阵轰动。"要是得手，他也会闻名圣彼得堡。

索朗先生习惯了一掷千金，眼前这笔巨款正对他的胃口，他决定继续跟船前往开普敦，甚至还愿意在那里待上一阵子。

黑兹尔小姐要同母亲去探访一个本地的舅舅——要停留多久还没有决定，可能要待上几个月。

得知索朗先生也要去那里的时候，她相当开心。

"但愿我们友谊长存，"她说，"等我们到舅舅家住下，您务必要来做客。"索朗感到"钱途"一片光明，立马答应了下来。斯特朗夫人却没有像女儿那样喜欢他。

"我也不知道为什么总是没法相信他，"一天她对黑兹尔说起来，"他无论哪个方面，看上去都是一位很完美的绅士，可是他眼睛里总闪过一丝无法形容的神色，给我一种很可怕的感觉。"

女孩大笑了起来。

"亲爱的妈妈，你真是想多了。"她说。

"大概是吧。可怜的考德威尔先生,我更希望一路能有他相伴。"

"我也是。"女儿说道。

此后,索朗常常拜访斯特朗舅舅在开普敦的家,每一次行动都带着很明确的目标,每一次都投其所好,以至于黑兹尔小姐越来越依赖他了。他们家三个人中有哪位需要帮助的,友好和善又乐于助人的索朗先生总是随时提供帮助。随着一次又一次主动示好,斯特朗一家对他的印象越来越好,也越来越离不开他。在感觉到时机成熟后,他向黑兹尔小姐求婚了。女方感到非常讶异,不知道如何回应。

"从来没想到您对我有男女之情,"她实话实说,"我一直把您当作好朋友,现在实在没有办法答应您的请求。请您就当这次求婚没有发生过,我们还像从前一样——给我时间从另一个不同的角度看待您,也许那时我会发现对您的感情其实超越了友谊。不过到现在为止,我的确从未对您有过爱意。"

索朗自以为一切都安排妥当。现在他很后悔自己的莽撞,不过这么久以来,他如此这般示爱,所有人都应该看得出来才对。

"黑兹尔,我第一次见到你,"他说,"就爱上你了。我愿意等,也相信这份真爱一定会等到你的真心。我只想知道一件事情——你是否爱着别人。能告诉我吗?"

"我从来没有恋爱过。"她的回答正合他的心意。当晚索朗就买下了一艘游艇,在黑海旁修起了一幢价值百万美元的别墅。

第二天黑兹尔·斯特朗喜出望外——从珠宝店出来的时候,她撞见了简·波特。

"天哪,简·波特!"她大喊,"你从哪里冒出来的?天哪,我简直不敢相信自己的眼睛。"

"太巧了!"简也惊喜地大叫起来,"我一直以为你在巴尔的摩!"她张开了双手再次拥抱了这位闺蜜,激动地亲吻了她很多次。

两人解释了一番各自来这里的原因,黑兹尔也得知特宁顿勋爵的游艇要在开普敦停靠至少一周的时间,接下来将会前往西海岸,再从那儿驶回英格兰。"回那里后,"简说,"我就要结婚了。"

"也就是说你现在还没结婚?"黑兹尔问。

"还没,"简答道,然后又补充了一句,"此刻真希望英格兰远在天边。"此后游艇上的人和斯特朗一家常常相互往来。

参加了各式各样的上流晚宴和休闲娱乐的周边旅行,索朗先生走到哪里都是位受欢迎的客人。他也自己举办晚宴,邀请大家一同用餐,并且想方设法向特宁顿勋爵献殷勤、博好感。

索朗无意间得知特宁顿要在游艇上办活动,他也想要作为宾客被邀请。于是有一次两人独处时,索朗借机透露了一个消息——他与黑兹尔小姐订婚的事一回到美国就会公布。"请千万别说出去,亲爱的特宁顿——一个字都别泄漏。"

"当然,我很理解,兄弟,"特宁顿答道,"你运气可真好——她是个好女孩——真的。"第二天特宁顿勋爵就邀请斯特朗母女和索朗一同来游艇上做客。斯特朗夫人说此次开普敦之旅玩得非常开心,不过接到了巴尔的摩的律师来信要她缩短行程,这令她很是懊恼。

"您什么时候启程?"特宁顿问道。

"我打算下周一就动身。"她答道。

索朗惊喜地说:"真的吗?我真是好运。刚刚得知我也得尽早返回,这样一来我又有幸能够与您同行,为您服务了。"

"索朗先生,您人真好。我们很开心旅程中能够有您的保护。"

可是在心底,斯特朗夫人却想要摆脱他。至于原因嘛,她自己也说不清楚。

"上帝啊！"得知消息的特宁顿勋爵开心地大叫，"这主意太好了！"

"是的，特宁顿，当然了，"克莱顿说，"可惜这好主意不是你想出来的。这回你又有什么鬼点子？穿过南极点去中国吗？"

"哦，克莱顿，"特宁顿不示弱地说，"别因为旅行的主意不是你提的，就对别人这么尖酸刻薄——自起航以来你就像个无赖一样，对我们的旅程说三道四。"

他继续说："不，先生。我有个好点子，大家都会同意的。我们带着斯特朗母女和索朗先生，如果他愿意一起的话，一同乘我的游艇回英格兰。这样难道不好吗？"

"原谅我的莽撞，老伙计！"克莱顿大喜过望，"这简直是个绝妙的想法——我真不应该质疑你的决定。这是你真正的想法吗？"

"我们下周一就起航，或者任何时间，只要您觉得方便，斯特朗夫人。"这位热心的英国男人说道，就好像除了起航日期以外其他事情都安排妥当了一般。

"上帝呀！特宁顿勋爵，我们甚至都没有机会向您道谢，没时间考虑一下是否要接受您慷慨的邀请。"斯特朗夫人说。

"怎么了，您一定不会拒绝的，"特宁顿答道，"在我们的船上一样能玩得很开心，过得很舒服。来吧，大家都希望能与你们一起同行，我们不接受'不'这个回答。"

于是下周一出发这件事就这么定了下来。

起航两天后，两个女孩坐在黑兹尔的客舱里，仔仔细细地欣赏着她在开普敦冲洗出来的相片，这些全都是从美国出发后拍摄的。简提了许多问题，黑兹尔每张照片都会自我评论一番，讲讲照片背后的人和事。

爱丽丝女士号的沉没 | 121

"还有这张,"她突然说,"这张照片里有一位你认识的男士。是个可怜人,我早就想问你关于他的事了,不过和你在一起的时候总是忘记。"她手里捏着那张小照片,简看不清楚那男人的脸。

"他叫约翰·考德威尔,"黑兹尔补充道,"你记得这个人吗?他说和你在美国认识的,是个英国人。"

"这个名字没印象,"简答道,"看看照片长什么样。"

"可怜的人,他掉进海里去了。"说罢便把照片递给了简。

"掉进海里去了——为什么啊,黑兹尔、黑兹尔——别告诉我他死了——掉进海里淹死了?黑兹尔!你肯定是开玩笑的吧!"简·波特几乎昏倒,跌坐在地板上。黑兹尔小姐都没来得及抓住她。

黑兹尔小姐安抚好了她的情绪,两人相对而坐,一言不发。

"简,我竟然不知道,"黑兹尔语气很怪异,"你和考德威尔先生关系这么亲近吗?他的死对你打击这么大。"

"约翰·考德威尔?"波特小姐问道,"黑兹尔,别告诉我你不知道他是谁,黑兹尔。"

"此话怎讲?我当然知道他是谁——他名叫约翰·考德威尔,来自伦敦。"

"黑兹尔,我真希望事实如你所说,"简悲恸地说,"希望自己能相信你所说的,可是他的一切都深深地烙在我的脑海里,就算在一千个外人看起来一模一样的人里,我也能轻松地找出他来。"

"简,你说这话是什么意思?"黑兹尔发现事情不对,惊叫了起来,"你说他是谁?"

"我不知道,黑兹尔,我只知道这是人猿泰山的照片。"

"简!"

"我不可能弄错。黑兹尔,你确定他已经死了吗?有可能搞错了吗?"

"恐怕没有弄错,亲爱的,"黑兹尔悲伤地答道,"我也希望你搞错了,可是回想一下,无数证据都指向他是泰山本人——包括他出生在非洲,在法国学习等事情。"

"是的,是真的。"简·波特神情呆滞地喃喃自语。

"第一位搜查长官找遍了他的行李,也找不到约翰·考德威尔的身份证明。所有的物品都是巴黎生产或销售的。所有标注了姓名首字母的物件要么只印了个'T'字,要么就是'J.C.T.',我们猜想,在旅程中,他隐去了姓,只用前面两个名——J.C.,也就是约翰·考德威尔自称。"

"人猿泰山用了 J.C.Tarzan 这个名字,"简的声音如一潭死水,"而他死了!噢!黑兹尔!这太可怕了!一个人死在这片可怕的海里!我不敢想象——他那颗勇敢的心停止了跳动,他强壮的肌肉从此变得冰冷,一动也不动。他曾经是生命、健康和男性力量的象征,现在却要沦为海底生物的口中食,这——"她已经说不下去了,一声哀号后,她把头埋在手臂里,瘫坐在地上啜泣了起来。

一连几天,波特小姐都病着,除了黑兹尔和埃斯梅拉达,谁都不见。等她终于出门来到甲板上时,整个人都变了样,谁看了都非常心疼。她不再是那个机灵活泼、人见人爱的美国丽人,而是变成了一个沉默忧郁的女孩——脸上挂着一副绝望的希冀,只有黑兹尔·斯特朗才能看明白。

大家都想尽一切办法逗她开心,不过最终都徒劳无功。就连搞笑的特宁顿勋爵也只能偶尔让她挤出一个苍白的微笑,大多数时候她只是瞪大眼睛坐着,远眺大海的那一边。

简·波特生病后,不幸也一个接一个袭来。最开始发动机坏了,只能一边放任游艇在海里随波漂荡,一边做一些临时性的维修。后来又毫无预兆地受到了风暴的袭击,甲板上几乎所有可以移动的东西都被卷入大海了。再后来又有两名水手在水手舱里斗殴，其中一个人被刀子重伤了，另一人也被关了起来。最糟糕的是，大副在某一晚掉进海里淹死了，根本来不及救援。游艇在落水点徘徊了十个小时，再也没见到他的踪影。

不论是船员还是游客，所有人在经历了这一系列不幸后都非常阴郁沮丧，都在担心是不是还有坏事要发生。特别是那些水手们，他们回想起在旅程中的种种不吉利的事，现在都觉得是不祥之兆，预示马上有可怕的事情要发生了。

果不其然，大副落水事件发生后的第二晚，船身从头到尾突然出现大量损伤。大概凌晨一点的时候，一阵强烈的冲击把熟睡的乘客和船员都震下了床。脆弱的船身发出一阵剧烈的颤动，开始明显地向右舷倾斜，发动机也停了。甲板倾斜到与海面形成四十五度的夹角，就这么停了一会儿，突然一声巨大的响动，船身又回到了之前水平的状态。

男人们都冲上了甲板，女人们紧随其后。

虽然夜空乌云密布，海上却一丝风浪都没有，左舷不远处有一团黑漆漆的东西漂在水面上。

"是艘废弃的船。"望风的人简洁地说。

这时工程师急匆匆地跑上甲板来找船长。

"报告船长，气缸顶上打的补丁被吹掉了，"他汇报说，"所以左舷漏水更快了。"不一会儿一名水手冲了上来。"我的天哪！"他大喊道，"船尾都破了，不到二十分钟就会沉没的。"

"闭嘴！"特宁顿怒吼道，"女士们，请下去把你们的东西收好。情况没有那么糟糕，不过也可能要乘小船走，所以最好提前准备好。请立刻行动。杰罗尔德船长，请派些有能力的男子下来，弄清楚船的受损程度，同时，也请把小船准备好吧。"冷静深沉的声音让

爱丽丝女士号的沉没

所有人都恢复了一些信心,不一会儿大家都各自按照他说的去做了。等到女士们都收拾好东西回到甲板上的时候,下去检查情况的人也回来了。

不过不用等他宣布,大家也都知道游艇马上要沉没了。

"怎么说?"见手下都欲言又止,船长问道。

"长官,我不想吓坏女士们,"那人说,"不过在我看来,这船不到一刻钟就会沉了。有个窟窿有一头牛那么大。"不到五分钟,爱丽丝女士号的船头开始向下沉,船尾则向空中翘起。甲板上已经没办法站稳了。四艘救生艇都被放下了海,载满了人。他们拼命划离沉没的游艇时,简·波特回身再看了一眼,船身中心传来一声巨大的破裂声和隆隆的撞击声——船上的机械都已经破碎散落,向船头沉了过去,把沿途碰到的一切障碍物击碎——船尾越翘越高。有一段时间,它似乎停住了——好像从大海中心伸出了一支箭,然后突然迅速地沉入海里,消失在海浪之下。

坐在救生艇里的特宁顿勋爵抹掉了眼角的一滴泪——在他眼里,沉入大海的不是价值千金的游艇,而是一位感情至深的好友。

终于,黑夜过去了,热带骄阳映照在波光粼粼的海面上。简·波特昏昏沉沉,半睡半醒——但在刺眼的阳光直射下,还是被晒醒了。她环顾四周,同船的有三名水手,克莱顿和索朗先生,视线范围内再也找不到其他船了,剩下的只有茫茫的大海,单调得可怕——他们正漂浮在偌大的大西洋中,孤立无援。

Chapter 14

重归荒野

泰山落水时的第一反应是要游泳远离船只,远离螺旋桨。他当然知道这是拜谁所赐。泰山用手轻轻地划水,漂浮在海面,心中满是懊恼,自己竟然被茹科夫这么轻易地打败了。

浮在水面上,他看着邮轮的灯光缓缓远去,却一丝呼救的念头都没有。泰山这一生都没有向别人求助过,所以也不奇怪。在卡拉死后,他总是依靠自己的力量和智慧。等到他想起要求救的时候,船已经开远了。

泰山想:"被路过的船只救起的概率大概只有万分之一,靠自己游回陆地的概率更小。"于是他决定把两种可能合二为一——也许船没有离得那么远。

他每次划水用力很小,但幅度很大——这样一来,在感到疲劳前,强壮的肌肉可以坚持好几个小时。泰山根据星星的位置朝东边游去,为了减轻负担,他把鞋子和裤子都脱掉了。在脱掉大衣前，他想要去拿那两份珍贵的文件，可手伸进口袋时却出乎意料地掏了个空。

这时泰山才意识到，茹科夫丢他下海，除了报复，还有别的原因——那俄罗斯人把文件弄到手了。咒骂了几句，泰山把大衣和衬衫都脱了，让它们缓缓沉入大西洋。

脱光所有衣物后，泰山摆脱束缚，一身轻松地向东游去。

第一缕熹微的晨光在他的眼前亮起，令群星的光芒暗淡了下去。这时泰山的前方浮现出一个低低的黑影，他奋力划了几下水，游近了一些——是一块船底残骸。泰山爬了上去——至少天亮前可以休息一会儿了，但也不会再坐以待毙——在饥饿和缺水面前屈服。就算难逃一死，也至少要在那之前努力尝试活下去。

大海很平静，残骸轻轻地随着波浪摇晃，对于一个游了二十个小时还没有睡觉的人来说，这点动静已经丝毫感觉不到了。泰山蜷缩在湿滑的木板上，很快就睡着了。

上午，在烈日暴晒下，泰山很快醒了过来。他觉得口渴，并且越清醒，这种感觉就越强烈，简直到了受折磨的境地。但很快这种感觉就被忘在脑后——他有了两个令人惊喜的发现。第一是有一大片残骸漂浮在周围，其中有一只翻了个底朝天的救生艇。第二是东边的海平面上隐约出现了海滩的轮廓。

泰山一头扎进水里，穿越残骸碎片，向救生艇游去。被清凉的海水包围着，就好像喝了一桶水般舒爽。恢复精神的泰山把救生艇拉了回来，并用尽全力拖上了船底。

他把救生艇翻过来检查了一遍——艇身完好无损，可以稳稳地浮在海面上。泰山取了几块碎片当船桨，向着远处的海岸划了过去。

到了傍晚，陆地上的物体和海岸的轮廓才终于能看清楚了。

眼前是一个三面被陆地环绕的小海湾,北面那片树林看上去有种莫名其妙的熟悉感,难道命运把他带回了魂牵梦绕的那片丛林!等到划船再靠近些后一切都清楚了,在远处的海滩上,背靠着原始丛林,立着一个小木屋,是早已离世的父亲,约翰·克莱顿——格雷斯托克勋爵,在泰山出生前亲手建造的。

一下又一下,泰山用力地划着,小艇全速朝着海滩前行。船头都还没靠岸,泰山就急不可待地跳上了海滩——他的心脏在愉悦和狂喜中快速地跳动,目光四处游走,搜寻那些熟悉的事物——那个木屋、那片海滩、那条小溪,以及那片密林,漆黑的密林。成千上万披着亮丽羽毛的鸟类,还有藤蔓上开出的艳丽热带鲜花旋转着从大树上落下。

泰山又一次回到了最初的丛林,他仰起头,发出了一声野性的怒吼,声音之大仿佛要整个世界都听到。整个丛林仍旧笼罩在一片沉寂之中,随后,远处传来了一声低沉的回应——是黑狮子的低吼。更远的地方,传来了一声微弱但可怕的巨猿咆哮。

泰山径直走向了小溪,大喝一通,浇灭了体内的渴望之火,然后走向小木屋。门还是像他和达诺离开时那样锁着,他抬起门闩走了进去。桌子、床铺、父亲做的婴儿床——还有那些架子和橱柜,二十三年如一日地立着——和他两年前离开时一模一样。

看完这些,泰山的肚子发出"咕咕"的声音,开始抗议了——饥饿感催促着他去寻找食物。木屋里什么吃的都没有,也不见任何狩猎工具,不过一面墙上挂着他从前用过的草绳。那根绳子已经破损过很多次了,所以被闲置在那里。

要是有把刀子该多好。不过没有意外的话,明天天黑之前,刀子、矛和弓箭应该都能弄到手——只用这根绳子就可以搞定。泰山小心地把草绳卷好,甩在肩膀上,锁上门就出去了。

丛林就在小屋旁,泰山小心机警,悄无声息地走了进去——开始在地面搜寻,发现附近没有动物足迹后,他爬上了树。在大树间飞荡的时候,除了第一次有些眩晕感,之后泰山能感到的就只有重拾旧时光的快乐。之前的悔恨和头疼都一扫而光。

此刻,他真正地在生活。此刻,他真正地感到自由的幸福。自由而平和的森林近在咫尺,谁又愿意回到沉闷枯燥、尔虞我诈的城市?至少,泰山不愿意。

天暗下之前,泰山来到一条河边。无数的动物来到这里的浅滩饮水,晚上狮子常常蛰伏在附近的植被里,等着享用一顿羚羊或水牛美餐。一头野猪这天也来到河边饮水,饥饿的泰山则等在这里,想要捕获猎物来填饱他空空如也的肚子。

蹲伏在小径上方的一个树干上,泰山一等就是一个小时。天色渐暗,从浅滩边一处植被茂密的树林里,传来了一阵轻轻的蹄子声,同时还伴有巨大的身躯从草叶和藤蔓上擦过的声音。除了泰山,再难有人能捕捉到这么轻微的声响——一番细听后,泰山分析了声音——来者是黑狮子,来这里的目的和他一样。泰山露出了微笑。

这时,去浅滩的小径上传来了一只动物靠近的声音。不一会儿,它就出现了——是头野猪。好一顿美餐——泰山都开始冒口水了。黑狮子潜伏的草丛已经一丝动静都没有了——安静得诡异。野猪从泰山身边走过——再走两步就要进入黑狮的攻击半径了。泰山都可以想象到黑狮双眼闪光的样子——此刻它正屏住呼吸,在跃起后,发出一声能在短时间内震慑住猎物的怒吼,然后一口咬下去,用利齿碾碎骨头。

就在黑狮子蓄势待发的时候,一条绳子从空中落下,绳套直接圈在野猪的脖子上。随着一声惊恐的猪叫,狮子发现自己的猎物被吊了起来，它扑了个空。在树上的泰山露出了嘲讽的表情，大笑了起来。

狮子大吼了起来，声音里充满了愤怒、威胁和饥饿，在树下来回走动着。它停了下来，开始挥动上肢猛抓树干，利爪所过之处落下了片片碎木块。

与此同时，泰山把挣扎着的野猪吊上了身下的树干上，用有力的双手使猎物窒息。身边没有刀子，不过大自然早已教会他如何从猎物身上取肉，他亮白的牙齿刺入美味的鲜肉里，而愤怒的狮子只能在下面干瞪眼，看着到手的猎物被他人享用。

等泰山吃饱后，天已经全黑了。啊，好一顿美味！他从来不喜欢餐桌上那些烹饪过的肉，野性的心里其实一直渴求着猎物温暖的鲜肉和涌出的鲜血。

他用树叶擦了擦满是鲜血的双手，把没吃完的部分扛在肩膀上，穿越丛林向他的小屋攀援而去。向东几千英里外，简·波特和威廉·塞西尔·克莱顿刚刚在爱丽丝女士号上用完一顿奢侈的晚宴，起身离开。

泰山身后跟着狮子，泰山低头看的时候，不时能瞥见黑暗中它闪着凶恶绿光的眼睛。黑狮也不再怒吼了——相反地，它轻轻地跟着，像一只大猫的影子一般。不过它的每一步都被泰山灵敏的耳朵听得一清二楚。

泰山不知道它是不是打算一路跟踪自己到小屋。但愿不要，如果那样，泰山只能在树上睡一晚了，小屋里的草席睡起来要舒服得多。不过要是非得睡树上，他也知道哪棵树的哪个树杈睡得最舒服。以前也有很多野兽一路跟踪他，逼得泰山要在树上待上好一会儿，直到太阳升起或者敌人放弃，才得以回家。

黑狮子这时却放弃了，在发出一阵阵令人毛骨悚然的怒吼声

重归荒野 | 131

后,愤怒地转身去寻找其他猎物了。于是泰山回到了自己的小木屋,不一会儿就蜷在已经发霉的草席上睡着了。就这样,泰山先生褪去了文明的外衣,像一只吃饱的野兽一般幸福满足地陷入了沉睡。可是,当初只需要一个女人的一句"我愿意",他就会永远地过上另一种生活,甚至不愿意再想到这种野蛮人的生存方式。

第二天泰山睡到很晚,在海里的几天几夜令他非常疲惫,昨晚的丛林狩猎令他活动了几乎两年没有使用过的肌肉。一醒来他就跑到小溪边喝水,然后又在海里游了一刻钟。回到小屋后吃了些野猪的肉作早餐,再把剩下的野猪肉埋在屋外松软的泥土下,留作晚餐。

他再一次拿起了绳子,消失在了丛林之中。这一次,他的目标是更为高等的猎物——人类。虽然在泰山自己看来,丛林里有很多生物都比人类要高等得多。

今天的目的其实是武器。曾经,误以为达诺被杀的法国军人报复性地屠杀了所有的部落男战士,现在泰山不知道还有没有女人和小孩留在庞加的村庄里。但愿还能在那里找到些战士,否则真不知道要走多久才能弄到武器。泰山快速地穿过森林,在中午时分到达了村子。令他失望的是,芭蕉地已经树木丛生,小木屋也已经倒塌,已经丝毫见不到人的影子了。抱着一丝希望,泰山在废墟上搜寻了半小时,想要发现被遗弃的武器,不过一无所获。于是他再次上路,沿着小溪向东南方向前行,泰山知道有流水的附近最有可能发现人类部落。

旅途中,他像从前和猿猴在一起时一样捕猎,就像卡拉教他的那样——翻开腐烂的木头找一些可口的小虫,爬上树去掏一些鸟窝,或者像敏捷的猫一样抓一些啮齿类动物。他还吃些别的东西,不过对于一只猿猴来说,吃的东西越简单越好——泰山也重新做回了一只猿猴,那只卡拉教导出来的凶猛野蛮的猿猴,回到了人生最初那二十年的生活。

偶尔泰山也会想起某个朋友安静端庄地坐在巴黎俱乐部里的样子——就像他几个月前那样——然后露出微笑。不过,当他敏锐的鼻子捕捉到微风中猎物或敌人的气息时,他就会立刻停住,仿佛石化了一般。

当晚,他睡在距离小屋很远的内陆地带,安全地躺在一个离地一百英尺的树杈中。他又饱餐了一顿——这次的猎物是一只同样被绳子套住的鹿。

第二天早晨,泰山继续沿着溪流行路。他一连走了三天,直到遇见一片以前从未见过的树林。在高地上,树木要稀疏得多,透过树木远望,可以见到远处连绵的高山,山前则是宽广的平原。

在旷野中,有新的猎物——数不清的羚羊和大群的斑马。泰山很开心——他要慢慢探索这片新世界。

第四天早晨,他突然嗅到了一股微弱却不同的气味,是人类的味道,不过距离很远。泰山非常兴奋,他高度警戒起来,同时灵巧快速又悄无声息地穿过树木,向着上风向的猎物所在地移动。很快他就见到了——是一个独自穿越丛林的黑人土著战士。

泰山紧紧地跟着猎物,等待一个宽敞的地方下手。就在跟踪这个毫不知情的男人时,泰山的脑海里突然冒出了新的想法——这些想法来源于文明社会。他突然想到,一个文明人类几乎不会毫无缘由地杀死一个同类,理由再小,但至少也会有一个。泰山的确想要这个男人的武器和装备,不过一定要通过杀人的方式才能得到这些吗?他思考得越多,就越发厌恶这种滥杀无辜的念头。

正当泰山还在想应该怎么办的时候,两人已经走到了一片小空地上,远处坐落着一个被栅栏围起来的小村庄,布满了密密麻麻的

重归荒野 | 133

小屋子。

那个部落战士从森林里走出来的时候,泰山突然瞥见一个褐色的庞然大物正在缓缓地移动——是头狮子。原来它也在跟踪这个战士。泰山的态度在一瞬间发生了颠覆性的转变——现在,战士不再是猎物,而是一个同类,他们拥有着共同的敌人。

狮子就要发起进攻——已经没有时间考虑救人的方法和结果了。随后一连串事情几乎同时发生了——狮子从埋伏的地方朝着土著战士扑了过去——泰山发出警告的呼喊声——那名黑人男子转身正好瞧见扑在半空中的狮子被一根草绳套住了脖子。

泰山在一瞬间完成了这些动作,还没来得及做好准备应对狮子施加在绳子上的巨大拉力。因此,虽然绳子阻止了狮子扑向黑人战士,泰山还是失去了平衡,摔在了距离这只狂暴野兽不足六步的地方。狮子如闪电一般迅速扑向了这个新的敌人。此时的泰山毫无防御之力,离死亡只有一步之遥。这次,是黑人战士救了他一命。几乎是一瞬间,这名土著战士就意识到自己欠了眼前这名陌生的白人男子一条命。他也知道,除非奇迹发生,否则这个人免不了要替自己挨上一口。于是他不假思索地向后扬起手里的矛,用尽全力向前投去,黝黑发亮的皮肤下,健硕的肌肉一阵收缩。锋利的铁头矛精准地飞向了目标,从右腹股沟刺入,贯穿狮子的身体,在它的左肩下方穿出。野兽发出一声可怕的怒吼,转头要对黑人战士发起攻击,在跑了几步后又被泰山的绳子套住——然后再次转身,想要冲向泰山,这时,又飞来一支箭,一半箭身都扎入它的身体里。

它再次停住了,这次泰山已经绕着一棵大树转了两圈,拴紧了绳子。

黑人战士明白了对方的用意,露出了会心一笑。可泰山知道必须要尽快解决掉狮子，否则它的利齿很快就可以扯断绳子，他迅速闪到战士身边，从刀鞘里抽出了一把长刀。泰山示意战士继续射箭，自己则拿着刀靠近狮子。这样，一人负责吸引注意力，另一人则偷偷从后方接近敌人。狮子极度愤怒，吼声中混杂着尖叫、咆哮和呻吟。它用后腿发力，向着两人乱扑，但都是徒劳。

最后，泰山发现了机会，跳上了野兽巨大肩膀的左下方位置，用有力的手臂箍住它的喉部，精准无误地将长刀刺入了狮子的心脏。泰山起身后，和那名黑人战士隔着狮子的尸体相对而视——对方做了一个友好的手势，泰山也回敬了一个。

Chapter 15

人猿变土著

和狮子打斗的声音吸引了一群附近村落的土著人,不一会儿两人就被一群黑人战士团团围住,他们比着手势,嘴里含糊不清地说着什么——抛出一个又一个的问题,把回答的声音都淹没了。

随后女人也来了,还有好奇的孩子们,他们一见到泰山,问题就更多了。泰山的那位黑人朋友终于向大家说明了一切。大家都拥了上来,向这位敢于直面凶残的狮子、还拯救了自己同胞的人致敬。

最后,泰山被带回了部落,土著人送了他家禽、山羊和熟食。当他指向武器的时候,战士们赶忙拿来了矛、盾和弓箭。那名黑人朋友呈上了杀死狮子的那把长刀。在这村子里,只要泰山想要,什么都可以得到。

泰山想:"比起谋杀和抢劫来,这样的方式简单多了。"差一点他就要杀死一个未曾谋面的陌生人,杀死现在站在他面前的这位朋友。泰山感到一阵羞耻。从今以后，他决定在杀人前至少要搞清楚对方是否真的罪该至死。

这令他想到了茹科夫。要是那个俄罗斯人能在这个黑暗丛林现身哪怕几分钟也好。

他是这世上最死有余辜的人，要是泰山看见现在茹科夫竭尽全力讨好黑兹尔小姐的样子，绝对会迫不及待地替天行道。

泰山待在部落的第一晚，这里为他举办了一场狂欢。食物非常丰盛，猎手们带来了捕获的羚羊和斑马，还有大量的本地淡啤酒供应。战士们在篝火的映照下跳舞时，他们匀称的身体和端正的五官都给泰山留下了深刻的印象——并没有西海岸土著那种典型的扁鼻子和厚嘴唇。休息时，那些男人的脸上透露着智慧和高贵，女人则显得楚楚动人。

在跳舞的时候，泰山注意到这个部落里的一些男子和大多数女子都戴着金首饰——主要是沉重的脚环和手镯，很明显都是由重金属打造的。当泰山表达出想要看一看的意愿时，那名女子将自己的手镯取了下来，并通过比手势，坚持要当作礼物送给他。泰山仔细观察了这枚首饰，十分确定是由纯金打造的。这让他非常吃惊，以前虽然有些沿海地区的黑人会从欧洲人那里购买或偷窃一些金首饰，但这还是他第一次在非洲土著人那里看到金首饰。泰山尝试询问打造首饰的金子是哪里来的，不过当地人没法理解他的意思。

等到大家跳完舞，泰山打算离开，不过热情好客的土著们都请求他留下来，并邀请他入住酋长家的大房子。他想要说明自己一早就会回来，不过还是没能让他们明白。直到泰山离开，这些土著人还是没搞懂他的意思。

泰山很清楚自己要做什么。几乎每个部落都饱受老鼠和害虫

人猿变土著 | 137

的侵扰,他比较介意这些,所以宁愿在树林间游荡,呼吸新鲜空气,也不愿意待在臭烘烘的草屋里。

土著们跟着他到栅栏旁的一棵大树下,见到泰山像猴子一样跳上树干,消失在茫茫的绿叶中,所有人都吃惊地大喊了起来。他们在这里呼喊了半个小时,在没有得到任何回应后,都各自回家睡觉了。

回到丛林的泰山不久就找到了一棵适合休息的大树,于是便在大树杈中蜷起身子,很快地陷入了沉睡。

第二天一早,他就回到了部落里,像前一晚他消失时一样毫无征兆,把当地人都吓了一跳,不过很快他就被认出是前一晚的客人,大家随即报以欢呼和大笑。这天,泰山连同几名土著战士去附近的平原上狩猎,见到他如此熟练地使用自己部落的武器,战士们心中又升起了一阵崇拜和尊敬之情。

一连几周,泰山都和这些土著朋友住在一起,狩猎水牛、羚羊和斑马以获取食物,还捕猎大象以获取象牙。很快他就学会了简单的土著语言、本地风俗以及部落生活里的道德标准。原来,这些土著并不吃人——事实上他们很讨厌,也看不起那些食人族。

泰山之前跟踪的那名土著战士名叫布苏里,他告诉了泰山很多部落的传奇故事——许多年前,部落先辈们跋山涉水从北部过来,从前这里是一个强大的部落,不过后来强盗们带着致命的枪支来到这里,给部落带来了毁灭性的打击,现在的部落人口减少、实力衰败,早已不见当年风采。

"他们就像捕杀野兽一样捕杀我们。"布苏里说。

"那些人根本没有怜悯之心。他们不是要奴隶就是要象牙,常常是两者都要。男人都被杀死了,女人也像羊群一样被赶走。我们常年与他们战斗,他们那些喷火的铁杆能在很远的距离就把我们的战士杀死,箭和矛完全比不过。最后,在我父亲还年轻的时候,阿拉伯人又来了,不过战士们很早就发现了他们,那时的酋长仇瓦比命令族人收拾好东西,和他一起撤离——他会带领大家南下,直到找到一个不会再受到阿拉伯强盗骚扰的地方。

"大家听从了他的命令启程了,带着所有的家当,包括大量的象牙。他们一连走了好几个月,饱受苦难,穿过密林,翻越高山,最后来到这里,尽管他们还派人去寻找更好的地方,却再也没有找到过了。"

"那些强盗再也没有找到这里吗?"泰山问。

"一年前有一小队阿拉伯人偶然来到这里,不过我们把他们赶走了,还杀了不少。一连好几天我们都跟着那群人,像跟踪野兽一样,把他们一个接一个地撂倒,到最后只有几个活口逃走了。"布苏里一边说,一边拨弄着左臂上的一个沉重的金手镯。泰山的视线落在这个首饰上,回忆起第一次来到部落时想问的问题——那时土著人都听不懂,也就不了了之。他都要忘记这件事情了,毕竟,作为一个原始人类,他更多的时候是活在当下。不过见到金子后,他体内沉睡着的文明意识被唤醒了,随之而来的还有对财富的渴望。在短暂的现代文明生活里,泰山明白了金子就意味着权力和快乐。他指着金首饰问道:"布苏里,这黄色金属是哪里来的?"

对方指着东南方向,回答:"要向那边走一个月——也许更远。"

"你去过那边吗?"泰山问。

"没去过,不过很多年前我的族人去过,那时我父亲还是个小伙子。有一队族人在搜寻更合适的部落地址的时候,碰见了许多怪人,那些人身上就穿戴着这些黄色金属做成的饰品,他们的矛头和箭也是用这种金属打造的,还用它来制作炊具。

"他们住在一个大部落里，房子都是石头建造的，部落周围还砌了高高的墙。那些人非常凶悍，还没弄清来意，就开始向我们的战士发起进攻。虽然人数少，不过战士们占据了一个山顶的有利位置，直到太阳落山，敌人都退回城里之后，我们的战士才从山上下来，从死去的敌人尸体上取下了许多这种黄色的金属首饰，然后从山谷出来，此后便再也没有任何族人回到那里。

"他们很邪恶——既不是像你一样的白人，也不是像我一样的黑人，而是像大猩猩一般浑身长满了毛发。他们都是实打实的坏人，仇瓦比很高兴能从那些人的领土上逃回来。"

"当年和仇瓦比一起见过那些怪人的战士还有活着的吗？"泰山问。

"我们的现任酋长瓦兹瑞那时和他一起去了，"布苏里回答道，"瓦兹瑞是仇瓦比的儿子。"

当晚，泰山又向瓦兹瑞问起那件事。年事已高的瓦兹瑞说那是一段遥远的旅程，不过路并不难找，他仍然记得很清楚。

"那时，我们沿着部落旁的这条河的上游方向走上十天。第十日在一片高耸的山脉旁见到了一湾泉水，就是这条河流的源头了。第二天我们翻越了那座高山，山的另一边又有条小河，沿着小河走进了一大片森林。我们沿着蜿蜒的小河一直走，最后小河汇入了一条流向山谷中心的大河。

"随后我们沿着这条大河溯源而上，想要找到一片更开阔的土地。再走了二十天后终于穿越了群山，走出了部落的领地，面前是一片新的山脉。沿着大河上游继续前进，大河变成了小河，直到最后，在靠近山顶的地方出现了一个小山洞，这个山洞就是大河的起源了。

"我还记得，那晚我们在山洞里待了一晚，因为山高的缘故，那里非常冷。第二天大家决定登上山顶，看看山那边有些什么，如果还是没有合适的地方，我们就回到部落，告诉大家这已经是最好的地址了。

"因此我们沿着岩石峭壁爬上了山顶，站在平坦的山顶，可以看见不远处有一个浅浅的山谷，非常地狭窄。山谷的远处有一个石头搭建的部落，很多房子已经坍塌。"

接下来的故事基本上和布苏里说的一样。

"我倒想去那里，见一见那个奇怪的村落，"泰山说，"从那些凶悍的原住民那里弄到一些黄色的金属。"

"路程太遥远了，"瓦兹瑞说，"我年纪大了，不过要是你愿意等到雨季结束，河流水位下降，我愿意带上一些战士同你一起去。"如此安排，泰山自然很满意，尽管他很想第二天早上就出发——简直像个孩子一样迫不及待。人猿泰山确实是个孩子，或者说是个原始人，不过两者从某种程度上说是一样的。

过了两日，一小队猎手从南部回来，报告说几英里外出现了一群大象。

爬上大树，他们很清楚地看见了象群，他们数着数量，发现了几只雄象，还有很多雌象和小象，成年雄象的象牙非常具有吸引力。

接下来的一整天里，大家都在为一场盛大的狩猎做准备——检查长矛，装满箭筒，调整弦弓。村里的巫医也忙着在人群中派发各种各样的符咒，保护猎手们免受伤害，祝福他们捕获很多猎物。

天一破晓，猎手们就启程了，一行共五十名黑人战士，走在他们中间的是人猿泰山，他轻灵地走着，好似一位森林之神。除了肤色以外，泰山和其他人并没有什么不同。他身上的装饰品和武器和其他人都是一样的，使用一样的语言，和他们有说有笑，

人猿变土著 | 141

甚至在狩猎临行前还和本地人一样,又蹦又叫地跳着当地的舞蹈,活脱脱一个土著人。

泰山也从不怀疑这一点:与他成功模仿了几个月的巴黎人的行事方式相比,自己更喜欢这种土著人的生活。

不过他还是会想念达诺,一想到达诺看见自己现在的生活时会露出的那种一本正经的法国式表情,泰山就会乐得咧嘴大笑,露出亮白的牙齿。可怜的保罗,他还以帮助朋友摆脱"野性"而自豪不已呢。"我堕落得可真快啊!"泰山想。不过他的心里可不是真的这么认为——相反,他为巴黎人感到惋惜,那些人像犯人一样被囚禁在可笑的衣服里,由警察来保护他们脆弱的生命,所做的一切都是那么的虚伪而无聊。

出发两小时后,他们来到了昨天观察到象群的那个位置附近。所有人都开始放轻脚步,寻找大象留下的脚印。最后他们发现了一条小径,很明显几个小时前象群刚刚从这里走过。猎手们排成一字纵队,沿着小径走了大约半个小时。突然,泰山举手示意猎物就在附近——他灵敏的鼻子发现大象就在前方不远处。

泰山解释自己是如何发现大象的,黑人战士们都不太相信。"跟我来,"泰山说,"你们就知道了。"像松鼠一样,他跳上了一棵树,敏捷地爬上了树顶,后面跟着一名动作缓慢而谨慎的黑人战士。

等这名战士爬到泰山腿边时,后者向南边指了指,在那里,几百码开外,可以看到很多大象的黑背在草丛中来回移动。战士对下面的望风人指了指方向,用手指比了比猎物数量。

猎手们立即向象群的方向行进,那名黑人战士也爬了下去,泰山留在了树上,以自己习惯的方式,在树枝间攀援跳跃。

用原始武器捕猎野生大象可不是儿戏,很少有部落会这么做。

这个部落却敢于挑战，泰山感到非常自豪——他已经把自己看成是这个小社会的一分子了。泰山悄悄地在树上移动，他看见下方的战士们也围成半圆，悄悄地接近毫无觉察的象群。最后他们进入了象群的视野范围。

猎手们选择了两只大雄象，随着一声指令，十五个战士都从埋伏的地方站了起来，向两只庞然大物投射了沉重的战矛，每只大象都中了二十五支矛。第一只还没来得及移动，如同雪崩一般的矛就倾泻下来，其中两支穿透了它的心脏，大象向前一跪，没有任何挣扎就倒在了地上。

另一只由于正面对着猎手们，不易瞄准，虽然所有矛都命中了，却没有一支刺中它的心脏。这只巨大的雄象由于疼痛和愤怒发出了巨大的吼声，眼睛四处搜寻伤害它的人。在被盯上之前，黑人战士们迅速向丛林中隐去，不过撤退的声音还是被大象听到了，它朝着声音发出的方向冲了过来，撞毁踩碎了沿途的灌木和树枝，发出巨大的声响。

碰巧，它冲向了布苏里的方向，大象的追赶速度如此之快，仿佛布苏里没有在拼命逃跑，而是原地等死一般。泰山在不远处的一棵树干上目睹了一切，见到朋友遇险，他一边朝愤怒的大象跑去，一边大声叫喊，希望吸引它的注意力。

可大象已经愤怒至极，除了眼前逃命的布苏里，其他一切都看不见，听不着。泰山知道，这位黑人朋友恐怕是凶多吉少。带着当初猎杀布苏里时一般的冷静，泰山跳到了大象面前，想要拯救这位黑人战士。

泰山手里还握着长矛。在大象距离布苏里只有六七步距离的时候，一位白人战士突然从天而降。大象猛地一冲，突然向右转了向，想要先解决这个自不量力胆敢挡在它和猎物面前的人。不过它没有料到泰山的行动速度如此之快，连它敏锐的眼睛都跟不上。

在这只雄象还没有意识到之前，泰山已经跳了起来，将铁头长矛从大象肩部直直地插入其心脏，这只庞然大物便倒了下去，死在了人猿泰山的脚下。

布苏里没能目睹这场壮举，不过老瓦兹瑞酋长和其他几个战士看得真切，他们围住泰山和他的猎物，欢呼喝彩。泰山一跃跳上大象的尸体，发出他的胜利咆哮。这时黑人战士们却害怕得纷纷后退了，对于他们来说，这是凶残的大猩猩的标志性声音，简直和狮子一样令他们害怕。他们觉得眼前这个人拥有超能力，对他的惧怕中还带着敬畏。

可是当泰山低下头朝他们微笑时，大家的恐惧消除了，虽然还是不明白是怎么一回事。也不明白为什么眼前这个奇怪的人可以像猿猴一样在丛林间快速攀援，甚至比他们在陆地上还要行动自如。而且这人除了肤色，其他都和自己一样，却拥有十个人的力量，能够单枪匹马和这座丛林里最凶猛的野兽战斗。

当所有的战士们都聚集在一起的时候，追击剩下大象的狩猎再次开始了。不过他们刚刚走了几百码，从后方远处突然传来一声微弱而怪异的爆炸声。

所有人都像雕塑一样站住了，专注地听着，突然泰山开口了。

"是枪声！"他说，"部落受到袭击了。"

"快来！"瓦兹瑞大喊，"阿拉伯强盗回来了，要抢我们的象牙和女人！"

Chapter 16

强盗们

瓦兹瑞的战士们小跑着穿越丛林向部落的方向跑去，时不时传来的枪声催促着他们加快步伐。慢慢地，枪声渐渐稀疏了下来，后来就完全停止了。一片死寂比射击声更加令人觉得不祥，对于赶回去救援的战士们来说，这只意味着一件事——缺乏战士保护的部落已经被强大的敌人征服了。

归途大约还剩两英里的时候，战士们遇见了第一批从敌人的子弹和魔爪下逃出来的同伴，大约有十二个人，都是女人和小孩。他们情绪非常激动，在向瓦兹瑞述说刚刚降临的灾难时都已经语无伦次了。

"他们和丛林里的叶子一样多，"其中一名女子哭着说，"数不清的阿拉伯人和曼努玛人，所有人都带着枪。他们偷偷摸摸地接近村子，我们都没有察觉到。突然，喊叫声四起，那些人朝我们冲来，射杀男人、女人和孩子们。很多人开始向丛林里四处逃窜，但更多人没能逃出来,直接被杀死了。我不知道他们有没有抓一些俘虏——他们似乎只想着把我们杀光。那些曼努玛人不停地咒骂我们,说在离开之前要把我们吃光——这是对去年我们杀死他们同伴的报复。我拼命逃跑,就只听到了这么多。"大家继续启程回部落,行动更加缓慢,更加小心翼翼。瓦兹瑞知道此刻谈营救已经太晚了——现在唯一的任务就是复仇。接下来的一英里路上大约碰见了一百多个逃难的同胞,中间还有许多男人,有了他们的加入,小队的战斗力得到了补充。

大约十二个战士被派去前方侦察探路。

瓦兹瑞留下来和大部队待在一起,所有人排成一条长队,沿着森林里新月形状的小道前进。泰山就站在酋长身旁。

这时,一个探路的回来了,他见到了部落。

"所有敌人都在栅栏里。"他小声报告道。

"好样的!"瓦兹瑞说,"我们就这样冲进去,把他们全都杀了。"他准备把话传下去,让所有人等在空地边缘的位置,见到他冲向部落的时候——所有人都跟上冲锋。

"等等!"泰山阻止了他,"只要对方有五十把枪,我们所有人都会被打死的。先让我一个人从树上攀援过去,从上方瞧个清楚,看看他们有多少人,估计一下进攻的胜算有多大。要是没有赢的希望,牺牲任何一个人都是愚蠢的行为。我有个主意,我们可以不用武力,而是用计谋取胜。您能等一等吗,瓦兹瑞?"

"好,"老酋长答应了,"去吧!"

于是泰山跳上了树,消失在了去部落的方向。他比往常更加小心谨慎地前进,因为他很清楚,敌人拿着枪,就能够像射击地面目标一样轻易地打中树上的自己。只要泰山决定隐蔽行动,就能比丛林里任何生物都更加悄无声息,绝不会在敌人的视野里暴露自己。

他在大树之间慢慢地移动,五分钟后到达了部落栅栏旁一棵大树的顶端,从这里可以看见下面有一大群敌人。他数了数,发现有五十个阿拉伯人,以及至少五倍多的曼努玛人。当着他们阿拉伯主子的面,这群曼努玛人正准备着一场令人毛骨悚然的盛宴,主菜就是死于他们之手的敌人的尸体。

在泰山看来,敌人配备枪支,并且有部落的建筑作掩护,想要发起进攻毫无胜算,因此他回到瓦兹瑞那里,建议再等一等,并告诉他自己有个更好的计划。

不过就在刚刚,一名逃难者向瓦兹瑞讲述了酋长夫人是如何被残忍杀害的。这名老酋长陷入了近乎疯狂的愤怒中,把小心谨慎抛在了脑后。他把战士们叫到身边,命令他们发起进攻,于是这支一百多人的小队呼喊着举起长矛,开始疯狂地向部落门口冲去。

还没冲到空地中间,栅栏后的阿拉伯人就开火了。

瓦兹瑞在第一波火力中就倒下了,小队进攻的速度也慢了下来。接下来一波火力打击下又损失了几名战士。只有很少一部分抵达了部落门口,却被射杀在门前,甚至连攻入栅栏的机会都没有。进攻被全盘击溃,剩下的战士们都仓皇逃回丛林。这时,强盗们打开了大门,向他们追过来,想要赶尽杀绝,屠完整个部落的人。泰山是最后一个转身逃回森林的人,他慢慢地撤退,时不时转头朝追来的敌人射上一箭。

一回到丛林里,泰山就发现一小队集结在一起的黑人,他们决定与追来的敌人决一死战。泰山大喊让他们分散躲避,等到天黑再会合。

"照我说的做,"他命令道,"我会带领大家战胜敌人的。现在

强盗们 | 147

分散在丛林里,如果遇见迷路的同胞记得带上,晚上我们在白天杀死大象的地点会合,如果被跟踪了,记得绕路把他们甩掉。到那时我再详细解释我的计划,你们一定会赞同的。就凭你们弱小的力量和简陋的武器,是没有办法和持枪的阿拉伯人以及曼努玛人战斗的。"最后大家都同意了。

"当我们分散开来,敌人也必须要分散开来追捕,只要足够机敏,就可以躲在大树后方射箭,放倒很多曼努玛人。"所有人几乎刚散开,第一队强盗就已经穿过空地进入丛林来追杀他们了。

泰山跑了一段距离,然后爬上了树。他在大树之间快速地攀援,掉头往村子的方向去了。

在这里,他发现所有阿拉伯人和曼努玛人都加入了追捕,整个部落只有一个守卫看守着被链条锁住的俘虏。

哨兵就站在部落门口,眼睛望向树林的方向,并没有注意到一个敏捷的巨人从树上跳了下来,落在部落另一边的路上。泰山弯着腰,悄悄地走向了他的目标。俘虏们已经发现了他,一个个瞪大了眼睛,眼里满是希望地看向这位救世主。在距离那名曼努玛看守十步的地方,泰山停了下来。一双敏锐的灰色眼睛前,弓弦被拉满,一支锋利的箭蓄势待发。突然,随着松开的手指,箭"砰"的一声飞了出去,直直地从后背贯穿了那名强盗的心脏,再从胸口刺了出来,他一声不吭就面朝下栽倒了。

泰山转身对着五十个被长长的链条锁住脖子的女人和小孩们。已经没有时间帮他们解开这种古老的锁链了,泰山让所有人紧跟着自己。他从强盗的尸体上拿走了枪支和弹药匣,带领着因为得救而惊喜不已的众人穿过部落大门,走向了空地另一边的森林。

带着沉重的奴隶镣铐,还时不时发生跌倒事件——只要一人跌倒,就会带着旁边几个人一起摔下去,因此整个小队行进得缓慢而吃力。同时，泰山还得绕很多路，以避免撞见返回的强盗们。他偶尔能听见几声枪响，说明强盗们还在追杀土著同胞。不过泰山知道，只要他们按自己说的去做，死伤情况一定会大大减少，而敌人则会损失惨重。

临近黄昏的时候，已经完全听不到枪声了，泰山知道阿拉伯人已经返回了部落。一想到他们发现守卫被杀、囚犯被劫时愤怒的样子，他就控制不住地露出了胜利的微笑。要是在离开时再把部落里存着的象牙也带走就好了，这样敌人就会更加恼怒，不过他也清楚，对于救援来说这实在是个负担，让这些背负着沉重锁链的可怜女人们再搬着沉重的象牙，实在是一件残忍的事。其实，泰山心里已经有了一个计划，可以让这些阿拉伯人一支象牙都带不走。

时间已经过了午夜，泰山带着缓慢移动的大部队靠近了大象尸体的地点。早在远处他们就看见了那里燃起的篝火，篝火周围还匆忙地搭起了临时的防兽围栏，一方面为了防风取暖，一方面也能够防御狮子。

当队伍接近驻扎点的时候，泰山大声呼喊，让对方知道来者是友军。借着火光，看见一长队被锁住的朋友和亲人依次走了过来，等在驻地的人都欢呼雀跃起来。

驻地里的黑人战士们都以为这些亲人朋友和泰山一样，都再也回不来了，此时的他们都非常兴奋，打算整夜不眠，以象肉为宴，庆祝同胞归来。不过泰山坚持让大家尽可能地睡觉休息，因为第二天还有很多事要做。

话虽这么说，想要睡着却不是一件容易的事，在白天的屠杀和战斗中失去丈夫和孩子的女人们发出凄惨的恸哭和哀号。泰山借口说哭声会引来阿拉伯人，到时候所有人都会被杀光，这样才成功地让她们安静了下来。

天亮的时候，泰山和战士们说明了作战计划，所有人一致认为这是最安全可靠的赶走不速之客、为死去的同胞报仇的方法。

首先，在约二十名战士和年轻人的陪护下，女人和孩子们开始向南前行，完全撤离出危险区。他们带着工具，可以建造临时的住所，用荆棘搭起防兽围栏。根据泰山的作战计划，这场战斗可能要历时好几天，甚至几周，在这段时间里战士们都不能回到新的驻扎营地。

天亮两小时后，一小队黑人战士包围了部落，他们隐蔽在树上，每隔一段距离就藏着一个，观察着栅栏内外的情形。这时，部落里的一个曼努玛人被一支飞箭射中，倒了下去。没有任何攻击的声响——没有土著人发起进攻时可怕的呐喊，也不见虚张声势挥舞着长矛的人——只有从寂静森林里射来的死亡之箭。

面对这突如其来的奇袭，这群强盗气得暴跳如雷。他们冲向大门，准备要报复这名愚蠢莽撞的凶手，却突然意识到自己并不知道敌人在哪里。他们站在原地愤怒地大喊着、比着手势讨论的时候，其中一名阿拉伯人无声无息地倒在了地上——一支细细的箭刺穿了他的心脏。

泰山把部落里最优秀的弓箭手安排在手边的树上，位置都是经过仔细挑选的，既能够正对着敌人，又不容易被发现。射完一箭后，弓箭手就会隐藏在树干之后，直到确定没有敌人望向自己的位置后才会再次开始瞄准。

好几次阿拉伯人开始穿过空地，朝他们认为射箭的方向冲过去，每一次他们的后方都会射来一支冷箭，击倒一名站在后面的人。

这时他们又会转身冲向另一边。最后他们开始搜寻森林，不过所有黑人战士们早已撤退，强盗们连对手的影子都没见着。

在他们上方，大树茂密的叶子里埋伏着一个人影——那就是人猿泰山，如死亡阴影一般笼罩在他们上面。这时一个曼努玛人走得快了一些，其他人都没有跟上，一支箭飞了过来。不一会儿，后面的同伴就被他的尸体绊倒了——他的心脏被刺穿了。

没过多久，这群阿拉伯人就被这种战术给彻底弄崩溃了，曼努玛人也很快地陷入一片恐慌。走得快一点的被箭刺穿心脏，走得慢一点的死得透透的，走得靠边的，哪怕只是向旁边跌了一点，也永远地倒在了丛林里——每次见到同伴的尸体，都能发现一支可怕的箭插在心脏的位置，精准得让人觉得只有拥有超能力的人能够做到。更糟糕的是，除了一支支冷箭，见不到任何敌人的影子，听不到任何敌人的声音。

等到他们回到村子里的时候，情况丝毫没有好转。在巨大的恐慌中，时不时又有一个人被箭射倒。

曼努玛人都乞求他们的主人离开这个可怕的地方，可这群阿拉伯人害怕带着沉重的象牙穿越埋伏着敌人的丛林，另一方面，他们更加不愿意放弃如此多的象牙。

最后他们所有人都躲进了部落的茅屋里——在里面至少不会被箭射中。泰山在一根伸出来的树枝上站稳了身子，从树上瞄准了阿拉伯首领躲藏的小屋，朝着屋顶用尽全力投出了一根长矛。屋内传来一声痛苦的哀号，看来是命中了敌人。泰山用这种方法告诉对方，只要待在部落的领土上，没有哪里是安全的。之后便回到了森林里，召集了战士们，向南回撤了一英里后吃饭休息。他换了好几棵树站岗，盯着通向部落的小路，不过并没有追兵出现。

清点人数后，泰山发现我方没有人阵亡——甚至都没有人受伤。大家粗略估算了一下，敌人至少有二十人死于他们的弓箭之下。

所有人都兴高采烈，计划着冲回部落，杀光所有的敌人。部落里的人与曼努玛人结怨很深，甚至开始想象用尽各种手段折磨他们，以他们的痛苦为乐。这时泰山从树上跳了下来。

"你们疯了吗！"他大喊，"我已经向你们展示要如何与这群人战斗了。我们在一兵不折的情况下干掉了对方二十个人，而昨天按照你们的战术，我们牺牲了许多人，却连一个敌人都没有消灭。接下来请按照我的安排来战斗，否则我就离开这里，回自己的国家去。"听到泰山的威胁，所有人都害怕了，答应只要泰山不丢下他们，就什么都听他的。

"很好，"泰山说，"今晚大家就回到猎杀大象的那个据点，要是阿拉伯人还赖着不走，我有个计划可以让他们吃点苦头，不过这次我自己行动。来吧！要是没有后续的骚扰，他们可能会以为事情就这么完了。这种卷土重来的恐惧感会比一个下午的持续惊吓更加让人崩溃。"于是所有人重新回到了前一晚的营地，燃起了篝火，一边饱餐一边讲述着白天的经历，一直到很晚。泰山一觉睡到了午夜，然后起身走进了幽暗的森林。一小时之后他抵达了部落旁的空地边，看见栅栏里燃起一处篝火。他悄悄地穿过空地，来到了紧闭的大门前，透过缝隙发现篝火前只坐着一个放哨的。

泰山悄悄地爬上了一棵树，拉满了弓，箭在弦上。

树枝一直在晃动，哨兵的影子也随着火光摇曳，泰山瞄了好几分钟，因为他知道失手的代价非常大——他必须精准地射中心脏，才能让敌人在悄无声息的情况下死去，否则计划将无法进行下去。

泰山随身带着弓、箭、绳子和前一天从杀死的哨兵身上取来的枪。他把这些都藏在一个树杈里，就轻轻地跳进了栅栏里，身上只带着那把长刀。

放哨的敌人打着盹，背对着他，泰山像猫一样偷偷接近。现在，对方离他只有两步了——下一秒，刀就会插进那人的心脏里。

　　泰山蹲了下来，准备跳起，这是丛林野兽最快也是最可靠的进攻方式——这时敌人却感知到了什么，迅速跳了起来，转身面对着泰山。

Chapter 17

瓦兹瑞部落的白人酋长

负责看守的曼努玛土著看见泰山的时候，万分惊恐，双眼瞪得浑圆，在他看来，眼前是一个拿着刀的残暴幽灵。泰山硕大的身躯、结实的肌肉和宽阔的胸部映照在跳跃的火光里，对方已经忘记了手里有枪，也忘了要大声叫喊——唯一的想法就是从这个恐怖的白人土著手里逃脱。

转身逃走之际，泰山已经抓住了他，这时哨兵才想起要大喊求救，不过已经太迟了。一只大手扼住了他的喉咙，整个身子被按在了地上。他愤怒而无力地反抗着——可五根手指却像蛮横的斗牛犬一般死死地卡在他的喉咙上。很快，他就窒息而亡，双眼往外凸起，舌头吐了出来，脸上泛起骇人的紫色——在一阵肌肉痉挛之后，这位望风的曼努玛战士一动也不动地躺下了。

泰山把尸体扛在自己宽大的肩膀上，拿起他的枪，轻轻地小跑穿过部落，跑向刚刚跳下的那棵树并扛着尸体跳了上去，消失在茫茫的树叶迷宫里。

他先是把尸体上的弹药匣脱了下来,放在了树杈里,这正是他急需的东西。随后他用灵敏的手指在黑暗中摸索着,看看还能发现什么战利品。搜寻完毕后,他拿起枪,走到一根外伸的树枝末端,在那里能更清楚地看见部落里的屋子。泰山知道,在那个蜂窝形状的小屋里住着阿拉伯首领,泰山用枪仔细地瞄准,然后扣动了扳机,随即传来了一声呻吟。泰山笑了,他知道这次盲射又打中了敌人。

开枪之后,一阵短暂的寂静笼罩了部落,随后阿拉伯人和曼努玛人像愤怒的大黄蜂一般拥了出来,不过事实上他们心中的恐惧比愤怒更多。昨天的战斗让这些人心里有了阴影,现在,仅仅是夜里的一声枪响就足以让本就害怕的他们更加胡思乱想。

当他们发现放哨的人消失不见之后,这种恐惧进一步加深了。仿佛是要给自己壮胆一般,所有人都开始向部落大门的方向密集地开火,虽然那里一个敌人的影子都看不见。借着震耳欲聋的枪声,泰山向着敌人的人群开枪。

在步枪"咔嗒咔嗒"的扫射声中,没有人听见泰山的枪声,却看见有同伴突然摔倒在地上,死了。所有人都陷入了恐慌,阿拉伯人花了好大力气才阻止了那些惊恐的曼努玛人逃向丛林——逃离这个可怕的部落。

过了一会儿,见到没有人再离奇死亡,人群安静了下来,逐渐恢复了理智。仅仅片刻之后,当所有人都以为一切归于平静之时,泰山发出了怪异的吼声,所有强盗都朝声音发出的方向望了过去,泰山手里抓着那具哨兵的尸体,前后摆动着,突然用力往他们头上甩了过去。

人群中各个方向都传出了警戒的呼喊声,提醒躲避这个扑面而来的可怕生物。在他们被恐惧扭曲的幻想里，这具四肢张开的哨兵尸体仿佛是一只捕猎的野兽。所有人都慌张地逃窜，许多曼努玛黑人扒开了栅栏逃跑，另一些则从大门上取下门闩，然后疯狂地穿过空地冲向丛林。

好一会儿没有任何人胆敢掉头查看飞来的不明生物，不过泰山知道他们很快就会这么做，等到那时，强盗们无疑会更加地害怕，不过也很容易推测他们下一步会怎么做。所以泰山无声无息地往南部撤离，借着月光，在树林里攀援回到瓦兹瑞部落。

不一会儿，其中一名阿拉伯人转身发现那个从树上扑向他们的东西还是一动不动地躺在路上，于是他小心翼翼地朝那边走去，这才发现那东西其实是一个人。很快他就站在尸体旁边，认出来这其实是看守部落大门的曼努玛哨兵的尸体。

一声令下，同伙们很快聚集在他身边，在短暂讨论后，他们果然如泰山所料地把枪扛在了肩膀上，一波又一波地朝尸体被抛出的地方扫射——要是泰山还待在那里，应该早已身中百弹，被打成筛子了。

随后，这群强盗们发现死去同伴的脖子上有几个巨大的手指印，一下子所有人又陷入了担心和恐惧之中，他们意识到夜里待在部落是件很危险的事，毕竟，敌人可以轻易地进入部落，还徒手杀掉哨兵。迷信的曼努玛人开始把这些归结为超自然能力，连阿拉伯人也给不出合理的解释。

当下的情况是，已经有至少五十个曼努玛人逃进了丛林，而狡猾的对手什么时候发动下一轮进攻却毫无征兆，这群歹徒没有办法安睡，只好挨到日出，这还是因为阿拉伯人承诺天一亮就启程返回，剩下的曼努玛人才答应再多待一晚。对他们来说，这种恐惧甚至要超越对残忍的阿拉伯主子的敬畏。

第二天，泰山带着战士们准备发起进攻的时候，强盗们准备离开部落。曼努玛人一个个都扛着抢来的象牙。

泰山见状笑了起来，他知道带着沉重的象牙，敌人是走不远的。这时一件事令泰山担心了起来——一些曼努玛人在用残存的篝火点火炬。

这些人要烧了部落。

泰山站在一棵高高的大树上，距离栅栏大约有几百码。他用双手合成喇叭的形状放在嘴前，用阿拉伯语大声喊道："休想烧房子，否则我们会把你们杀光！休想烧房子，否则我们会把你们杀光！"这样重复了十几次。曼努玛人都犹豫了，然后其中一人把火炬丢进了篝火里。其他人也打算照做的时候，一名阿拉伯人突然跳了起来，用棍子抽打他们，把这些曼努玛人赶向房子，要他们放火烧这些小茅屋。泰山在摇晃的树枝上站直了身子，举起了一把阿拉伯步枪，仔细瞄准后开了火。那个赶人的阿拉伯人应声倒下，其他的曼努玛人立刻丢下火炬，作鸟兽散逃离村子，跑向树林，他们的阿拉伯主子则半跪在地上，朝这些逃兵开火。

对于奴隶们的背叛，阿拉伯人怒火中烧，不过他们还是理智地决定放弃火烧部落的想法。这群阿拉伯人心中已经暗暗下定决心，下次一定要带够人手和武器，血洗部落，杀光所有土著。他们四处张望，搜寻刚刚在树林里发出警告的人。不过就算是最敏锐的眼睛也没有发现泰山的踪迹。在那名阿拉伯人被击倒后，他们看见一棵大树中冒出了射击后的烟雾，尽管所有人立刻朝那个方向开了火，却只是徒劳无功，没有打中目标。

机智的泰山早有预料，子弹射出后就立马爬下了树，跑向了一百码开外的另一棵大树。

在这里他又找到了一个合适的位置，可以观测强盗们的行动。

瓦兹瑞部落的白人酋长 | 157

这时，泰山突然想到自己还可以再捉弄他们一番，于是他再次用双手做喇叭状。

"留下象牙！"他大喊，"留下象牙！免你一死！"一些曼努玛人开始放下手中装满象牙的袋子。贪得无厌的阿拉伯人完全无法接受这个条件，他们大声咒骂怒吼，举起手里的枪瞄准了这些搬运工，威胁说只要谁敢放下就打死谁。他们可以放弃火烧部落，不过要他们留下象牙这笔巨大的财富，是无论如何也做不到的——宁死不弃。

于是，肩上扛着价值连城的象牙，这些人走出了瓦兹瑞部落，一路向北，要回到幽暗密林深处的部落里去。

在泰山的指挥下，瓦兹瑞的黑人战士们在小道两旁茂密的灌木丛里隐蔽好，每隔一段距离驻扎一个人。敌人一旦路过，就发射冷箭或扔出长矛，刺穿一名曼努玛人或阿拉伯人，然后迅速后撤，跑向下一个驻守点。在确保一击必中且不会被发现之前，战士们绝不出手，所以进攻不是很密集，却连绵不绝。这支负重前行的强盗队伍无时无刻不处在恐慌之中——不知道什么时候，谁会是下一个倒下的人。

一路北上，阿拉伯人一路防范，还是有一些曼努玛人丢下象牙，像受惊的兔子一般逃窜。白天就这么过去了——对于这群强盗来说简直是个白日噩梦——对于瓦兹瑞人来说则是辛苦但收获颇丰的一天。晚上，阿拉伯人在河边的空地上搭起了一个防兽围栏，在里面扎营。

夜间，他们头顶上不时响起步枪的声音，驻守在外的一个哨兵就会应声倒下。强盗们毫无办法，心里明白照这样下去，敌人不费一兵一卒就会把他们一个一个杀掉，直至全军覆没。但是贪婪的阿拉伯人仍然不愿放弃这笔财富，天刚亮他们就逼迫垂头丧气的曼努玛人扛起沉重的象牙,继续步履蹒跚地向丛林进发。

第三天,这支队伍仍然在恐惧中前行。

每个小时都会飞来一支致命的箭或矛。晚上总有枪声响起,出去站岗简直就是被宣判了死刑。

第四天的早晨,曼努玛人拒绝扛着象牙上路,阿拉伯人不得不打死其中两名黑人杀鸡儆猴。这时,从里来传来一个清晰而响亮的声音:"曼努玛人,要是不放下象牙,今天就是你们的死期。反抗你们残暴的主子吧,杀了他们!你们手里有枪,为何不用?杀了这些阿拉伯人,我们不会再伤害你们,还要带你们回部落,给你们吃的,最后带你们安全回家。放下象牙,反抗主人——我们会帮你们,否则就受死吧!"话音一落,强盗们都像石化了一般愣愣地站着。

阿拉伯人盯着他们的曼努玛奴隶,奴隶们则相互看着,面面相觑——都在等着看谁先动手。现在剩下了约三十名阿拉伯人和一百五十名曼努玛黑人。所有人都带着武器——就算是搬运象牙的背上也扛着步枪。

阿拉伯人聚在了一起,首领命令曼努玛人继续前进,他一边说着一边举起了上膛的步枪。

与此同时,一名黑人丢下了手里的象牙,从背上取下了步枪,朝阿拉伯人开了一枪。一瞬间,整个营地陷入一片咒骂和哀号中,所有人都拿着步枪、刀子和手枪在厮杀。阿拉伯人站在一起,奋勇战斗,保卫自己的性命,不过面对着自己奴隶射来的一波波铅弹以及头顶上飞来的密集箭雨和长矛,战斗的结局可想而知。十分钟过去,阿拉伯人被消灭殆尽。

停火后,泰山再一次喊话:"拿起象牙,送回部落。我们不会伤害你们。"曼努玛人犹豫了,他们实在不想再负重行走三天。低

瓦兹瑞部落的白人酋长 | 159

声讨论了一会儿后，其中一人转身向丛林里大声喊话，回应刚刚的声音。

"我们怎么知道到了部落后你们会不会赶尽杀绝？"那人问。

"你们当然不知道，"泰山答道，"我们承诺只要象牙送回部落，就不伤害你们。可是要知道，要是不按我们说的做，现在就可以把你们全部干掉。所以比起惹毛我们，最好是让我们开心点，这样活下来的机会更大，不是吗？"

"你又是谁？怎么说着我们阿拉伯主人的语言？"那位曼努玛人继续大喊，"让我们见见你，再给你答复。"

泰山走出了丛林，在距离他们十二步的位置停了下来。

"看吧！"他说。

见到他是一名白皮肤的人，所有曼努玛人着实吓了一跳，他们从没见过一个白人土著，看着泰山结实的肌肉和壮硕的身躯，这些人陷入了好奇和欣羡之中。

"你们大可相信我，"泰山说，"只要听我的指令，不要伤害我的族人，我们也不会伤害你们。现在觉得是否要拿起象牙，回我们部落。还是要继续向北，让我们像之前的三天一样一路猎杀你们？"

在短暂的讨论后，几天来的可怕回忆让曼努玛人做出了最终决定。他们拿起了象牙，开始向瓦兹瑞部落的方向出发。三天后，所有人都回到了部落大门口。在强盗们离开部落的时候，泰山派了一名战士向南部临时营地里的人传话，告诉他们部落现在很安全，可以回家。现在，这些幸存者们都出来欢迎他们的归来。

愤怒的瓦兹瑞人想要杀掉一同归来的曼努玛人，将他们碎尸万段，泰山凭借自己的威信，还花了很大力气劝说才阻止他们。他解释自己给出了承诺，答应这些曼努玛人如果把象牙搬回部落，就不会伤害他们。这些都让土著人无比敬佩,他们将所有的胜利都归功于泰山,听从他的命令,允许这些曼努玛人留在栅栏里休息。

当晚,部落里的战士们举办了一个盛大的庆功会,同时要选出新一任酋长。自老酋长战死后,一直是泰山在充当临时指挥带领大家战斗。已经没有时间从本地土著里挑选新的酋长了,事实上,在这位人猿的带领下部落取得了如此大的胜利,大家都不想要其他人做首领,害怕失去到手的胜利果实。他们已经见识过不听泰山的劝阻,在瓦兹瑞命令下强攻带来的灾难——瓦兹瑞本人都因此而牺牲。所有人最后都同意由泰山来担任新的领袖。

高级战士们围着篝火坐成一个圈,谈论瓦兹瑞的继任者应有的品质。布苏里先开口说:"瓦兹瑞牺牲,也没有留下子嗣,我们中也没有能够胜任酋长一职的合适人选。眼下只有一个人,他可以领导我们打败佩枪的白人,一兵不损带领我们走向胜利。也只有他在过去的几天里一直引领着我们。"这时,布苏里站了起来,握住长矛,弓起身子,开始慢慢地绕着泰山跳起舞来,伴随着脚步的节奏,他唱了起来:"瓦兹瑞,瓦兹瑞之王;瓦兹瑞,阿拉伯人杀手;瓦兹瑞,瓦兹瑞之王。"

一个又一个的战士们加入这庄严的舞蹈,表明他们接受泰山作为自己的酋长。女人们也蹲坐在战士围成的圈外,一边敲鼓,一边伴随着脚步的节奏拍手,与战士们一起歌唱。圈子的中间围着泰山——瓦兹瑞,瓦兹瑞之王。就像上一任酋长一样,他将被冠以部落的名称。

舞蹈的节奏越来越快,野性的呼喊声越来越大。女人们舞动了起来,发出愉快的叫声。战士们挥舞着长矛,弯下身子用盾牌敲击部落大街坚实的地面。整个场面是如此的原始蛮荒,看上去好像是很久很久以前,人类文明刚刚诞生时一般。

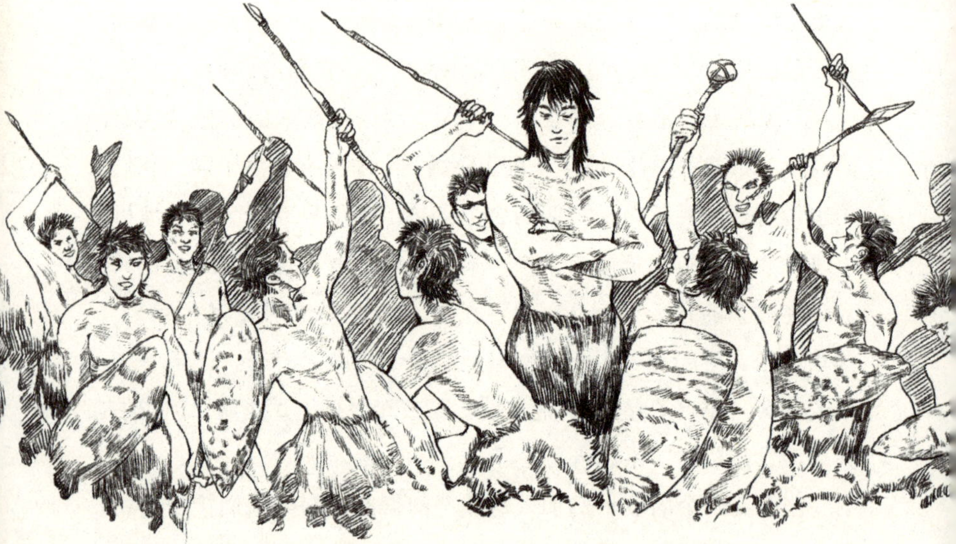

到高潮时，泰山站了起来加入这场狂欢。在黑色皮肤围成的圆圈中心，泰山像土著战士一样疯狂地晃动着沉重的战矛，所有人都为他的样子着迷。他体内残存的最后一丝现代文明也被遗忘——现在已经彻头彻尾变成一个原始人了。泰山沉浸在他心心念念的自由而狂野的生活中，为自己能够成为这些野蛮黑人的首领而欣喜。

啊，要是伯爵夫人现在见到他——还能认出这是短短几个月前吸引她的那位打扮光鲜、衣着得体的年轻人吗？还有简·波特！她还会爱着这个赤裸着身体与一群裸体的土著共舞的首领吗？还有达诺！达诺会相信眼前这个人就是他引荐进入巴黎最高端俱乐部里的那个男子吗？要是这时，达诺指着这个头发凌乱、身戴原始饰物的大个子，向他上议院的议员朋友介绍："这位就是约翰·克莱顿——格雷斯托克勋爵。"那人会怎么想呢？人猿泰山已经成为真正的部落首领——如同他的祖先一样，从最底层开始，稳稳地走上了这个位置。

Chapter 18

死亡抓阄

爱丽丝女士号沉没的第二天清晨,简·波特是救生船上第一个醒来的人。其他人都还在沉睡,有的躺在座板上,有的蜷在狭窄的船底。

发现他们的船已经和其他船失散后,她立刻警觉起来。广袤的大海令她心中升起一阵强烈的孤独感和无助感,随之而来的是对未来的绝望——一丝希望之光都看不见。简心里明白,他们迷路了——几乎没有任何获救的可能。

这时克莱顿醒了过来,花了好几分钟才回想起前一晚的灾难,意识到自己现在在哪里。最后他困惑的眼睛落在了女孩身上。

"简!"他大喊,"谢天谢地我们在一艘船上!"

"看吧,我们落单了。"女孩面无表情地指着海平面,幽幽地说。克莱顿赶紧环顾四周。

"他们还能去哪儿?"他喊道,"他们不可能沉没的,海上一点风浪都没有,而且船难发生后大家都上了救生船——我亲眼见到了所有人。"说完就叫醒了另一名同伴,说明了当下的处境。

"先生,一定是船都漂散了,"其中一名水手说,"每艘救生船上都配备有物资,所以没有必要扎堆,要是真的有海上风暴,聚在一起也无济于事。如果分散开来,至少其中一艘被救起的概率会大很多,那时就可以开始搜救其他救生船。聚在一起只有一次获救的可能,分散开就有四次了。"大家听完觉得很有道理,发出一阵赞赏,不过这种喜悦很快就烟消云散了。在觉得向东边大陆前进之后,突然发现负责划船的两名水手打瞌睡时让两支船桨掉进了大海,而现在海面上空无一物,桨的影子都看不到。

水手们开始相互咒骂,甚至要动起手来,不过被克莱顿劝住了。没过多久,索朗又开始谩骂起英国人来,说他们愚蠢,特别是英国水手,这番言论差点又引发了一场斗殴。

"好了,好了,朋友们,"一位一直没有加入争执的水手汤普金斯说,"互相攻击根本没有任何好处,再这么吵下去,就像斯派德说的,等到被救起的时候我们早已血肉模糊,死在这儿了,所以别再吵了,我们吃点东西吧?"

"这话说得有道理,"索朗转向其中一个叫威尔逊的水手,说道:"伙计,帮我从船尾递一听罐头来。"

"自己去拿,"威尔逊生气地拒绝了,"我不听老外的指挥——况且你又不是船长。"最后克莱顿只好自己去取罐头,这时另一个水手开始质疑他和索朗想要密谋控制补给品,好自己多得几份,于是大家又开始争吵起来。

"这艘船得有个人来指挥。"简·波特开口说话了。这样的逃生日子才第一天,就已经吵得不可开交,她感到无比厌烦。"搭着这艘脆弱的小船,孤零零地漂在大西洋上已经够凄惨的了,现在还要担心时不时可能爆发的争吵和斗殴。你们这些男人里应该选出一个领导,所有事听他指挥。比起有条不紊的轮船,这里更需要严格的规矩。"她本来一点儿也不想开口掺和进来,她相信克莱顿有能力处理好这种紧急事件,虽然他能克制住不与其他人争吵,甚至在水手反对他管理罐头时也没有胡搅蛮缠。可是也不得不承认他和其他人一样,在这种情况下手足无措。

听完女孩的话,男人们都安静了下来,最后决定把剩下的两桶水和四听罐头分成两部分,三名水手一份,三名乘客一份。

于是乎,这支六人小队被分成了两小队,大家开始忙活着分配食物和水了。先拿到物资的水手们立刻打开了所谓的"食物"罐头,然后愤怒又失望地咒骂了起来,克莱顿赶忙询问碰到什么麻烦。

"麻烦!"斯派德尖声叫道,"麻烦!这比麻烦糟糕多了——是死亡!这罐头——这罐头里装得满满的都是煤油!"克莱顿和索朗赶忙打开自己手里的罐头,发现里面的确是煤油而不是食物。四个罐头一个接一个被打开了。

随后传来的怒吼说明了残酷的事实——救生船上一点吃的都没有。

"感谢上帝,至少我们还有水,"汤普金斯说,"没有食物还可以撑上一阵子,没有淡水可不行。走投无路之下鞋子也可以是食物,水却是没办法弄到的。"正说着,威尔逊在水桶上凿了一个洞,慢慢地倾斜桶身,打算倒一些水出来喝,斯派德则手拿小杯子在下面接着,一小股黑色的干燥颗粒从小孔中流了出来,落进了杯底。威尔逊丢下桶,发出了一声哀号。他坐在地上,绝望地看着杯子里的东西一言不发。

"桶里装的全是火药粉。"斯派德转向船尾,低沉地说。四个桶无一幸免。

"煤油和火药！"索朗大喊，"活见鬼了！这就是给逃难者的伙食吗！"在知道船上既没有食物也没有水之后，饥饿和口渴变得更难熬了。逃难之旅的第一天就已经如此难熬，死亡的阴影笼罩在所有人的心头。

情况随着时间流逝越来越糟，虚弱疲倦的望风者倒了下去，他已经没有办法用疼痛的双眼没日没夜地观察海平面了，此刻只有在梦里才能摆脱残酷可怕的现实。

尽管克莱顿和索朗一再劝说这样只会更加痛苦，在强烈饥饿感的驱使下水手们还是吃掉了自己的皮带、皮鞋和帽子上的衬带。

所有人都虚弱而绝望地躺在热带炽热的阳光下，嘴唇干裂，舌头浮肿，甚至开始期待死亡的到来。几天下来，对于三名乘客来说，饥渴带来的痛苦已经麻木了。而三名水手由于吃下了大量的皮革制品，开始剧烈地腹痛起来。汤普金斯是第一个死去的人。在爱丽丝女士号沉没一周后，这位水手在可怕的抽搐中离开了，死状凄惨。

他那扭曲而骇人的尸体就这么在船尾躺了好几个小时，最后简·波特实在看不下去了，说道："威廉，你能把他的尸体扔进海里吗？"

克莱顿站了起来，蹒跚着向尸体走去。透过凹陷的眼窝，剩下的两名水手用一种奇怪而凶狠的眼神望向他。

这名英国男子努力想把尸体抬过船舷，不过他的力气不够大。

"请来搭把手吧。"他朝离自己最近的威尔逊说。

"你干吗要把他扔进海里？"那位水手用抱怨的语气问道。

"在我们没有力气之前得赶紧把他丢了，"克莱顿答道，"太阳这么晒下去，他的尸体明天就会变得骇人。"

"能留多久就留多久吧，"威尔逊喃喃地说，"我们可能需要他。"克莱顿开始慢慢地思考他的意思，最后完全明白了对方阻止自己丢弃尸体的原因。

"天哪！"他小声惊恐地叫了一句，"你不会是想说——"

"难道不行吗？"威尔逊愤愤地说，"难道我们不要活了？这人已经死了。"他用手指着尸体继续说："死人不会介意的。"

"来吧，索朗。"克莱顿转身面对着这个俄罗斯人。

"天黑之前不解决掉这具尸体的话，我们会生不如死的。"威尔逊晃晃悠悠地站了起来，面露凶相想要阻止他们，不过当他的同事斯派德也站在克莱顿和索朗一边的时候，他放弃了，饥饿地望着三人合力把那具尸体丢下了船。

接下来的一天里，威尔逊都死死地盯着克莱顿，眼神里透露着疯狂。傍晚太阳要沉下海面的时候，他开始自言自语，时而发出"咯咯"的笑声，眼睛却丝毫没有从克莱顿身上移开。

夜幕降临，克莱顿仍然能感觉到那双可怕的眼睛在盯着自己，连觉都不敢睡了。可是他太疲惫了，只能一直挣扎着保持清醒。挣扎了很久，他的头还是靠在了划手座上，睡着了。也不知睡了多久——他被身边一阵窸窸窣窣的声音惊醒了。夜空中高高悬挂着月亮，他瞪大了双眼，惊恐地发现威尔逊正偷偷向他爬来，张着大嘴，浮肿的舌头伸了出来。

这动静也同时惊醒了简·波特，见到这般可怕的景象，她尖叫了起来。与此同时，威尔逊向前一倒，压在了克莱顿身上。

像一只发狂的野兽一般，他想要咬住猎物的喉咙，虚弱的克莱顿还是用尽全力按住了这个疯子的嘴巴。听到简的尖叫声，索朗和斯派德都醒了过来。见到眼前的场景，两个人赶忙上前帮助克莱顿。集三人之力，终于制服了威尔逊，把他丢进了船舱底部。

他躺在那里一边说着胡话一边大笑，几分钟后，突然发出一声惨叫，蹒跚着站了起来，纵身跳进了大海，事情发生得如此之快，大家都没来得及拦住他。

因为这件事，剩下的所有人都已经筋疲力尽，瑟瑟发抖。斯派德崩溃地大哭起来，索朗用手撑着头，思考着什么。第二天，他把自己的想法告诉了斯派德和克莱顿。

"先生们，"索朗说，"除非今明两天我们能被救起，否则大家都清楚等待着我们的是什么。漂流的这么多天来，一艘船、一丝轻烟都没有见到。等着被救几乎是不可能的。

"要是有吃的也许还有希望，不过我们现在一无所有。目前只剩下两个选择，必须现在就选一个。要么所有人一起牺牲，要么牺牲一人，让其他人有更多幸存下来的机会。你们懂我的意思了吗？"

偷听到这些话的简·波特吓坏了。要是这个提议来自那名水手，她也许不会这么吃惊。可是这些话竟然出自一个受过教育，高贵优雅的绅士口中，她简直不敢相信。

"要是这样，宁愿大家一起死。"克莱顿说。

"少数服从多数，"索朗说道，"我们需要决定，三人男人中有一个要牺牲。波特小姐与此事无关。"

"怎么决定谁先死？"斯派德问。

"抓阄最公平了，"索朗答道，"我口袋里有几个法郎。我们从中选一个铸造年份——用布盖住这些硬币，第一个抽到这个年份的就是第一个要死的人。"

"这么残忍的事情，我不干，"克莱顿喃喃地说，"说不定很快就能见到陆地或者别的船只了。"

"如果多数人同意的话，不干也得干，否则不用抓阄，你就是'第一个'，"索朗威胁道，"来吧，我们投票决定。我投赞成票，你呢？斯派德。"

"我也赞成。"水手答道。

"少数服从多数，"索朗说，"别浪费时间了，我们开始抓阄吧。对于大家来说这样是最公平的。抽中者死，剩下的人活，虽然也不一定能多活多久。"说着他已经开始准备死亡之阄了。简·波特坐在一旁，瞪大眼睛，一想到可能要目睹的死亡，她就害怕得不行。索朗把大衣摊在船底，从一把法郎里挑了六个出来，另外两个人弯下身子，看着他挑选。最后硬币被交给了克莱顿。

"仔细看看，"他说，"最老的年份是 1875 年，而且只有一枚硬币是这个年份的。"克莱顿和水手检查了每一枚硬币，两人很满意——硬币本身除了日期以外没有任何区别。可是，索朗以前是个赌场老千，有着非常灵敏的触觉，连牌与牌之间的区别都能感觉出来。要是另外两人知道这点，应该不会觉得这是一场公平的抓阄了吧。1875 年的那枚硬币比其他硬币薄了那么一<u>丝丝</u>，不过在没有千分尺的情况下，克莱顿和斯派德不可能发现。

"我们按什么顺序抓？"索朗问道，根据以往的经验，他知道如果抽中的是不好的结果，大多数人都愿意最后一个来——都希望那个不好的签被前面的人抽走。

索朗，出于不可告人的原因，当然更倾向于第一个抽。

当斯派德说自己最后一个抓阄的时候，他主动表示自己想做第一人。他的手伸进了大衣，虽然只有一会儿，但他敏捷的手指已经摸遍了所有的硬币，辨认出了代表死亡的那枚，然后取出了另一枚。轮到克莱顿抽的时候，简·波特紧张地把身子向前倾，脸上挂着害怕的表情，看着他未婚夫的手在大衣下摸索着。很快他取出了一枚法郎，却不敢看它，索朗把身子向前靠了靠，看见年份后宣布克莱顿是安全的。

简·波特无力地瘫坐下去，靠在船身上发起抖来。

一阵恶心和眩晕向她袭来。要是斯派德没有抽中那枚1875，她还得再经受一遍这样的折磨。

水手已经把手伸进了大衣下面，眉毛上头挂着豆大的汗珠，身体好像发了疟疾一般地颤抖。他大声地咒骂着，因为现在自己抽中的概率是四分之一，而之前索朗是六分之一，克莱顿是五分之一。

俄国人倒是非常耐心，也不催促。他心里很清楚，无论这次摸到的是不是1875，他都很安全。抽出手来的时候，水手往手心看了看，然后无力地瘫在了船底。克莱顿和索朗赶忙过去看掉落在地上的硬币。

依然不是1875年铸造的那枚。经历了刚刚的可怕时刻，斯派德好像抽中了一般地崩溃了。

现在又要再来一次。俄国人再次抽了一枚代表安全的硬币，克莱顿把手伸向大衣时，简·波特闭上了双眼，斯派德睁大了眼睛，盯着握住他命运的那只手，他和克莱顿中必然有一生一死。当威廉·塞西尔·克莱顿——格雷斯托克勋爵把手从大衣底部抽出来的时候，手中紧紧地攥着那枚钱币。他转头看向简·波特，不敢把手打开。

"快点！"斯派德催促着，"天哪，快让我们看看。"克莱顿展开了手指。斯派德第一个看到年份，所有人还没反应过来的时候，他站了起来，从船边纵身跃起，永远消失在了碧绿的深海里——克莱顿手里握着的不是那枚1875。

刚刚紧张的气氛让大家耗尽了力气，剩下的时间里所有人都半梦半醒地躺着，都绝口不再提抓阄的事。虚弱和无助与日俱增，

死亡抓阄 | 171

最后索朗爬向了克莱顿躺着的地方。

"在有力气吃饭前,我们必须再抓一次阄。"他低声说。

克莱顿几乎控制不了自己的思维。简·波特已经三天没有开口说话了。他知道她快不行了。虽然觉得很可怕,他还是希望自己或者索朗的牺牲可以给她带来力量,几乎是立刻答应了俄国人的提议。

这次抓阄也像之前一样进行,结果只有一个——克莱顿抓中了 1875。

"什么时候动手?"他问索朗。

俄国人已经从裤子里抽出了一把小折刀,有气无力地把刀打开。

"就现在。"他贪婪的眼光注视着眼前的这名英国人。

"就不能等到天黑吗?"克莱顿问,"波特小姐不能看到这些。你知道,我们本来是要结婚的。"索朗脸上掠过一丝失望的神情。

"好吧,"他犹豫地答应了,"反正天也快黑了。已经等了这么多天——我可以再等你几个小时。"

"谢谢你,我的朋友,"克莱顿喃喃地说,"我现在就去她身边,在死前一直陪着她。大概还有一两个小时。"爬到她身边的时候,简已经没有意识了——他知道她快不行了,也很高兴她不用目睹接下来要发生的可怕一幕。他握住了她的手,放在自己干裂肿胀的嘴唇边。很长一段时间,他就这么抚摸着那只枯槁干瘦的手——那只曾经白皙漂亮的巴尔的摩美女的手。

不知不觉天已经全黑了,俄国人的叫声将他惊醒,催他上路。

"索朗先生,我这就过来。"他赶忙回答。

他三次想要用手撑着跪起来,爬向死亡,却因为虚弱无法再爬到索朗身边。

"你得自己过来我这里,先生,"他无力地呼喊,"我已经没有力气爬起来了。"

"见鬼!"索朗抱怨,"你想要骗我!我才是赢家。"

克莱顿听到船底传来摩擦的声音,接下来是一声绝望的怒吼。

"我爬不动了,"他听到俄国人叹气,"太晚了,你骗了我,你这条肮脏的英国狗。"

"我没有骗你,先生,"克莱顿说,"我尽力想要爬起来,再让我试试。你也可以继续试着爬过来,我们可以在半途碰面,那时你就可以真正地'赢了'。"克莱顿用尽最后的力气,他听见索朗也在这么努力着。大约一小时后,这名英国人成功地用手撑着跪了起来,不过刚挪第一步,就一头栽倒在地。

不一会儿他听见索朗兴奋的喊声。

"我来了!"俄国人说。

克莱顿再一次努力向前迎接自己的命运,也再一次摔倒在船底,这一次无论再怎么努力也起不来了。他用尽最后一丝力气转了个身,躺在地上,眼睛望向星空。身后俄国人移动的摩擦声和喘气声越来越近。

他似乎还得这么躺上一个小时才能等到黑暗中的那个人来终结自己的痛苦。俄国人越来越近了,不过每一次挪动耗费的时间也越来越长,克莱顿甚至都察觉不到。

终于他知道索朗已经近在咫尺。只听见一声"咯咯"的笑声,有什么东西碰到了他的脸,然后他便失去了意识。

Chapter 19

黄金城

泰山当上瓦兹瑞部落首领的那一晚,他心爱的女人正躺在向西两百英里开外的大西洋上的一艘小船上,奄奄一息。泰山在赤身裸体的土著人群里跳舞的时候,火光映衬出他健硕的肌肉——那是完美体格与力量的象征。而深爱他的女人却在饥饿和口渴中憔悴无力地走向人生尽头。

担任瓦兹瑞部落酋长的第一周里,泰山忙着兑现自己的承诺,护送曼努玛战士们一路北上回家。在行程结束之时,他要求所有的曼努玛人发誓永远不会再来侵扰瓦兹瑞部落。

曼努玛人已经见识过这位瓦兹瑞新任领袖的厉害了,绝对不会再有任何入侵瓦兹瑞的想法了。

泰山一回到部落就开始着手准备远征黄金城的事。他在部落里挑选了五十名最强壮的战士,他们个个都迫不及待想要追随泰山,艰苦跋涉,面对险恶的未知国度。

老瓦兹瑞酋长讲述完那次废城远征的故事后,那个富饶之城一直萦绕在泰山脑海里。

探险一直强烈吸引着泰山,黄金的吸引力也不小——他深知在文明社会,拥有这种黄色金属就意味着有了创造奇迹的魔力。在一片蛮荒的非洲内陆,他还没有想过拿到这些黄金有什么用——不过等财富到手再考虑也不迟,虽然他到目前为止还从来没有拥有过。

在一个阳光明媚的早晨,泰山,瓦兹瑞的领袖,带着五十名集结好的精壮战士向着探险和财富出发了。他们沿着老酋长说的路线前行,沿着河流,翻越山岭,沿着另一条河流继续前行,到第二十五天的时候,他们驻扎在山麓,只要登上山顶应该就能看见那座财富之城了。

第二天一早,众人就开始攀爬近乎垂直的峭壁,这是他们与目的地之间最后也是最难以逾越的一道自然屏障。泰山带领战士们排成纵列攀爬,终于在中午时分登上山顶,站在平坦的台地上。

通往目的地的道路两旁耸立着许多几千英尺高的山峰。

他身后是花了好几天穿越的丛林峡谷,那是他们部落的边界。

眼前的景色吸引了泰山的注意力。那是一条荒凉的山谷——又浅又窄的峡谷,布满了许多大鹅卵石,零星散布着低矮的树木。山谷远处隐约可见一座雄伟的城市。矗立的城墙、高耸的尖顶,阳光照射下,建筑物的圆顶显出红色和黄色。泰山根本看不出这座城市有被废弃的迹象——这简直就是一座美丽而宏伟的城市,在他的想象中,那里有着宽广的大道和巨大的庙宇,里面满是熙熙攘攘、幸福快乐的人群。

小队在山顶休整一小时后,泰山带领着他们向山谷进发。这里没有道路,不过比起登山的过程,还是下山更轻松一些。抵达山谷后,行进速度快了很多,走到古城高筑的城墙边时天还没有黑。

外墙完好的部分有五十英尺高,就算是上方坍塌了的部分也有三十至四十英尺的高度,这仍然是一座牢固的壁垒。好几次泰山感觉到在城墙的另一面有什么东西在移动,还常常感觉到在这古老的堡垒里,有看不见的眼睛在盯着自己,却又不敢肯定。

当晚他们在城墙外扎了营,午夜时分,突然从高墙内传来了一声刺耳的尖叫声,惊醒了所有人。一开始声音非常尖锐,接着逐渐弱下去,变成一阵凄凉的哀号,最后消失在夜色里。这声音对黑人战士们有种奇怪的作用,他们被吓到一动也不敢动,再过了一个小时才得以重新入睡。第二天早晨,那声音带来的影响依然还在,瓦兹瑞战士们总是害怕地用眼角余光扫视身旁这座巨大的壁垒。

他们想要放弃这次冒险,穿越山谷,爬下悬崖,原路返回。泰山花了很大的力气,软硬兼施,最后不得不威胁说自己要孤身入城,所有人才同意跟他一起进去。

他们贴着墙走了十五分钟,终于发现了进入的方法——眼前出现了一个约二十英寸的狭窄裂口,里面是一段饱经岁月侵蚀的阶梯,一直向前延伸了几码,然后突然消失在转弯处。

泰山走进通道里,得侧着身子才能挤进去。他身后跟着一队黑人战士。一转弯,阶梯就消失了,眼前是一条平坦的小径,蜿蜒盘旋着向前延伸过去,然后一个急转弯,连通了一个狭窄的庭院,庭院的另一边隐约可见一面和外墙同样高度的内墙。内墙上每隔一段距离就有一座突起的圆顶塔楼,圆顶的顶部尖尖地向上刺了出来。有些塔楼已经坍塌,墙也破损了,不过比起外墙来,内墙保存得要好很多。

沿着这条小路,穿过内墙,泰山和战士们站在了一条宽广的大道上，尽头是一群倒塌的花岗岩建筑，看上去非常阴郁。在建筑的废墟之上长满了大树，藤蔓缠绕在空洞的窗口内外，正对着他们的那幢建筑上植物更加稀疏，保存得更为完好——那是一幢拥有巨型圆顶的硕大建筑，两边的大门都竖着成排的柱子，每根柱子顶端都刻着一只巨大而奇怪的鸟。

泰山和同伴们好奇地盯着这座坐落于蛮荒非洲中部的古城，其中有几个人意识到建筑中有什么东西在移动，是一些漆黑的影子在隐约可见的建筑内部四处移动。任何实体都看不到——只有一些魅影证明这死气沉沉的地方有活物。任何生命的存在都与这座废弃多年的城市不搭。

泰山回想起他曾经在巴黎的图书馆里读到过，在非洲内陆存在一个本土的白人种族。他猜想自己身处的地方是不是那个种族的文明遗迹。这座宏伟的废墟里会不会还住着那些人遗存的后代呢？这时他再一次察觉到眼前庙宇里有黑影在悄悄移动。"来吧！"泰山对战士们说，"我们去看看废墟里到底有什么。"

战士们本不愿意跟随他，看到泰山勇敢地走进紧闭的大门时，便挤作一团跟在后面走了几步，看起来紧张又害怕。此时，一声像昨晚那样的尖叫就足以让他们向那条通往外部世界的狭窄甬道狂奔而去。

当泰山进入建筑物后他确定有许多双眼睛正盯着他。过道附近的黑暗中传来"沙沙"的声响。站在圆顶大厅里，泰山亲眼看见了一只人手从头顶上方的小洞里抽了回去。

房间的地面是水泥的，墙壁则是光滑的花岗岩，上面雕刻着长相古怪的人和野兽。一些黄色的金属片被镶嵌在浇筑凝固的墙体之上。

他走近一看，发现是金子，上面还刻着许多象形文字。除此之外还有很多房间，后面还有许多的隔间。泰山穿过了许多个这样的房间，发现这里保存着最初建城时的巨大财富。在一个房间中有七根纯金柱子，另一间房里的地面则是用金子铺就的。在他摸索的过程中，他的黑人部下们紧跟其后，在他们前后两边都有奇怪的影子在徘徊，但又保持距离，不会让人觉得他们是活物。

这种紧张的氛围令瓦兹瑞人难以忍受。他们请求泰山离开这里，回到阳光之下。他们说这样探索下去不会有什么好结果，因为这片废墟中一定有先前居民的鬼魂作祟。

"酋长，他们正盯着我们呢，"布苏里低声说，"要把我们带到他们地盘的最深处，然后就会落到我们身上用牙齿将我们撕成碎片。鬼魂都是这么做的。我母亲的叔叔是一位伟大的巫医，他给我讲过许多这样的故事。"

泰山大笑起来。"跑回阳光之下吧，孩子们，"他说，"等我把这片废墟从头到尾搜一遍看能不能找到金子。至少我们可以拿走墙上那些金片，虽然那些金柱子太重了拿不了，但这里应该有个存满黄金的储藏室，我们可以把它们背走。出去吧，在外面呼吸点新鲜空气会更好受些。"

一部分勇士听到首领这么说，乐意地从命了。但布苏里和其他一些勇士犹豫是否要离他而去。在对首领的忠诚爱戴以及对未知的迷信恐惧之间，他们纠结徘徊着。后来，一件出乎意料的事终结了他们的犹豫。寂静的神庙废墟之中，昨晚听到的恐怖尖叫声又传进了他们的耳朵里，黑人勇士们都害怕地尖叫着，转身跑出这座大殿空荡的大厅。

部下们都离他而去，泰山则站在原地，嘴角现出一丝冷笑——等着期待已久的敌人向他扑来。可是除了战士们逃跑的脚步声之外，周围再次陷入寂静。

泰山转身向着神庙深处走去。他走过一个又一个房间，直到来到一扇紧闭而粗糙的大门前，他用肩膀用力向里推动大门，警告的尖叫声再次响起。很显然是在警告他不要亵渎这个特别的房间。这里会不会就是藏宝的密室呢？

总之，这个怪地方的陌生守卫者藏在暗处，出于什么原因不希望他进入这个房间。但这也激起了泰山偏向虎山行的欲望，尽管尖叫声不断地响起，他仍继续用肩膀推动大门，最终在巨力之下木头铰链被撞开了。

房间里面像坟墓一样黑暗，一扇窗户都没有，一丝光线也进不来。那条与大门相连的过道原本就是一片黑暗，就算大门敞开，也没有丝毫亮光照射进来。泰山用战矛的底部感受着前方的地面，仿佛走进了阴郁的黑暗中。忽然他身后的大门关了起来，与此同时黑暗中从各个方向伸来了手，将他抓住。

出于自保的本能，泰山用尽一切力量与之对抗。但尽管他感觉自己的拳头打中了目标，牙齿咬进了柔软的皮肤，但似乎总有一双新的手出现，代替之前被他击退的那些手。最后他们把泰山拽倒了，然后慢慢地凭借数量的优势制服了泰山。随后他们将泰山绑了起来，手脚都被绑在身后。除了对手们沉重的呼吸和刚刚的打斗声，泰山没有听到其他的声音。他甚至不知道是被什么生物给捉住了，不过自己既然被绑了起来，对方是人类这一点肯定毫无疑问了。

一会儿之后他们将泰山从地上抬了起来，半推半拖，带着泰山走出黑暗的房间，穿过另一扇门进入神庙内部的庭院里。到这儿后，他看清楚了对手的长相。他们有一百余人，都是矮小结实的男性，满脸胡子一直长到多毛的胸脯之上，头上浓密而杂乱的毛发连着眉毛一直垂到肩背之上，罗圈腿短小沉重，手臂很长且富有肌肉。身上穿着猎豹和狮子的兽皮，胸前挂着这些动物的爪子制成的项链。胳膊和腿上都戴着黄金做的圈。他们拿着沉重的大棒做武器，腰间挂着长长的、难看的匕首。但他们的身体特征之中最让泰山感到吃惊的是他们的白皮肤，无论是在颜色还是特征上，都没有一丝黑人的痕迹。但是他们额头凹陷，两只小小的眼睛靠得很近，透露出凶光，还有黄色的尖牙，怎样都算不上好看。

不管是在黑暗房间里打斗时，还是拖着泰山进入内庭时，他们都一言不发，但此时有一些人开始用一种泰山没听过的单音节对话交流了起来，不一会儿泰山就被扔在了地上，然后他们迈开小步子走到庭院的另一边去了。

泰山躺在地上，发现这里就是神庙的中心，四周被高墙围了起来。顶部可以看到蓝蓝的天空，透过一个小洞，泰山看到了茂密的绿叶，但他不确定这些树是长在神庙里面还是外面。

环顾四周，从地面到神庙顶端布满了通道，泰山不时地看见那些浓密毛发之下明亮的眼睛正紧盯着他。

泰山轻轻地试探着绑住手脚的绳子的力度，他不太确定时机成熟时自己的力量够不够挣开绳子，重获自由。但也得等到夜晚或者没有眼睛盯着自己时，他才敢尝试用力挣开绳子。

第一缕阳光从高墙上照射进来时，泰山已经在庭院里躺了好几个小时。这时他听到了走廊里赤脚走路的脚步声，不一会儿他看见上面的通道里挤满了一张张狡黠的脸孔，还有二十多个人走进了庭院。

所有人都享受地望向正午的阳光，随后地道和庭院里的人开始齐唱低沉而古怪的歌曲。不一会儿，泰山身边的那些人开始随着那庄严歌声的节拍起舞，围着他缓缓转圈，跳舞的样子像许多只行动笨拙的熊一般，但他们从不看泰山一眼，只是一直盯着太阳。

他们就这样重复着单调的歌曲和舞步大概十分钟，然后突然停下，转向泰山举起了手里的大棒，号叫着向泰山猛扑而来，脸上露出凶恶异常的表情。

就在这时，一名女性冲到了这群嗜血的人群中，用她手里一根与他们武器相似但是纯金的大棒，将靠近的人群逼退了。

Chapter 20

女祭司

有那么一瞬间,泰山以为是出现了什么奇迹,自己才得救了。这时他突然想起眼前的这个女孩轻易击退了二十个大猩猩一般的男人,随后女孩唱歌一般地对男人们说了些什么,那些人便开始围着泰山跳起舞来。种种迹象表明这是一个仪式,而泰山就是这个仪式的中心人物。

过了不久,女孩从腰带间抽出刀子,弯下身子,割断了他脚上的镣铐。男人们也不再跳舞,向这边靠了过来。这时女孩示意他站起来,拿起之前绑在他脚上的绳子套在泰山的脖子上,带着他穿过了庭院。那些男人则排成两列紧随其后。

穿过蜿蜒的走廊,向着神庙的幽深之处越走越远,最终他们来到了一个巨大的密室,密室中央有一个祭坛。这时泰山才明白刚才那场奇怪的仪式就是为了把他带到这个祭祀圣殿而进行的。

他落入了远古太阳崇拜者的后代们手中。而女祭司看似搭救他的行为其实只是异教徒仪式中的一部分而已。阳光从房顶上的开口处洒在泰山身上,象征对他的占有。女祭司从神庙里走了出来,要将他从污浊的俗世中救出并献给他们的太阳之神。

看到祭坛和附近地上棕红色的血迹,以及周边高墙上凿出的格子里放着的数不清的骷髅头骨,泰山更加确定自己的判断了。

女祭司带着泰山这个活人祭品沿台阶走上祭坛。周围再次挤满了围观的人,密室东边的门口处进来了一群女人。她们跟那些男人一样,穿着兽皮,腰间系着金链,乌黑的头发用金色的头饰束起,这头饰像是由许多圆形金片串成的帽子,并从两侧垂下圆形金片串成的流苏,一直到腰部。

这些女人的身材比例相较于那些男人显得更为协调,外表看起来更和谐。相较于男人们,她们的头形和大大的黑眼睛显得更有智慧和人性。

每个女人都带着两盏金杯,隔着祭坛在男人们的对面站成一排,男人们走过去依次拿起她们的杯子。随后歌声再一次响起,不一会儿,在祭坛外漆黑的通道里,另一个女人走了出来。

"一定是那位高阶女祭司。"泰山想。她是位年轻女性,面容姣好,看上去很有智慧。她的头饰与信徒们佩戴的相差不大,只是更精致一些,还镶嵌着许多宝石,裸露着的手臂和腿部穿戴着各种镶嵌着宝石的饰物,腰间裹着一块豹皮,由一条金链子系着。这条链子样貌古怪,上面镶满了数不清的细碎宝石。她腰带间还别着一把镶着宝石的长刀子,手里握着一根细长的法杖,而不是一般人的木棒。

她走到祭坛的另外一面后停了下来,歌唱之声也随之停下。所有男女都跪倒在她面前,她将手杖伸向人群之上念诵起了冗长的祷告词。祭司的嗓音悦耳动听,泰山无法想象——这个声音的主人很快就会在狂热的宗教信仰中变身成为一个血腥刽子手,手握着滴落鲜血的刀子,第一个从金杯里品尝活祭品的温热鲜血。

完成祷告后她第一次看向泰山,将他从头到尾查看了一遍,似乎非常好奇。随后对泰山说了些什么,说完便站在一旁,似乎在等待答复。

"我听不懂你们的语言,"泰山说,"也许我们能用别的语言交流?"他尝试了法语、英语、阿拉伯语,还有瓦兹瑞语,最后还使用了一种西海岸的方言,但她全都听不懂。

她摇了摇头,说了些什么,声音中透露出一丝不耐烦。在她的指令下其他祭司继续进行着仪式,围绕祭品跳起舞蹈。最后,女祭司全程站在原地,直勾勾地盯着泰山,随着她一声令下,舞蹈戛然而止。

听到指令后所有人冲到泰山身边,将他整个举起,放在祭坛之上,头和脚分别悬在祭坛的两边。随后人群按照男女分成两列,准备在献祭完成后用他们的小金杯来享用祭品的鲜血。

其中一列里因为排队先后问题产生了争执。一个一脸痴相的魁梧大汉想要把身前的小个子往后推,小个子向高阶女祭司求助,后者冰冷而威严地命令巨汉站到队伍的最末端去。泰山听见他一边拖拉步伐,一边大声咆哮。

接着女祭司站在他身前,缓缓举起了利刃,继续之前的仪式。刀子一直停在他裸露的胸口之上,泰山觉得时间仿佛停滞了一般。

然后刀子开始向下刺去,一开始很慢,但随着咒语越念越快,下落的速度也快了起来。泰山仍然可以听见队伍末端那个不满的大个子在不满地咆哮着,声音越来越大。旁边的一个低阶女祭司用尖锐的声音责备了他一番。刀子快要刺进泰山胸口的时候却停住了,高阶女祭司抬起头,面露不悦地看向那个亵渎神灵的扫兴家伙。

突然争吵的人群一阵骚动,泰山转头看过去,正巧看到刚刚的大汉用粗木棍朝那个低阶女祭司的脑袋猛地一击。这种情况他之前在丛林中已经看过太多次了——在克查科、图布拉特、特克兹以及部落里的其他一些巨猿身上,还有大象丹托身上都发生过这种情况。丛林中的雄性动物几乎都这么攻击过。那个壮汉彻底疯了,挥舞着手中的木棒疯狂攻击着同伴。

他愤怒地大喊着在人群里横冲直撞,挥舞着手中巨大的武器一顿乱摇,或者干脆露出黄色尖牙来咬人。那位女祭司手握尖刀站在泰山身旁,恐惧地看着那个发狂的怪物肆意虐杀她的信徒们。

不一会儿,四周一片狼藉,圣殿里只剩下地上的尸体、身受重伤垂死挣扎的人、祭坛上的泰山、高阶女祭司,还有那个疯子。他那双狡黠的眼睛瞥到女祭司后,突然闪烁着欲望的亮光。他匍匐着向女祭司爬去,然后开口说话了,让泰山惊讶的是他居然能听懂这种语言,他怎么也想不到这些人类会用这种语言进行交谈,两人说的话是巨猿部落里一种低吼的声音形成的语言,也是泰山的母语。高阶女祭司也用同样的语言回答着他。

他在威胁,她在劝阻。很显然在这个疯子眼中,祭司的权威已经消失殆尽,他已经近在咫尺,向祭坛后面伸出了爪子一般的大手。泰山试着挣脱身后绑住手臂的绳子,面对眼前的威胁,女祭司根本没有察觉到他的举动。当壮汉越过祭坛去抓人时,泰山爆发出超人的力量,猛地一扭,从祭坛滚落到对面的石阶之上,绑住双手的绳子也脱落下来。他猛地站了起来,才发现圣殿里只剩下自己,高阶女祭司和那个疯子已经不见了。

随后,从之前女祭司出现的漆黑甬道中传来了一声低沉的喊叫。甚至来不及考虑自己的安全及逃生的可能,泰山立即回应了那个身处危险中的女人的呼救。他轻轻一跃，站在了密室入口，沿着一条通向未知区域的老旧的石阶向下跑去。

上方漏出的微弱光线让泰山可以看清楚四周，他来到了一个巨大的穹顶地下室，有好几扇门通向黑暗深处，不过泰山不用纠结选择哪一条，因为他寻找的人就在眼前，那个疯子把女祭司按倒在地，大猩猩一般的手指掐着她的脖子，后者则挣扎着想要逃离眼前这个狂暴的疯子。

泰山用手重重地揪住了这个疯子的肩膀，后者立马放开了女祭司，转过身来。这名狂暴的信徒龇开满嘴獠牙，口吐白沫，以超过之前十倍的力量和泰山搏斗起来。嗜血和愤怒使得他彻底变了模样，他变成了一个疯狂的野兽，完全忘记了腰带上的匕首——只想着像野兽一般用身体作为武器战斗。

他双手和嘴巴并用，却发觉对手比他还要精通这种野蛮的搏斗。泰山紧紧抓住他，两个人像两只巨猿一样在地上翻滚扭打在一起，女祭司则害怕地缩在墙边，瞪大惊恐的眼睛看着脚边两头野兽在搏斗。

最后，她看到那个陌生人紧紧地扼住了对手的喉咙，把他的头向后扭去，拳头像雨点一般落在大汉向上抬起的面部。不久之后，那个一动不动的家伙被扔到一边，而陌生人则站起身来，像狮子一样抖了抖身子，一只脚踩在对手的尸体上，然后抬起头，发出了胜利的吼叫。当泰山抬头看见那个通往献祭圣殿的出口时，他已经想好下一步应该怎么行动了。

看完两个男人的搏斗，女孩吓得半瘫在地上，好不容易回过神来，才发现尽管自己逃出了那个疯子的魔爪，却又落在了刚刚她想要杀死的人手里。她环顾四周，寻找逃生的路，发现眼前就有一个洞口。就在她飞身想要冲进去时，泰山眼疾手快，迅速跳

女祭司

了过去，一把抓住了她的胳膊。

"等等！"泰山用克查科部落的语言说道。

女孩震惊地看着他。

"你是谁？"她低沉地问，"竟然会说人类祖先的语言？"

"我是人猿泰山。"他用猿类的语言回答。

"你想干什么？"她继续问道，"为什么要救我？"

"我不能眼睁睁看着一个女人被杀。"泰山如此作答。

"那你现在想怎样处置我？"她继续道。

"不怎样，"泰山回答她，"不过你可以为我做点事——你可以带我出去，还我自由。"虽然这么说着，泰山一点也没指望她会同意。如果这位高阶女祭司有办法的话，一定会继续之前那场被中断的献祭仪式。不过泰山也知道自己如今已经解开绳子，手拿长刀，要是动起手来，对方肯定会发现他已经不是之前那个被束缚住又手无寸铁的他了。

女孩站在原地盯着泰山看了很久，终于开口说话了。

"你是个了不起的男人，"她说，"你就是我小时候白日梦里见到的男人，是我想象中先祖们曾经的样子——他们在蛮荒的丛林深处建造了这座宏伟的城池，为了探寻地底深处的巨大财富从而放弃了远在他乡的文明生活。

"起初我不明白你为什么要救我，而现在我不明白为什么我落在你手里，你却不报复我，就在刚才我差点把你杀了。"

"我想，"泰山回答，"你不过是遵循信仰行事罢了。不管你奉行的教义如何，我都不会因此责怪你。不过你到底是谁，你们又是什么人？"

"我是拉，欧帕城太阳神庙的高阶女祭司。我们是一万年前来此处淘金的人的后代。他们的城市一端连接着日出的大海，另一端与日落的大海相邻。他们富有而强大,但一年只在这华丽的宫殿住几个月,剩下的时间都会待在他们在遥远北方的故乡。

"许多船只在新旧两地间来往。雨季期间只有少数人还留在这儿,留下的只有那些监督黑奴挖矿的管事,向管事们贩卖货物的商人和守卫城市和矿藏的士兵。

"就在这时,突然发生了一场巨大的灾难。到了约定的时间,却没有一个人来。这里的人等了几个星期,随后他们派出一条大船去搞清楚为什么没有人从故乡过来,这些人在海上航行了几个月,却丝毫找寻不到曾经诞生他们古老文明的大陆——它已经沉入海底了。

"从那天起先祖们就一蹶不振,悲伤难过,意志消沉,他们很快就成了南北方黑人部族的猎物。城市一个接一个地或被占领或被遗弃。最后的幸存者被迫躲在这座巨大的山间要塞避难。慢慢地,我们的力量、文明、智慧、人数都在消退减少,到现在只剩下一个小小的类人猿部落。

"事实上,猿类跟我们生活在一起许多年了。我们管他们叫'初人',使用猿语比自己的语言要多得多,只有在神庙的仪式上才会使用母语。随着时间流逝,我们的语言早晚会被遗忘,最后将只会说猿语。那时和猿类通婚的人也不会再被驱逐,我们迟早会堕落到和那些野兽一个样。"

"可为什么你比其他人更具有人性?"泰山问道。

"出于某种原因,女人们不会像男人一样那么迅速地野兽化。可能是因为大灾难发生时只有较低等的男人留在这边,而神庙里留下的都是贵族的女儿们。我的血统比他们更加纯净,因为我的女性祖先们无数年来都是高阶女祭司——这份圣职只能由母亲传给女儿。我们的配偶也都是在大陆的贵族中精挑细选,只有那些身心最健康、最完美的男人才能成为高阶女祭司的丈夫。"

"从刚才我看见的那些绅士里挑选，"泰山冷笑着说道，"恐怕会有些麻烦。"

女孩疑惑地看了他一会儿。

"不要亵渎神灵，"她说，"他们是非常神圣的男人，他们都是祭司。"

"难道就没有更好的人选了吗？"泰山问。

"其他人比这些祭司更丑陋。"她回答。

一想到女孩的命运，泰山不寒而栗，即便只有地下室里微弱的光线，她美丽的容颜依然令泰山印象深刻。

"但我怎么办呢？"他忽然问道，"你打算放我自由离开吗？"

"你已经被太阳之神选为祭品，"女孩严肃地回答，"就算是我也拯救不了你——要是你下次再被他们抓住的话，但我不想这样。你冒着生命危险救了我，我也会报恩。这不是件易事，我需要时间，最后应该可以带你走出围墙。来吧，他们一会儿就会来这里找我，如果被发现我们在一起的话，这些人会大开杀戒的——连我一起杀，因为他们会觉得我违背了神祇。"

"那你绝不能冒这个险，"泰山毫不犹豫地说，"我会回到神庙，靠自己杀出去，这样你就不会被怀疑了。"

但女孩不同意，最后终于劝服泰山跟着她走，女孩说他们已经在地下室待了太久，即使回到神庙自己也会被怀疑。

"我会把你藏起来，然后独自回去，"她说，"告诉他们你杀人之后我一直昏迷着，也不知道你逃去了哪里。"

就这样，她带着泰山穿过昏暗蜿蜒的走廊，最后来到一个小小的密室，几道光线从顶部的石头气孔里射了进来。

"这里是亡灵密室，"她说，"没人会想到到这里来找你的——

他们不敢。天黑之后我会回来这里,到时应该已经想到让你逃脱的办法了。"

她离开了。泰山独自一人留在亡灵密室里,深埋在沉寂多年的欧帕城之下。

Chapter 21

荒岛求生

克莱顿梦见自己正在大口喝着满满一杯水,纯净,甜美,让人身心舒畅。突然他打了个冷战,醒了过来,发现正下着倾盆大雨。密集的雨点打在他的身上和脸上,浑身都湿透了。这是热带地区常有的短时阵雨。他张开嘴喝着雨水,不一会儿,就恢复了不少体力,甚至能够用手支撑起半个身子。索朗先生压在他的两条腿上,简·波特在几英尺外的船尾,蜷起身子,缩在船底,一动不动,看上去已经死了。

费了好一番功夫,克莱顿才从索朗的身子下抽出来,全力向着简爬去,他把女孩的头从船板上抬起。只要她还有一口气,他就不能放弃希望,于是克莱顿抓起一块浸透着雨水的碎布,把珍贵的水滴都挤入了女孩浮肿的嘴唇里,这个几天前还年轻漂亮、活力四射的女孩如今看起来如此憔悴可怜。

过了好一会儿,女孩还是没有醒来。不过他的努力没有白费,简半闭着的眼睛轻轻颤动了一下。他摸着女孩枯瘦的双手,又往她干裂的喉咙里挤了些雨水进去。女孩终于睁开了眼睛,盯着他看了很久,才想起先前发生的事情。

"水?"她低声道,"我们得救了?"

"下雨了,"他解释道,"至少我们有水喝了。我们两人都活下来了。"

"索朗先生呢?"她问道,"他没有杀死你。他死了吗?"

"我也不知道,"克莱顿回答,"如果他还没死,这场雨让他醒过来的话——"但是他打住了,意识到自己不该说这些,她已经经受了太多恐惧,这样只会雪上加霜。

但女孩已经猜到了他要说的话。

"他在哪?"女孩问道。

克莱顿一言不发地朝着俄国人趴着的地方点了点头。两人沉默了一阵。

"我看看能不能唤醒他。"克莱顿最后说道。

"别去,"她低声说,并伸手拉住他,"别这样——要是他喝了水,恢复力气后就会杀了你的。如果他快要死了就让他去死吧。别留我一个人和这畜牲在船上。"

克莱顿犹豫了。道德驱使他去救活索朗,而且,说不定这个俄国人已经救不活了——这么想也没什么不对的。他坐在那里,脑中的想法激烈地斗争着,视线从索朗身上掠过,越过船舷。突然,他兴奋地大喊一声,挣扎着站了起来。

"陆地,简!"他张开干裂的嘴大叫,"感谢上帝,陆地!"

女孩也看到了,就在几百码开外,她看见了金色的沙滩,此外还有郁郁葱葱的热带丛林。

"现在你可以救他了。"简·波特说,因为她也一直为自己劝

荒岛求生 | 193

阻克莱顿去救同伴而深感不安。

过了差不多半小时,俄国人才渐渐苏醒并睁开眼睛。两人又费了好些功夫,才让他明白天降好运。这时,船底已经轻轻地碰到了沙滩底部。

喝完雨水后,克莱顿恢复了力气,重新燃起了希望,他挣扎着涉水登上海岸,用一根绳子把船紧紧固定在岸边低地的一棵小树上。因为海水已经涨潮到最高点,他害怕退潮的时候海浪再把他们冲回大海,并且几个小时以内,他应该都没有力气把简·波特带上海岸。接着他努力蹒跚着向附近的丛林走去,因为他看到那里有一些热带水果。之前和泰山一起的丛林经历教会了他哪些东西是可以食用的,一小时之后他手中捧着一些食物回到了海滩。

雨已经停了,阳光无情地炙烤着他们,简·波特坚持要上岸去。由于吃下了克莱顿带来的食物,他们最终用尽力气爬到了拴着小船的那棵树旁。精疲力竭的三人躺了下去,一直睡到了晚上。

在海滩上,他们比较安全地生活了一个月。恢复力气后的两个男人在一棵大树的树杈间建造了一个简易的住处,选择的位置很高,以避免大型野兽的袭击。白天他们收集果实,捕捉一些小动物,夜里则蜷缩在他们破落的小窝里,丛林里的野兽让夜晚变得分外可怕。

他们睡在杂草上,简·波特只能盖着一件克莱顿的老旧外套,和那次难忘的威斯康星森林之旅穿的是同一件。克莱顿用树枝把他们的小窝分成了两部分,一部分给女孩住,另一部分则是他自己和索朗住的。

这个俄国人开始显露他的本质——自私、粗鲁、傲慢、胆小,还好色。克莱顿已经因为索朗对简的态度而与他起了两次冲突。他不敢有一刻将女孩单独留在他身边。这样的生活对这个英国人和他的未婚妻来说就像一场无尽的梦魇，只剩下等待救援的希望在支撑着他们。

简·波特时常回想起荒野海岸的那段经历。啊，要是那个战无不胜的丛林之神现在和他们一起该有多好。要是他没有死的话，她就不用再担心暗处的野兽或者这个俄国人了。她不禁对比起克莱顿对她无力的保护和泰山面对索朗威胁时的态度。有一次，当克莱顿去小溪取水时，索朗又对简说了些下流的话，女孩向他说出了心里的想法。

"您可能很开心吧，索朗先生，"她说，"那位和你们一起去往开普敦的可怜的泰山先生掉进了大海，不在这里。"

"你认识那头猪？"索朗冷笑着问道。

"我认识那个男人，"她回答，"我觉得，他是我所认识的人里唯一一个真正的男人。"

简的语气让这个俄国人对她的敌意超过了友谊，他抓住机会想要进一步向那个已经死去的男人报复，毁掉他留给女孩的回忆。

"他连一头猪都不如，"他喊道，"他是个胆小鬼，是懦夫。他曾和一位有夫之妇偷情，奸情暴露后，还昧着良心将所有过错都推到了那位女士头上。计划失败后，为了避开那位尊贵的先生，他逃离了法国，这就是他乘船与我们前往开普敦的原因。我知道我在说什么，因为那女人就是我的妹妹。还有一些事，我从来没告诉过别人，那就是你那位勇敢的泰山先生是自己跳进大海的，因为我认出了他，并且坚持要在第二天一早和他决斗，他害怕得投海自尽——害怕与我在休息室里用刀决斗。"

简·波特大笑起来："你难道认为，同时认识泰山先生和你的人会相信这些无稽之谈吗？"

"那他为什么要用假名出行呢？"索朗问道。

"我不会相信你的。"她喊道。不过怀疑的种子还是在她心里生了根,因为想起黑兹尔称呼泰山为来自伦敦的考德威尔。

三人并不知道,泰山的小屋就在距离他们小窝以北不到五英里的地方,中间隔着密不透风的丛林,仿佛相距万里。而更远处的海边,距离小屋几英里之外的地方,搭起了一些简易的窝棚,住着十八个人,他们都是在爱丽丝女士号遇险后与克莱顿失散的那些人。

在平静的海上漂泊了不到三天,他们便登上了陆地,没有经历船舶失事的恐惧,尽管悲伤抑郁,遭受着之前海难的痛苦,对于新环境也不甚适应,但也没有那么糟糕。

所有人都希望着第四条船已经被救起,并且很快就有人来对海岸展开一次全面的搜救。船上所有的枪和弹药都被放在特宁顿勋爵的小艇上,他们的装备精良,不仅能自卫,还可以猎杀一些体形较大的猎物。

波特教授是唯一一个让大家担心的人。他认定女儿已经被国王的船只救起,随后就完全忘记了她的安危,一头扎进了那些令人头痛的科学问题的研究中,把这当作唯一的精神支柱,完全不理会外界发生的事物。

"从来没有,"精疲力竭的菲兰德对特宁顿勋爵说,"波特教授从来没有这么难对付,简直可以说是不可理喻。为什么?今天早上我只是半个小时没看着他,回来时就找不到人了。我的天哪,你猜我在哪儿找到他的?在海上半英里外,一艘救生艇上,还在拼命划着船。都不知道他是怎么跑到这么远的地方,他只有一支船桨,被发现时正在海面上打着转。

"一个水手划船带着我靠近教授,听到我说要立即回到陆地,他竟然感到十分生气。'菲兰德先生,为什么?'他说,'我真惊呀，作为一名学者，你竟然如此阻挠我的科学研究。在热带地区度过的这几个夜晚，我一直在对星星进行观察研究，并且推算出一个全新的星系假设，肯定会在科学界引起轰动。我想要参考一部拉普拉斯关于星系的研究资料，它现在纽约某个私人收藏家手里，我这就要划船去取。菲兰德先生，你这般阻挠将导致不可挽回的损失。'我们好不容易才劝服他回到岸上，差点要动起手来。"菲兰德说。

黑兹尔小姐和她母亲在一连串野兽攻击下都表现得很勇敢，也不会像别人一样容易轻信简、克莱顿、索朗三人已经安全得救。

埃斯梅拉达整日以泪洗面，哀叹残酷的命运把她与她的小宝贝——简·波特分开。

特宁顿勋爵从来都是个心大的人。他还是那个乐观的主人，一直为他的客人们带来安慰和快乐。对于船员们来说，他依然是那个坚定的指挥官——本来在爱丽丝女士号上他就是老大，现在在丛林中更是如此，出现任何重要问题和紧急状况，他都是绝对的权威，因为只有他才有冷静、睿智的领导风范。

要是他们看到南边几英里之外衣衫褴褛、饥寒交迫的三人时，一定认不出这是之前在爱丽丝女士号上一起嬉笑玩闹的好友。克莱顿和索朗几乎赤裸着身体，由于食物越来越少，他们只得深入丛林，衣服就是在穿越丛林时被灌木杂草给撕成了碎片。

简·波特当然不用参与这些艰苦的探险，但她的衣物也破到难以修补。

由于没有别的事可做，克莱顿小心地将每只猎杀的动物皮毛收集起来，摊在树下上，然后一遍又一遍地摩擦鞣制，现在他已经衣不蔽体，于是开始用尖刺当针，茎秆结实的茅草或者动物的筋作线，缝制出一件粗陋的衣服。

成品是一件长到膝盖的无袖衫。用许多张不同种类的小动物的皮毛拼凑而成,看起来稀奇古怪,还散发着一股兽皮的臭味,根本算不上一件衣服。尽管条件艰苦悲惨,简·波特看见他穿上这件衣服之后的样子,还是忍不住大笑起来。

后来,索朗也发现自己也有必要制作一件类似的衣服。现在两个男人光着脚,满脸胡须,看起来就像两个史前野蛮人——只是索朗不止看起来像,行为举止也很像野蛮人。

大约两个月后,一场灾难降临到两人身上。这场灾难始于一次探险,这次可怕的丛林探险差点要了他们的命。

索朗染上丛林热病,倒下了,只能躺在小窝里。克莱顿到几百码外的地方寻找食物,回来的时候简·波特迎了上去。在他身后潜伏着一只老奸巨猾的狮子。这只老狮子已经三天没有进食了,它衰老的身体越来越难捕捉到食物。几个月来,为了寻找更易得手的猎物,它离开自己熟悉的捕猎地越走越远。最后它发现了大自然中最弱小最没有防卫能力的生物——人类,狮子已经等不及要饱餐一顿了。

克莱顿完全不知潜伏在身后的致命危险,钻出丛林向简走去,走到她身边时,女孩的视线越过他的肩膀,看到几百英尺的丛林边缘里的草丛里露出一个棕色的脑袋和一双凶恶的黄眼睛,一只巨大的野兽贴着地面,悄悄靠了过来。

女孩吓得说不出话,但她因为惊恐而瞪大的双眼死死地盯着一个地方,克莱顿立刻察觉到异样。他迅速回头一瞥,发现他们已经陷入绝境。这头狮子已经离他们不到三十步远了,而他们距离住处也差不多是这个距离。克莱顿手里抓着一根短木棒——他知道面对饥饿的狮子,这就像是把玩具气枪。

老狮子饥肠辘辘,虽然它早就知道在寻找猎物时咆哮怒吼都是没有用的，可现在它确信这些猎物逃不出它的掌心，于是张开巨口发出了一连串震耳欲聋的咆哮，使得空气都颤抖起来。

"简，快跑！"克莱顿大喊，"快！跑回树上去！"但女孩僵硬的身体无法行动，她愣在原地，呆若木鸡地盯着步步逼近的死亡。

听到那声可怕的吼叫，索朗探出头来，看到树下的情景时他吓得手足无措，用俄语向他们尖叫着。

"跑！跑啊！"他喊道，"跑起来，我可不想一个人待在这个鬼地方。"喊完便崩溃地哭了起来。他的声音吸引了狮子的注意，它停下了脚步，向那棵树的方向看了一眼。克莱顿再也受不了这种压力了。转身背向野兽，把头埋在手臂中，静静地等着。

女孩惊恐地望着他。他为什么不做点什么？如果必须得死，就算是以卵击石，为什么不像个男人一样勇敢地用手里的木棍与它搏斗？泰山会像他一样吗？面对死亡他难道不会与之搏斗到最后一刻吗？

现在这头狮子正蹲伏在地上准备扑向猎物，残忍地用它黄色的牙齿结束他们年轻的生命。简·波特跪在地上开始祈祷，闭上眼睛不去看那可怕的最后一幕。索朗则因为高烧虚弱而昏了过去。

时间由秒变分，漫长得像永恒一样，野兽还是没有动。克莱顿因为无尽的恐惧几乎失去了意识——双腿颤抖着——再过一会儿就要瘫倒在地。

简·波特再也受不了了，她睁开双眼。这是做梦吗？

"威廉，"她低声说，"瞧！"

克莱顿努力控制自己，抬起头向狮子看去。接着一声惊喜的大叫脱口而出，就在他们不远处，野兽已经倒地死了。一根沉重的战矛从它体内刺了出来。这根战矛从右肩上方插入，贯穿它的身体，穿透了野兽的心脏。

荒岛求生

简·波特已经站了起来,当克莱顿看向她时她正虚弱地蹒跚着。他伸出双手接住了就要跌倒的女孩,把她的头靠在自己的肩膀上,满心感激地低头想要亲吻她。

女孩却轻轻地将他推开。

"请别这样,威廉,"她说道,"在刚才短短的一瞬之间我仿佛活了一千年,面对死亡,我已经明白了该如何活下去。若非必要我不想伤害你。但我再也无法再忍受当时出于所谓'忠诚'而做的决定了,那不过是一时冲动下作出的承诺。

"生命的最后时刻我终于明白,继续自欺欺人,然后在回去之后成为你的妻子是多么的可怕。"

"为什么,简,"他叫喊着,"你这是什么意思?怎么意外获救之后你对我的态度却发生这么大的转变?你一定是吓坏了,明天就会没事的。"

"一年多了,只有这一刻我才是真正的自己,"她回答道,"刚才发生的事情令我想起,那个世上最英勇的男人曾经爱过我。等意识到这一点时却已太迟,我让他离开了。如今他死了,我也不会再嫁给别人。我当然不会嫁给一个比他怯懦的人,否则对丈夫的鄙视感会一直压在我心中。你明白吗?"

"好吧。"他低着头回答,羞愧得满脸通红。

第二天,那场灾难降临了。

Chapter 22
欧帕城的藏宝室

高阶女祭司回到亡灵密室将食物和水带给泰山时,天已经黑了。她没有点灯,而是摸着剥落的墙壁,凭感觉来到密室。月光从上方的石缝中洒下,朦胧地照进了密室内部。

随着脚步声越来越近,泰山蜷缩进密室角落的阴影里,直到认出那个女孩才过去与她见面。

"他们很愤怒,"她开口便说,"上了祭坛的活祭品从来没有逃掉过。已经有五十个人去搜寻你了。他们找遍了整个神庙——除了这个房间。"

"他们为什么不敢来这里?"他问道。

"这里是亡灵密室,死去的人都会回来这里朝拜。看到这个古祭坛了吗?只要在这里找到活人,那些亡灵会在这里将他献祭。这就是为什么我的族人都对这里避之不及。一旦有人踏入,等在这里的死灵会将他活捉然后献祭。"

"那你呢？"他问道。

"我是高阶祭司，死灵无法伤害我。只有我才能给他们从外面的世界带来活祭品。我可以安全出入这里。"

"那他们为什么不抓我？"他问道，仿佛在嘲笑她的信仰一般。

她疑惑地看了他一会儿，然后回答道：

"对先知智者们定下的教义进行讲述和阐释，是高阶女祭司的职责，但没有哪条教义规定她必须得相信这些。一个人对他的信仰越了解就越不相信了——没人比我更了解我的信仰了。"

"所以你害怕帮助我，只是因为怕被信徒们看出来你是一个口是心非的人？"

"是的，逝者已逝，他们并不能伤害活着的人——也没法提供帮助。所以我们只能完全依靠自己，因此越早开始行动越好。在他们的严密监视下，给你带来这一口食物对我来说也很难。想要天天给你带食物基本不可能。来吧，现在开动脑筋，想想在我回去之前还能做些什么帮你脱身。"

她将泰山带回了密室下面的祭坛室，这里有很多走廊，她转身进了其中一条。黑暗之中泰山也看不清是哪一条，他们在蜿蜒的通道中慢慢前行了十分钟，来到一扇紧闭的门前。他听到女祭司摸索钥匙的声音，接着响起了金属的撞击声。门"吱呀"一声打开，他们便走了进去。

"你待在这儿，明天晚上之前都会很安全。"她说道。

随后便走了出去，关上门，上了锁。

泰山站在黑暗里，仿佛深处冥界一般。就算是他训练有素的眼睛也无法穿透这浓密的黑暗。他谨慎地向前移动着，直到伸出的手触碰到一面墙壁，随后他慢慢地沿着四周墙壁转了一圈。

这里大概二十英尺见方。地面是水泥铺就的，石墙的建筑风格和地面一模一样。这座远古建筑的基座是由各式各样的花岗岩小碎片构成的,尽管没有用灰泥把缝隙填满,但因为精湛的建造工艺,拼合得十分牢固。

绕着墙壁转了一圈后泰山发现一件很奇怪的事——这个房间没有窗户,只有一扇门。他再次小心地贴墙转了一圈。不对,这个奇怪的感觉!他不会弄错的!他在门对面那堵墙的中间停下来,站在那一动不动,然后往一边走了几步。再回到原地,随后又向另一边走了几步。

泰山再次绕着房间走了一圈,仔细感受着每一寸墙面。最后再次在那个让他觉得奇怪的地方停了下来。毫无疑问,只有这个地方有新鲜的空气吹进房间——别的地方都没有。

泰山试着摸了摸好几块这个点附近的石板,终于发现有一块是松动的。大概十英尺宽,突出的部分高六英寸、厚三英寸。泰山取下一块又一块同样的石板,这堵墙看起来全部是用这种整齐的石板砌成的。没过多久他就取下了好几十块石板,伸出手去试探下一层墙面时,却惊讶地发现长手所及之处空空如也,什么都没有。

短短几分钟后,他就拆出了一个大口子,钻到了墙的另一边,正前方似乎有一束微弱的亮光——在无尽的黑暗中几乎察觉不到。泰山小心翼翼,手脚并用地爬了大概十五英尺——差不多是墙基的厚度那么远,这时前方路却突然断了。他向前伸手,什么也没摸到,向下摸也触不到底。即使是趴在地面上把身子尽可能地探入黑暗中,却还是什么都没摸到。

最后泰山抬头看了看,透过上方一个圆形开口可以看到一小片星空。他踮起脚尖,努力想要够到最远的地方,却发现越往上空间越小。事实证明此路不通。

欧帕城的藏宝室 | 203

他苦思冥想这条奇怪通道的用途时,月光从上方照了进来,洒下一道柔和的银辉,泰山立马得到了答案——因为在下面很远的地方,反射出粼粼的水光。原来这是一眼古井——可是为什么这口古井会连通自己藏身的地下密室呢?

当月光透过井口洒满整个井中,泰山发现正对面的墙壁上有另一个出口。他不知道这个出口能否通向另一条可能的出路,但至少值得一试,于是便下定了决心。

他立马回到刚才拆掉的墙壁洞口,把石板搬进通道里,在这一边重新将石板拼回去。第一次挪动这些石板时泰山就注意到上面厚厚的灰尘,这说明古城里的人即使知道这条隐藏的通道,也已经有好几代人没有使用过它了。

墙壁重新砌好,泰山来到井边,这里距离对面大约有十五英尺的距离。对他来说跳过这段距离简直易如反掌,很快他就进入了对面那条狭窄的隧道,他格外小心地前行,以免失足跌进另一个类似的古井里。

大约走了一百步左右,前方出现了一处向下的台阶,通往一片黑暗之中。下到差不多二十英尺的时候通道开始变得平坦,继续走了没多久他就被挡住了去路,眼前是一扇被巨大的木条封死的沉重木门,泰山觉得这扇门一定通往外面的世界,因为这些门闩看起来像是要防止外面的人进来,这么说来对面也有可能是一座监狱。

门闩上积了厚厚的一层灰尘,更加说明这条通道已经很久没有没有被使用过。他把门闩推到一边,尘封多年的巨大的铰链发出了刺耳的声音。泰山停了片刻,竖起耳朵听了听这异常的响动是否有惊醒神庙里的人,在没有听到什么动静后他向门内走去。

他小心感受着,发现自己身处一间巨大的房间里,沿着墙壁下到台阶尽头,这里堆放着一层层形状奇怪但规格统一的金属块,用手感受了一番,摸起来就像是双头脱靴器。这种金属块十分沉重,要不是因为如此庞大的数量,泰山肯定以为这是金子了,这数千磅的金属真的是金子的话也太不现实了,这应该是些常见的金属。

走到房间的尽头,泰山找到了另一扇插着门闩的大门。里面的门闩再次让他重新燃起希望——这条被遗忘的古老隧道仍然有可能通向外面的自由世界。门外的隧道像长矛一样笔直,不久之后泰山意识到自己已经身处神庙的墙外了。要是知道通道的走向就好了!如果是向西延伸的话,他此刻已经在古城的墙外了。

泰山满怀希望,全速前进,一个半小时后终于见到了另一处通向上方的台阶。底层台阶是水泥铺就的,赤脚向上走的时候他突然感到台阶的材质发生了变化——水泥变成了花岗岩。泰山用手摸了摸,发现这些台阶是在一块巨大的花岗岩上开凿而成的,因为台阶之间没有任何缝隙。

台阶呈螺旋形向上盘旋了大约一百英尺,突然一个急转弯,泰山来到一处位于两堵岩壁之间的狭窄缝隙中。上方是浩瀚的星空,眼前一道陡峭的斜坡取代了之前台阶。泰山爬上斜坡,来到了一块巨大而粗糙的花岗岩顶部。

欧帕城废墟就在一英里远的地方,城内的穹顶和塔楼沐浴在赤道柔和的月光之下。泰山低头看向刚才带出来的金属块。在月光之下查看了一会儿,然后又抬起头望着远处那座雄伟的古城废墟。

"欧帕,"他喃喃自语,"欧帕,被诅咒的遗忘之城。美女与野兽混杂之城,恐惧与死亡之城,但——也是富饶的宝藏之城。"那金属块是纯金打造的。

泰山所在的巨石处于古城和来时攀爬的悬崖之间。即使是对

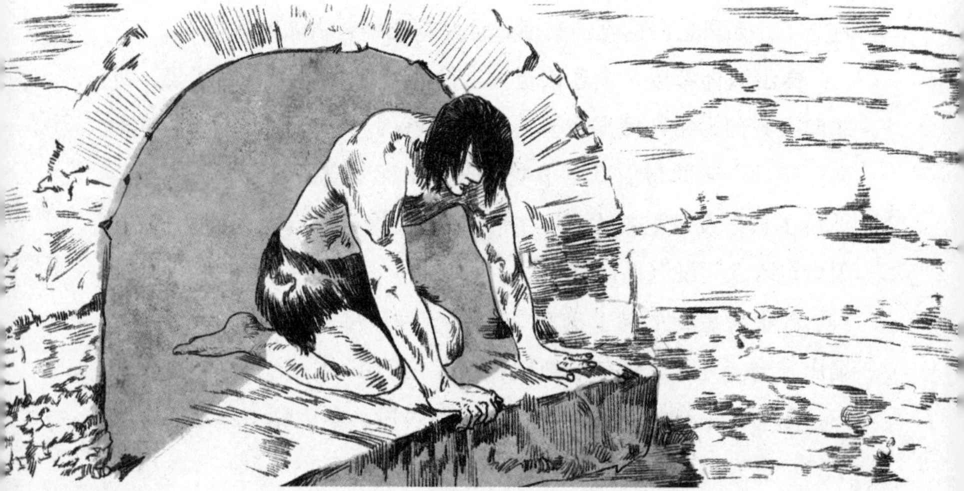

于泰山来说，想从这巨石粗糙陡峭的表面爬下去也要花费一番功夫，但最终他还是下落到了谷底，踩在柔软的土地上。他没有回身看欧帕城一眼，转头快速地穿越峡谷，向着悬崖而去。

爬上峡谷西部边高山的平顶时，太阳也升起来了。泰山向着远处眺望，看到看见山脚下那片树林里升起了烟雾。

"人类，"他低声道，"有五十个人来追捕我了，是他们吗？"

他快速地爬下了悬崖，潜进了通往远处森林的山谷里，朝着半空中烟雾的方向快速移动而去。在距离目的地四分之一英里的地方，泰山爬上了树。他小心地接近着，眼前突然出现一个防兽栏，中间的一小丛篝火旁围坐着他的五十名瓦兹瑞黑人勇士。他用土著语言喊道："起来吧，我的孩子们，迎接你们的王！"

出于惊讶和恐惧，勇士们大喊着站起身，不知该逃走还是待在原地。泰山从高高的树枝上跳到他们中间。意识到这确实是他们活生生的首领，而不是鬼魂的时候，战士们都高兴坏了。

"我们是懦夫，噢，瓦兹瑞，"布苏里哭喊道，"我们逃跑了，留下你一人。镇定下来后大家都发誓要回去解救你，或者向杀害你的凶手们复仇。我们正准备攀爬悬崖，穿过峡谷，再进到那座可怕的城市里去。"

"孩子们，你们有没有看见过五十个外貌可怕的人爬下悬崖进入丛林？"泰山问道。

"是的，酋长，"布苏里回答，"昨天傍晚我们正要回去救你的时候，看见他们从我们附近经过。那群人没有丛林活动经验，不懂得隐藏行踪。还在一英里外我们就听到了他们的动静。由于有急事要办，我们躲进森林让他们走了。他们短小的双腿走得很快，时不时地还会像大猩猩一样四肢着地赶路。确实是五十个可怕的人，酋长。"

泰山给他们讲述了自己的冒险经历，以及发现黄金的事，然后提出了一个趁着夜色拿走部分宝藏的计划，所有人都同意了。夜幕降临后，一行人穿过峡谷，一路小跑奔向欧帕城外的那块巨石。

之前从巨石上爬下就已经非常困难，泰山很快就发现要让那五十个勇士爬上去几乎不可能。最终，泰山费了九牛二虎之力才完成了这项看似不可能的任务。他将十支长矛首尾相连，其中一端绑在腰间，泰山随后爬上了巨石顶部。

上去之后，他把一个黑人拉了上来，然后用这个方法最终把所有人安全带到了巨石顶端。泰山立马带着他们去往藏宝室，叮嘱每人只能携带两块金锭，毕竟一块就有大约八十磅重。

时至半夜，所有人再次回到了巨石脚下，因为背着沉重的金锭，直到第二天上午所有人才爬上山顶。从那时开始，回城的脚步放慢了许多，因为这些战士们并不擅长挑夫的工作。但他们毫无怨言，三十天后一行人终于进入了部落的领地。

到这里后，他们本来应该继续向西北前进回到部落，泰山却领着战士们一路向西。第三十三天早上，泰山让手下们先回村子，把金锭就留在头天夜里堆放的地方。

"那你呢，酋长？"他们问道。

"我要在这儿待几天，我的孩子们，"他回答，"现在快回去和你们的妻儿团聚吧。"

他们走后，泰山拿起两块金锭，跳到树上，在枝叶交错的下层丛林之上轻松地跳跃攀爬了大概两百码之后，面前突然出现一块圆形的空地。空地四周环绕着许多巨大的树。这座天然形成的圆形场地中间，有一个泥土堆成的平顶小土墩。

泰山此前已经来过这里好几百次了。这里四周环绕着浓密的灌木，荆棘和藤蔓，形成了天然的障碍，就算是灵活敏捷的猎豹也无法穿透,就算是力大无比的大象也无法撞开,只有无害的小动物才可以进得来。巨猿们在这里很安全。

泰山来回跑了五十趟才把所有金锭都搬进圆形空地中。然后从一棵遭过雷击的古树树洞里取出了一把铁锹,曾经,他就是用这把铁锹挖出了波特教授埋在这里的宝箱。他用铁锹挖了条长长的沟,然后把从欧帕城带出来的财宝全部埋了进去。

那天夜里他就睡在圆形空地中,第二天一早在回到瓦兹瑞之前,泰山回了一趟他的小屋。发现一切都和当初离开时一样,他进入丛林中打猎,准备把猎物带回小屋饱餐一顿,然后在那张舒服的木板床上睡一晚。

向南走了五英里后,泰山抵达了一条小河的岸边。这条河在距离小木屋大约六英里的地方流入大海。他往内陆深处走了大约半英里后,灵敏的鼻子突然嗅到一种能让整个丛林战栗的味道——是人类的气味。

风正吹向大海,泰山知道这股气味的来源在他的西边。除了人的气味之外还有狮子气味。"我得快点,"辨别出这些是白人的气味后,泰山心里想,"狮子可能要猎杀他们。"

穿过森林,抵达丛林边缘时,泰山看见一个女人正跪地祈祷着,她身前站着一个看起来像原始人的白人,把手脸埋在手臂之间。男人身后一头肮脏的狮子正向着它的猎物缓缓靠近。男人的脸转了过去,女人低着头祈祷。泰山看不清他们的长相。

狮子已经准备扑向猎物了,泰山来不及拉弓射出致命的毒箭,距离野兽太远又无法使用小刀。只有一个办法了,脑中念头一闪而过,泰山便立刻行动起来。

结实的手臂向身后一挥,一支长矛瞬间瞄准了狮子的肩膀——有力的臂膀向前一掷,长矛穿过绿叶扎进了狮子的心脏。就这么

欧帕城的藏宝室 | 209

一声不响地，泰山杀死了自己的猎物。

男人和女人都一动不动地呆了好一会儿。随后女人睁开了双眼惊讶地看到同伴身后野兽的尸体。当这副美丽的面孔抬起时泰山惊呆了，简直难以置信。他疯了吗？这不可能是他爱着的那个女人！但她确实就是。

女人站了起来，男人则双手抱住并亲吻了她，突然泰山的眼里蒙上了一层杀戮的血色，额头上那道伤疤，也骤然变得猩红。

他的脸上露出了可怕的神情，同时取了毒箭搭在弓上。他灰色的眼睛露出了恶毒的深色，盯着那个毫不知情的男人后背。

他顺着毒箭瞄准的方向望去，将弓弦拉满，想要一箭刺穿他的心脏。

但是他并没有射出这致命的一箭，而是慢慢地把箭放下了，额头伤疤的猩红也逐渐褪去。泰山耷拉着脑袋，悲伤地转身向着丛林中的瓦兹瑞村子而去。

Chapter 23

五十个可怕的人

简·波特和威廉·塞西尔·克莱顿站在这具差点吃掉他们的野兽尸体旁,默默盯着它看了好几分钟。

刚才一番内心吐露后,女孩再次打破了沉默。

"这会是谁干的?"她轻声问道。

"天知道!"克莱顿只蹦出这句话

"如果是朋友的话,为什么不露面呢?"简继续问,"我们应该喊他出来,至少对他表示下感谢?"

克莱顿木讷地叫喊了几声,但并没有回应。

简·波特打了个冷战。"神秘的丛林,"她低声道,"可怕的丛林。就连表示友谊的方式都这么让人害怕。"

"我们最好回到住处去,"克莱顿说,"至少在那儿安全多了。不管怎么说,我无法保护你。"他无奈地说道。

"别这么说,威廉,"简赶忙辩解道,对她之前的言语给他造成的伤害感到抱歉,"你已经尽力做到最好了。你一直很高尚勇敢,勇于自我牺牲。你不是超人,但这不是你的错。我也只认识一个可以做得更好的人。刚才一时冲动我说的话不太好听——我没想伤害你。我只是想从此以后,你能够相互理解我能嫁给你这件事——那样的婚姻太可怕了。"

"我想我明白了,"他回答,"我们别再说这个了——至少等回到文明社会再说吧。"

第二天索朗的情况更糟糕了,几乎一直处于神志不清的状态。两人束手无策,克莱顿也并不打算尝试做些什么。考虑到简非常害怕那个俄国人——他在心底一直巴不得他早点病死。要是哪一天自己不幸遇难,克莱顿宁愿简一个人游荡在森林外围,甚至最后死去,也不愿让她落入这个畜生手里。

英国人从狮子的尸体上拔出那把沉重的矛,那天早上他手握长矛去打猎,流落荒野海岸到现在,他第一次这么有安全感,走得也比之前离住处更远了。

简·波特实在不想靠近那个发烧到说胡话的俄国人,于是下到了树底——她不敢走远,就坐在克莱顿为她做的简陋阶梯上远眺大海,一直盼望着能有艘轮船出现。

她背对着丛林,看不到草丛,也没看到草丛中露出的那张野人的脸。不远处那双小小的,充血的眼睛紧紧盯着她,并不时在海滩与女孩之间徘徊,想要看看是否还有其他人。不久草丛里探出了一个又一个人头。小窝里的男人再次胡言乱语起来,那些人头又悄悄地消失不见了。见到女孩完全没理会头顶上那个男人的嚎叫,他们很快又从草丛里探出头来。

这些土著们一个个从草丛里悄悄地走出来,包围了这个毫不知情的女人。草丛里微弱的摩擦声引起了她的注意。她转过身,被眼前的情景吓得尖叫着摇摇晃晃地站起来，这时他们迅速冲了过来。一人用他大猩猩般的手臂把她抬了起来，转身跑入了丛林。一只肮脏的爪子捂住了嘴巴，不让她叫喊。几个星期以来承受的折磨让简不堪重负，这样的惊吓远远超过了可以承受的范围，她脆弱的神经崩溃了，失去意识晕了过去。醒来时，她发现自己身处浓林深处。天已全黑，她躺着的空地上巨大的篝火燃烧着，旁边蹲着五十个面貌骇人的男人。他们的头和脸都被凌乱的头发盖着。长长的手臂搁在罗圈腿的弯曲膝盖上。这些人正像野兽一样大口咀嚼着不干净的食物。火边烧着一口锅，有个野人不时地用锋利的棍子从锅里挑肉吃。

发现俘虏醒来后，旁边一个野人将脏手里的一块炖肉扔了过来，滚到简的身旁。她感觉到一阵恶心反胃，闭上了双眼。

他们在浓密的丛林里走了好几天。简脚伤累累，筋疲力尽，被半拖半推着前进，就这么度过了漫长、炎热又沉闷的几日。有时她摔倒在地，就会被身边那个可怕的人拳打脚踢。她的鞋子一开始就磨破了——鞋底都不见了踪影，衣服因为在荆棘中穿行而被撕成了布条，之前雪白嫩滑的皮肤也被划得伤痕累累，鲜血淋漓。

行程的最后两天，可怜的简已经耗尽最后一丝力气，双脚鲜血淋漓，无论怎样的折磨与殴打都无法让她再次站起，到达极限的她甚至没有力气跪起来。

简被这群野蛮人围了起来，他们一边威胁地乱叫，一边用棍棒打她，还对她拳打脚踢。女孩躺在地上，闭着眼祈祷能在死去之前少受痛苦。然而她未能如愿，这五十个野蛮人意识到他们的俘虏真的走不动了，干脆将她抬了起来继续走下去。

随后在一个下午，简看见了一些破败的城墙，墙内一座宏伟的城市若隐若现，但虚弱的她对此根本毫无兴趣。无论他们将她带到什么地方，在这些半人半兽的怪物手里都只有一个结局。

最后他们穿过两道巨大的城墙，来到了废城之中。她被带入一堆破碎的废墟，在这里，数百个同样长相的怪物将她团团围住，这群人里的女性看起来倒没那么可怕。看到她们后，简第一次感到有一丝希望照进了内心的阴霾。可惜好景不长，因为女人们并没有表现出任何同情，只是没有虐待她而已。

在被仔仔细细地检查过之后，她被带进了一间阴暗潮湿的地下密室，地板上留下了一只金属碗装的水以及一些食物。

接下来的一个星期里，除了负责带来水和食物女人以外，什么人都见不到。慢慢地简恢复体力——很快她就能作为一个健康的祭品被献给太阳之神。好在她自己并不知道接下来要面临的命运。

从狮子的利齿下将克莱顿和简·波特救下后，泰山慢慢地穿越着丛林，心中仿佛被撕裂一般，悲伤满溢。

他很庆幸自己及时遏制住了嫉妒的愤怒，才没有导致更严重的后果。再过几秒钟，克莱顿就会命丧他手。虽然在认出两人身份和放下毒箭之间只有短短的几秒钟，泰山却在原始冲动的影响下几番摇摆。

他看着自己渴望的那个女人——他的女人，他的伴侣，在别人怀里。根据残酷的丛林法则，泰山只有一种选择。就在一切太迟之前，与生俱来的善良正直胜过了他心中的怒火，此后泰山无数次地感激，庆幸在锋利箭头飞出去之前，心中的人性最终占据了他的内心。

这时，泰山发现自己已经不再想要回到瓦兹瑞。他不想再看见人类。至少，在悲伤不再那么刺痛之前，他想要独自在丛林中穿越。和他的野兽同伴们一样，泰山更愿意独自一人承受痛苦。

那晚他回到了巨猿的休息处，许多天来他从这出发去狩猎，晚上回来休息。第三天下午他回来得早了些，在圆形空地上柔软的草地里躺了一会，就听到了南边远处传来一阵熟悉的声音。是一群巨猿在穿越丛林——不可能会听错。他躺着听了几分钟，发现它们正向自己这边过来。

泰山懒懒地爬起来伸了个懒腰。他灵敏的耳朵追踪着对方的声音。它们在上风向，很快气味也飘了过来，不过就算没有闻到气味他也知道来者的身份。

它们靠近时，泰山潜进了对面的树林中，打算仔细观察一番这些新来的家伙。很快它们就出现了。

不久，一张面露凶光的毛脸出现他对面树丛的低处。那双凶恶的小眼睛往空地中扫了一眼，然后回过身去发出叽叽喳喳的叫声。泰山能听懂这些话语。这位"侦察兵"正在告诉部落里的其他成员这片空地没别的生物，可以安全地进入。

巨猿中的头领首先落在柔软的草甸之上，之后一个接一个地，将近一百头巨猿跟着到来了。他们之中有大有小，有几只小宝宝还紧紧抱着他们母亲的脖子。

泰山认出了许多部落成员，他还是婴儿时就进入了这个部落，到现在也没什么太大变化。许多成年巨猿曾和他一起长大，与他在这片丛林里嬉戏玩耍，度过短暂的童年。泰山不知道它们是否还记得他——许多巨猿的记忆并不长，两年前的事对他们来说已经非常久远了。

泰山从它们的交谈中得知，猿群这次过来是要选出新的王——老首领从一百英尺高的树枝上跌落，不幸去世了。

泰山走到一根树枝的末端，想要更好地观察它们，却被一只母猿敏锐的目光捕捉到了，随即她发出刺耳的叫喊声，引起其他同伴的注意。人猿们纷纷站起身子想要看清楚这个入侵者。他们露出尖牙,毛发炸起,一边发出低沉的嚎叫,一边向他缓缓移动过来。

"卡尔纳斯,我是人猿泰山,"他用部落的语言说道,"你记得我。我们小时候一起捉弄过狮子,在高处树枝上朝着它扔木棍和坚果。"

那只野兽停了下来,一副似懂非懂的样子,脸上露出困惑而惊讶的表情。

"还有马戈尔,"泰山继续对另一只巨猿说道,"难道你忘了之前的首领吗?他杀死了强大的克查科。看看我!我就是从前那个泰山——强大的猎手——不败的战士,你们大家都认识我很多年了,不是吗?"

巨猿们这时都向前围了过来,但更多的是好奇而不是害怕。他们之间吱呀乱叫地讨论了一番。

"你现在出现在我们面前,是想干吗?"卡尔纳斯问。

"和平相处而已。"人猿答道。

巨猿们又议论一番。最后卡尔纳斯再次开口了。

"那就和平地加入我们吧,人猿泰山。"他说道。

于是泰山轻轻跳到那群凶猛的巨猿之中——他完成了一次循环般的进化,作为一只野兽,又回到了兽群之中。

和人类不一样,虽然分别两年之后再次重逢,猿群也没有欢迎回归一说。大部分巨猿都继续着被泰山的出现所打断的活动,没有再给予更多的关注,就好像他从没离开过部落似的。

一两只年轻巨猿因为太小不记得泰山,便在他身旁嗅了起来,其中一只露出尖牙,威胁地咆哮着——向泰山示威起来。如果泰山退后,也吼上几句,那么年轻巨猿可能倒满意了。可是以泰山在猿群里的地位,它们才是该后退的那个。

但泰山并没有后退,而是伸出了巨大的手掌,用力抓住了这只年轻巨猿的头,把它丢出了草坪。对方立即起身,张牙舞爪地再次攻了过来。但还没等它吼叫着扑过来,泰山的手指已经扼住了对手的喉咙。

不一会儿,那头年轻巨猿就停止了挣扎,静静地躺倒在地。然后泰山放开双手站了起来——他不想杀戮,只是想教训下这只少不更事的巨猿,同时让那些旁观者明白自己仍是这里的主人。

目的成功达到——年轻巨猿们都远远躲着他,就像对一个长辈应该有的样子,年长的巨猿对泰山的特权也无甚异议。好几天来,带着宝宝的母猿对泰山仍抱有戒心,如果他靠得太近,就会龇牙咧嘴地咆哮着朝他冲过去,泰山只是小心地躲避,然后离开。在巨猿们都有一个共识——只有疯子才会攻击当上母亲的巨猿。时间一长,大家也都渐渐习惯了泰山的存在。

就像从前一样,泰山白天与巨猿们一起打猎,他凭借高超的推理能力,总能找到最好的食物资源,他狡诈的陷阱总能捕捉到平常很少能吃上的美味。就这样,大家再次敬仰起他来,就像从前他当巨猿首领时那样。于是就在猿群离开这片空地之前,泰山再次被选为它们的首领。

泰山对当下感到很满意,但他并不幸福——永远不可能再幸福了。但至少目前他已经远离尘世,远离那些会让他想起悲伤过去的人和事。泰山早已放弃回到文明社会的打算,现在又决定不再去见那些瓦兹瑞的黑人朋友。泰山禁锢了自己的人性。他生而为人猿——也要以人猿的身份死去。

然而,他怎么也忘不了自己深爱的女人就在部落不远处,总觉得她时刻处于危险之中。克莱顿对她毫无保护之力,这一点泰山已经见识过了。他越是这样想,心中就越是刺痛不已。

五十个可怕的人 | 217

最终他开始自我厌弃,自己竟然会因为嫉妒,自私和悲伤而不顾简·波特的安全。随着时间流逝,他越来越心烦意乱,就要下定决心回到海岸去保护简和克莱顿的时候,他听到了一个消息,这令泰山彻底改变了他的计划,发疯似的朝着东边狂奔而去,全然不顾任何可能出现的意外与死亡。

泰山回到部落之前,一只年轻巨猿因为无法在部落中找到配偶,便按照习俗穿越丛林,像古老骑士一样到邻近的地区去捕获一名雌性的芳心。

它带着对象回到了部落。趁着还没忘记,开始讲述他的冒险故事。其中他提到,自己看见了一大群长相怪异的人猿。

"除了其中一只以外,它们脸上全都长满毛发,"它说道,"并且那是一只雌性,肤色甚至比这个陌生人还要浅。"说着他竖起指头指着泰山。

泰山立马警觉起来,火急火燎地问了许多问题,那只头脑迟钝的巨猿几乎要招架不住。

"那些猿类是不是很矮,还弯曲着腿?"

"是的。"

"是不是身披狮子和豹子的皮毛,带着刀和棍子?"

"是的。"

"手臂和腿上是不是戴着许多黄色的圈?"

"是的。"

"还有那个雌性,她是不是很瘦小,还很白?"

"是的。"

"她看起来是那个部落的一员,还是囚犯?"

"它们一直拉扯着她——有时抓手臂,有时拽头发,并且一直对她拳打脚踢,但看起来很好玩。"

"天啊!"泰山喃喃地说。

"你在哪儿见到它们的,后来它们又朝着哪儿去了?"泰山继续问。

"在第二个水源地旁边,"它指着南边说,"然后从我附近走过,沿着小河朝着太阳升起的方向前进。"

"是什么时候的事?"泰山问道。

"有半个月了。"

泰山没有再说一个字,转身跳进树林,幽灵一般朝着东边的欧帕城飞奔而去。

Chapter 24

重归欧帕城

克莱顿回到住处后发现简·波特失踪了,恐惧和悲伤令他几近疯狂。索朗高烧迅速退去,恢复了神智,虚弱无力地躺在小窝里的草垫上。

克莱顿询问女孩的下落时,索朗对于她的失踪表现很惊讶。

"没听见什么异常的声音,"他说,"可我昏迷了好一段时间。"

若非这个人现在如此虚弱,克莱顿就要怀疑是他把女孩藏了起来。但他看得出索朗在仅靠自己的情况下肯定没有足够的体力爬下小窝。以他目前的身体状况是无法伤害到简的,更不用说在完事之后攀爬回住处去。

英国人在附近的丛林里搜寻到深夜,想要找到失踪女孩的足迹或者劫持者留下的印记。虽说那五十名可怕的"劫匪"并不懂得如何清除足迹,但对于这位英国人来说,找到它们也还是如同大海捞针一般。他来来去去走了二十个来回,也没有发现那些人几个小时以前走过所留下的痕迹。

克莱顿一边搜寻，一边大声喊着女孩的名字，不想却把狮子给引了过来。幸运的是他发现了那个向他爬来的黑影，在被抓住之前蹿上了树，这件事也给他一下午的搜寻画上了句号，狮子一直在树下徘徊，夜幕降临才转身离去。

夜里太黑了，即使野兽离去，克莱顿也不敢下去。他只好在树上度过了担惊受怕的一晚。第二天一早他回到了海滩，放弃了最后一丝找到简·波特的希望。

接下来的一周，索朗迅速恢复了体力，他躺在住处而克莱顿负责给两人找吃食。他俩除了必要的交谈以外只字不提。克莱顿住在了原本为简准备的地方，也只有在拿水和食物或者其他不可避免的情况下，他才会和这个俄国人打照面。

当索朗可以再次起身去找寻食物后，克莱顿却发起了高烧。这几天他都意识模糊，痛苦难忍，但俄国人却一次都没有来看望他。他吃不下东西又口渴难耐，饱受折磨。在意识恢复的间隙，虚弱的他努力走到小溪旁，用救生艇里的罐子装满一罐水喝。

索朗看着他这副样子露出了幸灾乐祸的神情——克莱顿的痛苦令他十分享受，就算对方曾经不计前嫌地尽力救助病倒的自己。后来克莱顿身体越来越虚弱，已经无法再爬下小窝。他受不了了，请求索朗给口水喝。俄国人来到他躺着的地方，手里拿着一碗水。一丝狞笑从他的脸上一闪而过。

"给你水，"他说，"但首先我要提醒你，之前在那丫头面前诋毁我——想要独自占有她，不想与我分享——"

克莱顿打断了他。"住口！"他叫喊道，"住口！你这个杂种居然这样玷污一个死去的女孩清白！天啊！让你活下来我真是太傻了，即使在这肮脏的地方你都不配活着。"

"这是你的水,"俄国人说,"都是你的。"说罢便端着碗喝了起来,还把剩下的都倒在了地上。然后转身,留下病重的克莱顿一人。

后者翻了个身,把脸埋在手臂里,不想再吵了。

第二天索朗决定去沿着海岸向北进发,他知道只要向北走,最终一定会走到人类居住地——那里情况至少不会比现在更糟糕,更重要的是,重病垂死的英国人让他很不舒服。所以他偷了克莱顿的长矛,开始了旅程。他本可以在走之前杀了这个虚弱的男人,可是想到这样做简直是在做善事,便放弃了这个想法。

当天他就在海岸边遇到一个小屋,心里顿时充满了希望,这一定就是某个居民区的外围。要是他知道这屋子的主人身份,并且对方就在附近几英里处的话,尼古拉斯·茹科夫肯定会立马害怕地逃走。不过他并不知道,所以在这里继续呆了好些天,享受小屋带来的安全和惬意,然后继续启程北行而去。

在营地里,特宁顿勋爵一行已经着手准备建造住房了,然后再派人去北方搜救。

时间流逝,救援行动一无所获,大家对救回简·波特,克莱顿和索朗已经不再抱有希望了。没有人再对波特教授提起这件事,他沉浸在自己的科学梦想里,甚至都感觉不到时间的流逝。

有时候他会说最近几天一定会有艘轮船在岸边抛锚,然后所有人都可以幸福团聚了。有时候他又说那是一列火车,可能是被暴风雪耽搁了。

"要不是我认识这老家伙多年,"特宁顿对黑兹尔小姐说道,"我肯定会以为他不太——呃——不太正常,你懂吗?"

"要是没有发生这种惨剧的话,教授的行为的确很荒谬,"女孩难过地说,"我认识他一辈子了,知道他有多爱简,其他人一定觉得他毫不在乎女儿的命运。其实他只是无法接受女儿死亡的事实,除非有确切的证据摆在他面前。"

"你永远也想不到他做了什么,"特宁顿继续说道,"我打猎回来的时候,看见他正沿着那条我回营的小路走着。双手紧紧抓着长款黑外套的底部,头上戴着帽子,两只眼睛只盯着地面,要不是碰上我,他很可能就要走向死亡了。"

"'教授,您这是要去哪?'我问他。'我要去镇上,特宁顿勋爵,'他一脸严肃地回答道,'去投诉邮局局长有关偏远地区免费邮递的服务。先生,我已经好几个礼拜没有收到一封邮件了。简肯定寄了很多封邮件过来。这个情况一定得立即报给华盛顿去。'"

"你能相信吗,黑兹尔小姐,"特宁顿继续说,"我费尽力气才让那老家伙相信这里不仅没有偏远地区邮递服务,就连个小镇都没有,这里和华盛顿都不在同一个大洲,甚至不在同一个半球。"

"他这时才开始担心女儿的安危——我想这是他第一次认识到我们的处境,第一次意识到波特小姐可能并没有获救。"

"我不愿这么想,"女士说道,"可是满脑子又都是那些与我们失散的伙伴。"

"我们往好处想吧,"特宁顿回应道,"某种意义上来说,你的损失是最大的。但你很勇敢,是我们大家的榜样。"

"是的,"她说,"我爱简·波特,她就像是我的亲姐妹一样。"

特宁顿心中惊讶不已,只是没有表现出来,因为他想表达的完全不是这个意思。自从爱丽丝女士号事故以来,他经常和这位来自马里兰的女孩待在一起,最近他发现自己越来越喜欢她,甚至因此而心绪不宁,因为他总是想起索朗说起二人已经订婚时那副得意扬扬的样子。不过他还是有些疑惑,毕竟,虽然索朗已经说得够清楚了,但在女孩这边却没有显露出对他有什么超越友谊

重归欧帕城 | 223

的感情存在。

"说到索朗先生,如果他真的失踪了,你肯定非常痛苦。"他试探着。

她立马抬起头看向他,说:"索朗先生是位非常好的朋友。我很喜欢他,虽然我们相识时间不长。"

"那你并不打算嫁给他?"他脱口而出。

"天啊,不!"她喊道,"我从没有这样想过。"

特宁顿勋爵有些事想和黑兹尔说,非常想说,现在就想说。但却好像被哽住了一般说不出口。他试了好几次,清了清嗓子,脸红了起来。最终也只是说到他希望能在雨季到来前把屋子建完。

特宁顿不知道,其实女孩已经明白了他的心思。黑兹尔因此感到幸福——比之前任何时候都要幸福。

就在这时,一个从营地南边丛林中来的可怕生物打断了两人的对话,特宁顿和女孩都看见了他。英国人拿出了枪,但这个半裸着身体,满脸毛发的生物大声叫出他的名字,并朝着他们跑来。特宁顿便放下了枪,向他走去。

这个穿着肮脏兽皮的瘦弱生物,竟然是爱丽丝女士号舞会上风度翩翩的索朗先生。

营地其他人还没被通知这一消息,特宁顿和黑兹尔小姐赶紧询问那条失踪小艇上其他人的下落。

"他们全都死了,"索朗回答道,"那三个水手在我们上岸前就都死了。在我高烧昏迷的时候波特小姐被某只野兽捉进了丛林。克莱顿在几天前也死于高烧了。没想到一直以来我们之间只隔了几英里远——几乎只有一天的路程。太可怕了!"

简·波特不知道自己躺在欧帕古城的黑暗地底已经多久了。有段时间她一直在发烧,但挺过去之后她开始慢慢恢复力气。那个送食物的女人每天都会示意她起来,但她只能摇摇头,表示自己实在太虚弱无力。

但最终她还是站了起来,一只手扶着墙蹒跚着走了几步。她的看管者现在对她兴趣大增。献祭的日子越来越近,祭品也恢复了生机。

那一天很快来了,一个之前从未见过的女人带着其他人来到了地牢。他们在这里进行了某种仪式——简可以肯定这是某种宗教仪式,于是她看到了希望,庆幸抓住自己的这群人受到宗教信仰的感化,肯定会善待她——肯定是这样的。

她被领着离开了地牢,穿过黑暗狭长的走廊,走上水泥台阶来到一个宏伟的庭院,她一步步走着——甚至有些高兴——她身边都是上帝的仆从。也许他们对于信仰的理解有所不同,但这至少能说明他们是友好善良的。

可当她看到庭院中间的那个石头祭坛和四周的水泥台阶上深棕色的污渍时,开始感到奇怪和疑惑。当他们停下脚步,将她的脚踝绑起、手腕绑在身后时,她的疑惑变为恐惧。过了一会,她被抬起来仰面放置在祭坛之上。简彻底失去了希望,身体因为恐惧而颤抖。

在周围的信徒跳起奇怪的舞蹈,简害怕得一动不动,就算没看到高阶女祭司手里高高举起的刀,她也知道自己的末日即将到来。

刀子开始下落,简·波特闭上眼睛,开始默默向即将面见的造物主祈祷着——然后就因为紧张过度而晕了过去。

泰山夜以继日地穿越原始森林,朝着城市遗迹飞速前行。他很清楚,自己的爱人要么是被囚禁,要么已经被害了。

泰山在森林中跳跃着,越过了地面上的障碍物。只用了一天一夜就走完了那五十个怪人花了一个礼拜走完的路程。

那只年轻巨猿的故事让泰山确信被抓住的女孩就是简·波特，因为整个丛林中再没有第二个瘦小白皙的女孩了。从巨猿模糊的描述里，他也猜出那些诡异的怪物就是住在欧帕城遗迹的人。女孩的命运浮现在泰山眼前，虽然不知道她会什么时候会被放上祭坛，但她虚弱的身体最后肯定会躺在上面，毫无疑问。

最后，迫不及待的人猿泰山爬上了峡谷之上的悬崖，焦急的他感觉时间仿佛过了几个世纪。阴森恐怖的欧帕城遗迹就躺在面前，泰山一路小跑穿过满是沙尘、沙石散落的土地，向着此行的目的地而去。

还来得及吗？泰山依然抱有希望。如果最坏的情况发生，他至少还可以复仇。盛怒之下，泰山可以杀光这座可怕城市里所有的人。将近中午时他来到了那块巨石之前，顶部就是那条通往废城底部的密道。泰山像猫一样爬上陡峭的花岗岩，在狭长笔直的黑暗通道里飞奔起来，跑着跑着，终于来到了那口井边，对面就是那座筑有假墙的地牢。

在井边停留的片刻，井口之上隐隐传来一阵轻微的响动，被泰山灵敏的耳朵捕捉到了，他听出来这是献上祭品的死亡之舞，还有在唱着歌的高阶祭司。他甚至可以听到那个女人的声音。这会不会就是他匆忙赶来想要阻止的那场仪式？一波恐惧的感觉向他袭来。还是说，他还是来晚了一步？泰山像只受惊的鹿一般越过那狭窄的井口，继续向前。他疯狂地拆除着面前的那面假墙——用有力的肌肉拆出一个口子，然后将头和肩膀挤过小洞口，用身体的力量冲破了整堵墙面，石块掉在地上，发出了阵阵声响。

泰山纵身一跃，来到了房间古老的门前。但他在这儿停住了。门另一边的门闩非常牢固，几番尝试，泰山明白就算是以他的力量，也无法强行打开大门。只有一个办法了，那就是穿过密道，回到离巨石一英里远的城墙外面，然后穿过和战士们第一次来到这个城市时打开的通道。

他也意识到，如果躺在巨石之上的祭品确实是简的话，原路返回然后从地面上进入这里很可能就晚了。但似乎也没有别的办法了，他立马转身走出地牢，跑进了密道。在井下他再次听到了高阶祭司单调的吟唱，于是向上看了一眼，井口离他二十英尺，危急之中泰山觉得井口很近，想要纵身而上冲进近在咫尺的庭院。

要是能把随身携带的绳子固定在井口的什么东西上就好了！就在这时，泰山脑中闪过一个点子，并且决定一试。他随即转身回到破碎的墙边，捡起一块巨大平整的墙体碎块，将绳子的一端绑在上面，回到井边，将绳子盘好放在身旁的地上。泰山两手抓住沉重的墙板，来回晃了几次，调整好方向和距离，让石块飞出去的时候能够沿着一个微微倾斜的角度，这样一来，石块不会落回井里，而是可以擦着井口飞出，一直滚到院子里。

泰山抓着绳子的末端扯了扯，感觉到石头已经稳稳地卡在井口后，便开始从漆黑的井底向上爬去。当泰山身体悬空，全身的重量都落在绳子上时，绳子滑了下来。他在半空中焦急地等待着，绳子忽松忽紧，一英寸一英寸地向下滑动着。石板被拖拽着紧紧地卡在井口的石砖上——它能卡住吗？还是会被泰山拉下来，砸在他的头上，和他一起掉进脚下那深不见底的黑洞？

Chapter 25

穿越原始丛林

泰山感觉绳子还在继续下坠，上方传来了石板刮擦井口石砖的声音。

片刻后，下落突然停住了——石块刚好卡在了井口边缘。泰山小心翼翼地顺着绳子向上攀爬，不一会儿他的头就从井口探了出来。院中空空如也，欧帕城里的人都去观看祭礼了。泰山可以听到从附近庭院传来高阶祭司的吟唱声。舞蹈声已经停止，舞止刀落，泰山一边想着，一边迅速朝祭司声音方向追去。

命运指引着泰山来到这个露天大殿的入口。他和祭坛之间是一条排满了男女祭司的长队，等着用金杯装盛祭品的温热血液。拉手握刀子，对准祭坛上的女人的胸膛缓缓刺去。看到自己的爱人已是这副模样，泰山喘了一口粗气，几乎哽咽起来，前额上的伤疤也变成猩红色，眼中弥漫血色，如一只发疯的巨猿一般大吼着，像一头雄狮一般冲进了信徒之中。

泰山从最近的一个祭司手里夺过一根木棍，仿佛变成了一个恶魔，一边清开道路一边朝着祭坛快速冲去。听到泰山发出的声音，拉的手停了下来。认出这位不速之客的身份后，她脸色变得惨白。她怎么也想不通这个陌生的白人男子是如何从被锁住的地牢中逃离的，也从来没想让他离开欧帕城——面对泰山强壮的身体和英俊的脸庞，她是以一个女人的眼光，而不是以一个女祭司的眼光来看待他。

她聪明的头脑中已经编造好了一个故事——这位白人男子是太阳之神在人间的信使。她知道只有这样欧帕城的人民才能接受，同时也十分肯定，与其回到献祭的祭坛上，这个男人肯定更乐意成为她的丈夫。

但当她准备说出自己想法的时候，泰山却不见了，她离开时明明已经把门紧紧地锁住了。现在他却回到了这里——凭空出现——对她的祭司们狠下杀手，仿佛他们只是待宰的羔羊。这一刻她忘记了她的活祭品，还没等她缓过神来，这个男人已经站在了她的面前，抱起躺在祭坛上的女人。

"别挡道，拉，"他喊道，"你救过我一次，所以我不会伤害你，不过别打算阻挠或跟着我，否则我也不得不杀了你。"

他一边说着，一边越过她朝着地下密室的入口处走去。

"她是谁？"高等祭司指着昏迷的女人问道。

"她是我的女人。"人猿泰山说道。

这个欧帕城的女祭司站在原地，瞪大了眼睛。随后眼中被绝望的阴霾所占据——她双眸噙满泪水，哭喊了一声，跌坐在地上。这时一群面目可憎的男人从她身旁穿过，准备捉拿泰山。

可泰山早已离开，就像一束光一样迅速消失在通往地洞的密道里，追兵们小心谨慎地尾随而去，发现庭院空无一人，他们大

穿越原始丛林 | 229

笑起来，叽叽喳喳地说了些什么。这群人知道密道是个死胡同，泰山想要出来只能原路返回，他们只需要在这儿守株待兔就行了。

抱着不省人事的简·波特，泰山穿过欧帕城太阳神庙下的地道。那些欧帕男人忽然想起这个男人曾经逃进地道里，尽管他们把守着入口，却没有再见他出来过，今天他又突然从外面现身。于是只得再次派出五十个男人进入峡谷抓捕这个亵渎神庙的人。

泰山来到那堵被拆掉的墙边，对自己能够逃出生天信心满满，甚至都没有把墙恢复原状，他一点也不担心那些人会发现这条通向藏宝室的通道。泰山已经打定主意再次回到欧帕城，带走更多金块，比他上次埋起来的那些还要多。

他在密道里一路小跑，通过第一道门，穿过地下宝库，又越过了第二道门，进入通向城外隐藏出口的隧道。简·波特仍然昏迷不醒。

在那块巨石顶部，泰山转身向废城往去。一队欧帕城的怪人正穿越平原而来。他犹豫了一阵，应该现在爬下巨石赶往悬崖，还是应该在这躲到晚上再说呢？看了一眼女孩苍白的脸色后，他心中有了决定。不能冒着再次被俘的风险留在这里。另一批敌人可能从隧道跟过来，如果腹背受敌就只能被抓了。毕竟带着这个昏迷的女孩，泰山无法在敌人中突出重围。

带着简爬下巨石可不容易，不过在敌人赶到巨石前，泰山用绳子把女孩绑在肩上，安全地下落到了地上。由于是从背对着欧帕城的这边爬下去的，搜索队伍没有发现二人，他们做梦也想不到猎物其实近在咫尺。

以巨石为掩护，在追兵包围巨石并且发现他们之前，泰山已经跑出了一英里远。怪人们兴奋地大叫，狂奔起来，认定很快就能抓住那个负重逃跑的犯人。但是他们都低估了泰山的体能，也

230

高估了自己短小罗圈腿的力量。

泰山步履轻盈地奔跑着，一直与他们保持着距离。他也偶尔看一眼那张近在咫尺的脸庞。简是如此苍白憔悴，要不是还能感受到她微弱的心跳，泰山都不知道她依然活着。

就这样，他们爬上了平顶的山头，来到了悬崖边。在距离悬崖还有最后一英里时，泰山像一头鹿一样飞奔起来，为了能够争取更多时间，在追兵到达山崖，用岩石砸向他们之前爬下悬崖。因此，等敌人气喘吁吁地赶到山崖时，泰山早已下到崖底，跑出半英里外了。

怪人们气急败坏，在悬崖上大跳大叫，挥舞着手中的武器，上蹿下跳，极力发泄着满腔怒火。这一次他们没有越过自己的领地边界继续追来，很难说是因为上次的追逃过程太过无趣，还是因为见到泰山速度如此之快，意识到追上无望。看到泰山进入山麓的丛林后，追兵们转身朝欧帕城而去了。

在森林边缘可以看见悬崖顶部的地方，泰山把女孩放在了草地上，然后去附近的小河找来一些水给她擦洗了脸和手，即使是这样，她也没有醒来。担心的泰山再次抱起女孩，向西边匆匆赶去。

下午晚些时候简·波特醒了过来。她没有立即睁开眼睛——而是在努力回想昏厥前看见的情景。啊，她记起来了。那座祭坛，可怕的女祭司，还有落下的屠刀。她打了个寒战，觉得自己要么已经死了，要么就是正在经历死亡前的短暂幻觉。当她最终鼓起勇气睁开双眼时，眼前的情景证实了刚刚的猜想。她看见自己正躺在已经死去的爱人怀里，穿越绿树成荫的天堂。"如果这就是死亡，"她低声说，"感谢上帝我已经死了。"

"你说话了，简！"泰山喊道，"你醒过来了！"

"是的，泰山。"她回答。几个月以来，平和而幸福的微笑第一次点亮了她的面颊。

"谢天谢地!"泰山喊着,来到了一片小溪边的草地上,"我总算及时赶到了。"

"及时?你是什么意思?"她问到。

"及时把你从祭坛上救出来啊,"他回答,"你不记得了吗?"

"把我救出来?"她不解地问道,"我们不是都死了吗?我的泰山。"

简被放在了草地上,背靠着一棵大树。听到这个问题,泰山往回走了几步,好将她的脸瞧个仔细。

"死了!"他重复一遍,然后大笑了起来,"你没死,简,如果你回到欧帕城,去问问那里的人,他们会告诉你我也没有死。是的,亲爱的,我们都还活着。"

"但是黑兹尔和索朗都告诉我你掉进了距离海岸好几英里的大海里,"她急急地说,仿佛在努力说服泰山他已经死了一般,"他们说你掉进了大海,几乎没有可能被救起,没有可能活下来。"

"要怎样才能让你相信我不是鬼魂呢?"他笑着问道,"我是被那个讨人喜欢的索朗先生推下甲板的,但我没有淹死——过一会儿我会全部告诉你的——现在,简,就像你第一次见到我时那样,我又成了一名野人。"

女孩缓缓站起身,朝他走去。

"我简直不敢相信,"她喃喃地说道,"爱丽丝女士号遭遇海难以来的几个月,我经历了这么多可怕的事情,现在却如此真实地感觉到幸福。"

她走近了,伸出颤抖的手轻轻地抓着泰山的胳膊。

"这一定是在做梦,不久后我就会醒来,看着那把可怕的刀子向着我的心脏刺去——吻我吧,亲爱的,在梦醒之前再吻我一次。"

泰山毫不犹豫，一把将爱人抱进怀里，亲吻了她无数次，直到她已经气喘吁吁。泰山停下时，她又用双手环抱住他的脖子，再次吻上了他的双唇。

"我还活着吗？这是现实吗，还是只是个梦？"泰山问道。

"我的爱人，如果你已经死了，"她答道，"我祈求在醒来看见那些可怕的事情之前，能够像这样死去。"

两人相视无言——凝望着对方的眼睛，无比的幸福感令二人感到难以置信。过去所有的恐惧和失落都被遗忘——未来遥不可期，只是现在——啊，他们拥有的只有现在，没人可以夺走。女孩首先开口，打破了甜蜜的缄默。

"我们去哪儿，亲爱的？"她问道，"去做些什么？"

"你最想去什么地方？"他问到，"最想做些什么？"

"你去哪儿我就去哪儿，我的爱人，去做对你来说最美好的事情。"她回答道。

"但是克莱顿怎么办？"他问，刚才他都忘了两人之间还隔着另一个人，"我们忘记了你的丈夫。"

"我没有结婚，泰山，"她喊道，"婚约也已经取消。就在被那些怪物抓走之前，我向克莱顿先生吐露了对你的爱。对于我无法履行之前做出的承诺一事，他表示理解。我们在狮子的袭击中奇迹般地活了下来，随后我就向他吐露了真心。"

说到这里，她突然停住了，眼神里透着疑问地看向泰山。"泰山，"她喊道，"是你救了我们？再不可能有别人了。"

他闭上了眼睛，满心惭愧。

"你怎么能就这样丢下我离开？"她责备地哭喊道。

"不是的，简！"他解释道，"别这样！你不知道在那之后我有多难受，开始只是嫉妒，后来又因为命运的不公而苦闷。在那之后我回到了巨猿族群去，打算不再见任何人类。"之后他告诉了她自己回到丛林之后的生活和经历的种种事情——如何从一个文明、开化的巴黎人急转直下，变成一名瓦兹瑞的野蛮勇士，渐渐恢复他从小培养起来的兽性。

她问了许多问题，最后终于来到了那个令她害怕的问题——索朗曾经说到的巴黎女人。泰山讲述了自己在文明社会的每一个故事，毫无遗漏，因为他对她用情专一，问心无愧。说完他便坐了下来，看着女孩，好像在等待她的评判与决断。

"我就知道他在撒谎，"她说道，"噢，真是个可怕的家伙！"

"你不生我的气吗？"他问道。

她显然答非所问，像是在耍女孩子的小脾气。

"那位伯爵夫人漂亮吗？"她问道。

泰山笑了，再次亲吻了她。"不及你十分之一的美丽，亲爱的。"他说道。

她满意地舒了口气，把头靠在了泰山的肩上。他知道女孩已经原谅了他。那晚，泰山在一棵大树的树枝间搭了个舒适的小窝让疲累的女孩睡觉，他自己则待在小窝下面的树杈里，即使在睡梦中也要守护她。

他们花了很长时间才回到海岸。路好走的时候，两人就拉起手走在广袤的丛林之中，仿佛回到了久远的祖先时代。碰到纠缠的灌木丛时，他就将女孩双手抱起，带着她在大树之间穿梭。两人是如此幸福，都希望时间慢一点走，要不是急着去救克莱顿，真想就这样永远走下去，尽情享受这段精彩旅程的甜蜜和快乐。

在他们到达海岸前的最后一天，泰山突然闻到一丝人类的气味——是黑人的气味。他告诉女孩别出声。"这丛林里可没几个朋友。"他冷冷地说。

半个小时后,一队西行的黑人出现在视线里。一见到他们,泰山就高兴地喊了出来——这是一队瓦兹瑞部落的人,有布苏里,还有其他一起去欧帕的战士们。看到泰山后众人高兴地又跳又叫,他们告诉泰山自己已经找了他几个星期了。

见到泰山身旁的白人女子,战士们感到非常诧异。泰山表示她将要成为自己的女人后,黑人战士们都向她表示了敬意。一行人有说有笑有跳,来到了海岸边的简陋小窝。

这里没有生命的迹象,也没人回应他们的叫喊。泰山迅速爬上大树进入小窝,过了一会,拿了一个空罐子出来丢给布苏里,让他去装点水,然后示意简·波特也上来。

两人一同扶起了那个消瘦憔悴的家伙,他正是曾经那个英国贵族。这个曾经年轻英俊的脸庞如今眼神空洞,脸颊凹陷,布满皱纹。见此情景,女孩的眼泪夺眶而出。

"他还活着,"泰山说道,"我们尽力为他做点什么,虽然可能太迟了。"

当布苏里带着水回来时,泰山倒了一些在那干裂、肿胀的嘴唇间。然后给他洗了洗滚烫的额头,擦了擦干瘦的四肢。

不一会儿,克莱顿睁开了眼睛。当看见在他身边的女孩时露出了一丝憔悴的笑容,看到泰山时则一脸震惊。

"没事的,老伙计,"泰山说道,"我们找到你了,还来得及,现在一切都没事了,很快你就可以再次站起来的。"

英国人虚弱地摇了摇头。"太晚了,"他轻声道,"不过也无所谓了,我宁愿死去。"

"索朗在哪儿?"女孩问。

"我高烧恶化之后,他就离开了。那人是个魔鬼。我太虚弱了,没法取水喝的时候向他求助,他却把水都倒掉,还对我嘲笑一番。"

想起那个恶棍,奄奄一息的他突然勃然大怒,用胳膊肘支撑着爬起来。"是的,"他大叫着,"我会活下去!我会活下去,找到他,宰了那个禽兽!"短暂地挣扎过后他更加虚弱了,毫无气力地倒在那堆发了霉的茅草上。茅草上面蒙着他那件破旧的长外套,这是之前简·波特的床铺。

"别想着索朗了,"泰山说,一边把手放到克莱顿的额头上,"把他交给我,我迟早会抓住他的,别担心。"

克莱顿静静地躺了很长一段时间。好几次泰山不得不把耳朵紧紧贴在他那干瘪的胸膛上,才听得见那颗疲惫的心脏在微弱地跳动。快到晚上的时候他又挣扎着爬起来了一会儿。

"简。"他轻声说。女孩弯下身子,低下头,贴近了听他说话。"我错怪你了——还有他,"他虚弱地朝泰山点点头,"我太爱你了,无法想象与你分开,但这不能成为伤害你的借口。我不奢求你的原谅,只希望能够完成一件事,其实一年前我就该这么做了。"饱受高烧折磨的克莱顿躺着,把手伸进身下的外套口袋里摸索了一番,找寻着什么东西。他拿出了一张皱巴巴的黄色纸片,朝简递了过去,女孩刚接过,他的手臂就无力地跌落到胸口,头向后一转,大喘了一口气,便不再动弹了。泰山拿起外套盖住了那张痛苦的脸。

两人在原地跪了好一阵子,女孩的嘴唇颤动着,默默地祈祷。随后他们站了起来,立在尸体的两侧,泰山眼里噙满了泪水。此前经历的痛苦教会了泰山同情他人的苦难。

透过眼中的泪水,女孩读起了那张已经褪色的纸片,眼睛也越瞪越大。她又看了两次,才慢慢理解了其中的意思。纸上写着:

指纹比对证明你才是格雷斯托克勋爵的儿子。祝贺。

达诺

她把纸片递给泰山。"原来他一直都知道,"她说,"他没有告诉你吗?"

"我早就知道了,简,"泰山回答,"但不知道他也知道。一定是那天晚上我把这张纸片落在候车室了。我就是在那儿收到信的。"

"可你居然为什么告诉我们母猿才是你的母亲,还说一直都不知道父亲是谁?"简质疑道。

"亲爱的,如果没有你,爵位和遗产对我来说分文不值,"泰山说,"如果我从他的手里夺走这些东西,就会让我的爱人陷入贫穷与痛苦之中。难道你不明白吗?简!"他像是在为自己犯的错误辩解着。

她的手越过尸体,握住了泰山的手。

"我差点就因此错失了一份爱情!"她说道。

Chapter 26

人猿的转变

第二天清晨,一行人便出发前往泰山的小屋。四个瓦兹瑞人抬着克莱顿的尸体,泰山建议把他埋葬在小屋后的丛林旁,和已故的格雷斯托克勋爵做个伴。

简对这样的安排很满意,她打心底为这个男人的完美性格感到惊异。尽管他被野兽抚养长大,却拥有最高等的人类文明才具有的真善美。

众人走了差不多三英里。在距离小屋还有两英里的地方,领路的瓦兹瑞战士突然停住脚步,惊讶地用手指着一个沿着海滩向他们走来的陌生人。这人戴着一顶礼帽,低着头慢慢走着,两手握住背在身后,紧贴着黑色长外套的尾摆。

简·波特一见到这个人便惊喜地叫出了声,快速向前奔去。老人听见声音也抬头看了看,认清楚眼前这个人时也不禁喜极而泣。波特教授怀抱着女儿,老泪纵横,哭了好一会儿才控制住自己的情绪,开口说起话来。

过了一会儿他认出了泰山,他觉得难以置信,差点以为自己太过悲伤产生了幻觉,和营地中的其他人一样,他深信这位简的"丛林之神"早已经葬身大海。听闻克莱顿的死讯后,老人深感痛心。

"我不明白,"他说,"索朗先生告诉我们克莱顿早就已经死了。"

"索朗和你们在一起吗?"泰山问道。

"是的,他不久前才找到了我们,还领我们去了你的小屋。之前我们在北边不远处宿营。看见你们,他肯定会很高兴的。"

"还会大吃一惊。"泰山补充道。

不久之后一行人来到泰山的小屋前的空地上。这里来来往往的都是人,但泰山一眼就瞧见了达诺。

"保罗!"他喊道,"你在这儿干吗?还是说我们都疯了?"

就像许多其他的怪事一样,这件事也很快得到了解释。达诺的船原本一直沿着海岸航行巡逻,随后接到了中尉的指令让他们停靠在这个海湾,探寻一下两年前大家曾经探险过的那个小屋和那片丛林。登陆之后他们发现了特宁顿勋爵一行人,便立马做了安排,准备第二天一早将他们带回去。

黑兹尔·斯特朗和她的母亲、埃斯梅拉达,还有菲兰德先生,都为简·波特的安全回归感到高兴。她的出逃经历在他们听来惊险而刺激,大家都觉得除了泰山之外没人能做到这件事。泰山承受了太多的赞赏和关注,让他觉得非常不舒服,甚至想要回到巨猿的休息处去。

大家对瓦兹瑞的土著人颇感兴趣,黑人战士们也从泰山的朋友们那里收到了许多礼物。可是听说泰山可能就要乘船离开后,他们都露出了难过的神情。

不过他们还没见到特宁顿勋爵和索朗。两人一早就出去打猎,

人猿的转变 | 239

现在都还没回来。

"你说他的名字叫茹科夫，要是他看见你，肯定非常惊讶。"简·波特对泰山说。

"他不会惊讶太久的。"泰山冷笑着回答，奇怪的语气让女孩不禁有些担心地望向他。从泰山脸上读到的讯息证实了她所害怕的事情，简抓着他的胳膊，请求把这个俄国人交由法国的法律处置。

"亲爱的，在丛林深处，"她说，"除了你的力量，没有其他形式的权力或正义可以依靠，你完全可以杀掉这个人，他罪有应得。但现在人类政府的军队就在这里听你调遣，如果你杀了他，可就是谋杀了。就算是你的朋友们也只能将你逮捕，如果你拒捕的话，会让我们大家再次陷入悲伤和为难之中。我不能再次失去你了，泰山。答应我你会把他交给杜弗兰船长，让法律来审判他——这个畜生不值得我们拿自己的幸福来冒险。"

泰山觉得她说的有道理，便答应了。半小时之后茹科夫和特宁顿从森林里并排走了出来。特宁顿首先注意到了营地里陌生的面孔。他看见黑人战士们和水手们在说话，还有一个棕色皮肤的大个子正跟达诺中尉和杜弗兰船长在交谈着什么。

"那个人是谁？"特宁顿问茹科夫。当这个俄国人抬起眼睛看到泰山，立刻变得脚步不稳，脸色惨白。

"真见鬼！"他喊道。还没等特宁顿弄明白怎么回事，他就举起了枪瞄准了泰山，扣动扳机。但这个英国人眼疾手快——在子弹即将射出前伸手拍了一下枪管，让原本瞄准泰山心脏的子弹从他头顶擦了过去。

俄国人再次开火前泰山已经冲了过来，一把夺走了他手里的枪。杜弗兰船长、达诺中尉，还有一队水手也赶到了枪声响起之处，泰山一言不发地将这个俄国人交给了他们。在茹科夫回来之前，他的罪行已经被尽数告知给这位法国军官，军官立刻下令把他关押在船上的监牢里。

就在水手们押着茹科夫去往小船上的监牢之前，泰山请求对他进行搜身，一番搜查后果然找到了那两张被偷走的文件。

听到枪声，简·波特和其他人也都从小屋里出来了。平复激动的情绪后，她向惊讶的特宁顿勋爵打了招呼。泰山在从茹科夫身上搜到文件后也向他们走来。这时简向特宁顿介绍了他。

"这位就是约翰·克莱顿——格雷斯托克勋爵。"她说。

尽管这个英国人努力保持平静，还是难以掩饰脸上震惊的神情，泰山、简·波特和达诺中尉费了一大番功夫，才让特宁顿勋爵相信这是一个真实的故事，而不是三人在说胡话。

黄昏时他们将威廉·塞西尔·克莱顿埋葬在了他叔叔婶婶——也就是前任格雷斯托克勋爵夫妇的坟墓边。按照泰山的请求，士兵们在这位"直面死亡的勇士"安息之地鸣枪三次。

波特教授年轻时曾担任过牧师的职位，便主持了此次葬礼。这时太阳缓缓落山，墓地旁围绕着一群低着头的哀悼者，他们之中有法国官员和水手、两位英国贵族，一些美国人还有一些非洲勇士。

葬礼过后泰山恳请杜弗兰船长将启航时间推迟几天，以便自己进到内陆去取回一些"财物"。这位官员欣然同意了他的请求。

第二天下午晚些时候泰山和他的瓦兹瑞勇士们带回了第一批"财物"。见到这些古老的金子后，大家围住泰山不停地询问，但他只是微笑着并没有回答——他不想告诉他们有关这笔宝藏来源的线索。"这些只是冰山一角，"他解释道，"花完之后我还会回来拿更多的。"

第二天他带着剩下的金子回到了营地，当他们把金子都搬到船上后,杜弗兰船长说感觉自己好像古时候西班牙船队的指挥官,带领大家从宝藏之城阿兹特克满载而归。"不知道何时船员们会割断我的喉咙,夺走这条船。"他打趣道。

第二天一早,当他们准备登船启程时,泰山试探着向简提了个建议。

"野兽被认为是没有情感的,"他说,"不过我却想让婚礼在自己出生的小屋中、父母的墓地旁,还有一直被我当作家的丛林里举行。"

"亲爱的,这样不是正好吗?"她反问,"如果可以的话,要嫁给我的丛林男神,除了原始森林再没有更适合举办婚礼的地方了。"

两人将这件事告诉了其他人,大家都觉得这主意非常好,也很适合作为一段美好恋情的结束,幸福婚姻的开始。于是所有人都来到了小屋的门边,见证波特教授在三天内主持的第二次典礼。

达诺担任伴郎,黑兹尔·斯特朗则担任伴娘。突然特宁顿又想到了一个"好主意",一度打乱了所有的安排。

"如果斯特朗夫人愿意的话,"他说着,一边牵起了伴娘的手,"我和黑兹尔觉得来一场双重婚礼会更棒。"

第二天他们启航出发了,巡洋舰缓缓地驶向大海,一位身着白色法兰绒衣裤的高挑男子和一位优雅的女孩倚靠在栏杆上,望着逐渐远去的海岸线,以及沙滩上的二十名瓦兹瑞勇士,他们正在岸边挥舞着手中的长矛,跳着舞,向他们的首领大声告别。

"亲爱的,一想到这是我最后一次看着丛林,感觉真不好受,"他说道,"不过很快我就要和你一起去到新世界,在那里永远幸福地生活下去。"说罢,他弯下腰,深情地吻住了爱人的双唇。